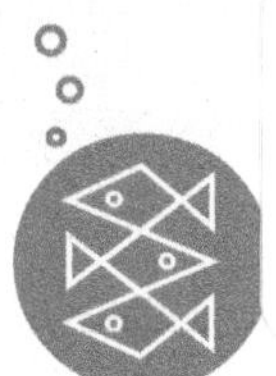

©privat

Sheridan Winn lebt in Norwich, England, und arbeitet als Journalistin. Ihre Artikel und Kolumnen erscheinen unter anderem in der »Times« und im »Guardian«. Sie hat zwei erwachsene Kinder und ist selbst in einem großen Haus voller geheimnisvoller Schränke und schrulliger Tanten aufgewachsen. Genau wie die Cantrip-Mädchen ist sie eine von vier Schwestern – die alle an die Kraft der Magie glauben.

Franziska Harvey, geboren 1968, studierte Illustration und Kalligraphie und arbeitet als freie Illustratorin für verschiedene Verlage und Agenturen. Sie lebt mit ihrer Familie in Frankfurt am Main.

In dieser Reihenfolge erschienen:

›Vier zauberhafte Schwestern‹
›Vier zauberhafte Schwestern und der magische Stein‹
›Vier zauberhafte Schwestern und das Geheimnis der Türme‹
›Vier zauberhafte Schwestern und ein Geist aus alten Zeiten‹
›Vier zauberhafte Schwestern und die große Versöhnung‹
›Vier zauberhafte Schwestern und die fremde Magie‹
›Vier zauberhafte Schwestern und die uralte Kraft‹
›Vier zauberhafte Schwestern und die geheimnisvollen Zwillinge‹
›Vier zauberhafte Schwestern und die Weisheit der Eulen‹
›Vier zauberhafte Schwestern und die unsichtbare Gefahr‹

Weitere Bände in Vorbereitung!

Sheridan Winn

Vier zauberhafte Schwestern

und das Geheimnis der Türme

Aus dem Englischen
von Katrin Weingran

Mit Vignetten
von Franziska Harvey

FISCHER Taschenbuch

Zu diesem Buch ist bei D›A‹V das gleichnamige Hörbuch, gelesen von Marie Bierstedt, erschienen und im Handel erhältlich.

6. Auflage: März 2022

Erschienen bei FISCHER Kinder- und Jugendtaschenbuch
Frankfurt am Main, November 2012

Die englische Originalausgabe erschien 2009
unter dem Titel ›The Sprite Sisters – The Secret of the Towers‹
bei Piccadilly Press Ltd, London, England

Die deutsche Erstausgabe erschien 2010 im
Hardcoverprogramm von Fischer KJB.

Satz: Pinkuin Satz und Datentechnik, Berlin
Druck und Bindung: GGP Media GmbH, Pößneck
Printed in Germany
ISBN 978-3-596-80879-3

Für Char, Deb und Jill,
in Erinnerung an die Lagerfeuer
und den alten weißen Wohnwagen im Wald

Sky

Alter: 9

Element: Luft
Magische Kraft: Sie kann Dinge in der Luft schweben lassen und Wind heraufbeschwören.
Stärken: Sie ist sehr kreativ und hat die wildesten Einfälle.
Sie liebt: Querflötenspielen, Tiere und Geschichten.

Flora

Alter: 10

Element: Erde
Magische Kraft: Mit ihrer Magie findet sie verborgene Gegenstände. Wenn sie die Hilfe der Pflanzen braucht, wachsen sie auf ihr Kommando.
Stärken: Sie findet für alles eine Lösung und gibt nie auf.
Sie liebt: Cellospielen, Draußen sein und alles Mögliche anpflanzen.

Marina
Alter: 12
Element: Wasser
Magische Kraft: Sie spürt, wenn Wasser in der Nähe ist, und kann Quellen entspringen lassen. Wenn sie es will, erstarrt alles Flüssige zu Eis.
Stärken: Sie besitzt viel Mitgefühl und hat meistens gute Laune.
Sie liebt: Singen, Tanzen und mit Freunden quatschen.
Flame
Alter: 13
Element: Feuer
Magische Kraft: Das Feuer gehorcht ihren Befehlen. Auf ihr Geheiß brennen, schmelzen oder leuchten Dinge und sie kann Blitze erzeugen.
Stärken: Sie ist die geborene Anführerin und handelt stets überlegt.
Sie liebt: Lesen, Sport und Neues ausprobieren.

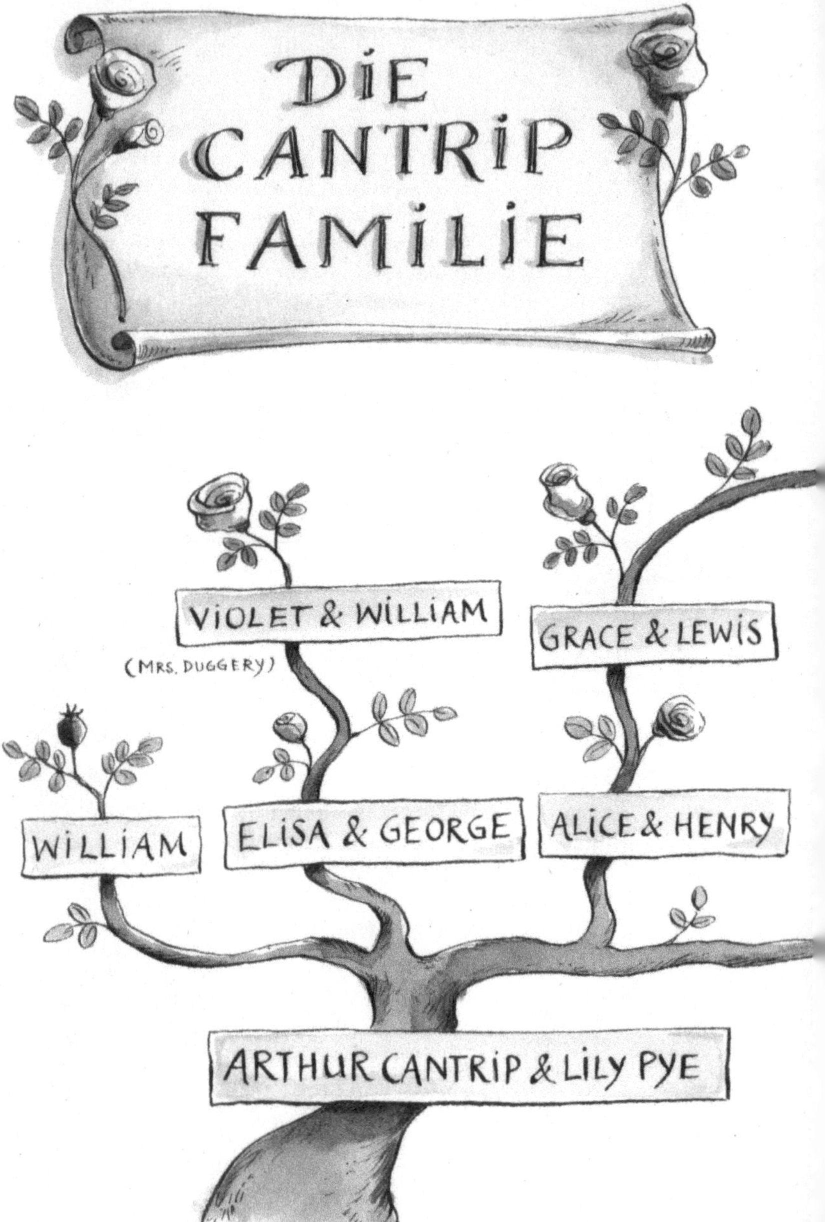

VIOLET & WILLIAM
(MRS. DUGGERY)

GRACE & LEWIS

WILLIAM

ELISA & GEORGE

ALICE & HENRY

ARTHUR CANTRIP & LILY PYE

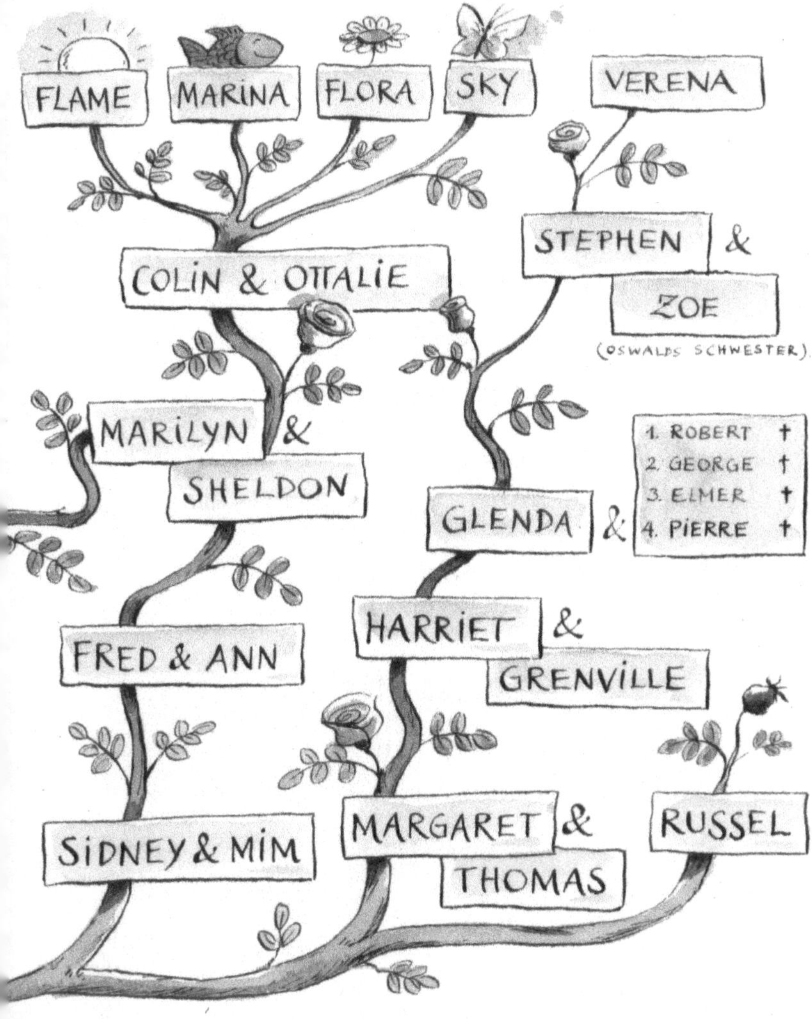

FLAME MARINA FLORA SKY VERENA

COLIN & OTTALIE

STEPHEN & ZOE (OSWALDS SCHWESTER)

MARILYN & SHELDON

GLENDA &
1. ROBERT †
2. GEORGE †
3. ELMER †
4. PIERRE †

FRED & ANN

HARRIET & GRENVILLE

SIDNEY & MIM

MARGARET & THOMAS

RUSSEL

Dies ist nur ein kleiner Ausschnitt
des Familienstammbaums

Inhalt

Die Familienporträts

»Ich habe aufregende Neuigkeiten«, eröffnete Dad seiner Familie an einem Sonntagmorgen Anfang August. Mit dem Löffel klopfte er die Schale seines hartgekochten Eis auf.

Die Köpfe der vier Cantrip-Schwestern fuhren überrascht in die Höhe.

»Was meinst du damit, Dad?«, fragte Sky mit vollem Mund.

»Wir erwarten einen wichtigen Besucher.«

»Wer kommt denn, Dad?«, rief Flame.

»Sein Name ist Charles Smythson und er wird eine Inventarliste unserer Familienporträts erstellen«, erwiderte Dad. »Er ist Kunsthistoriker und wird bei Glenda Glass auf Eichenruh übernachten.«

»Wie, bei Glenda?«, fragte Flame. Allein der Gedanke an Glenda Glass reichte aus, dass es in ihr zu brodeln begann. Sie starrte das Frühstücksei vor sich auf dem Tisch erbost an und ließ ihren Eierlöffel mit so viel Schwung darauf krachen, dass die Schale zersplitterte und in alle Richtungen flog.

Marina, Flora und Sky kicherten. Grandma sah Flame über den Frühstückstisch hinweg an und hob eine Augenbraue.

Dad korrigierte seine älteste Tochter: »Glenda lebt auf Eichenruh, das stimmt, aber das Haus gehört ihrem Sohn, Stephen Glass. Charles Smythson ist Stephens Cousin. Er ist ein Cantrip und fertigt gerade eine Inventarliste von Stephens Gemäldesammlung an. Dazu gehören auch viele Porträts der Cantrip-Familie. Stephen möchte gerne, dass sämtliche Cantrip-Porträts katalogisiert werden, und hat vorgeschlagen, dass Charles mit unseren Bildern weitermacht. Er hat angeboten, die Hälfte der Kosten zu übernehmen, was sehr großzügig von ihm ist. Und er hält viel von Charles. Jedenfalls finden eure Mutter und ich, dass es eine gute Idee ist, und wir haben Charles engagiert. Es ist eine wundervolle

Möglichkeit, mehr über die Gemälde in Erfahrung zu bringen, die wir hier auf Cantrip Towers haben.«

»Aber dieser Charles wohnt trotzdem bei Glenda«, beharrte Flame. »Sie lebt schließlich auch dort.«

»Glenda ist den Sommer über gar nicht da«, sagte Dad. Er schob sich einen Löffel Ei in den Mund. »Warum interessiert dich das überhaupt?«

Die Cantrip-Schwestern sahen sich vielsagend an. Jede einzelne von ihnen wusste ganz genau, dass sie Dad nichts über Glenda Glass' wahre Natur erzählen durften. Glenda, ihre Feindin, die gemeine Person, die nur wenige Wochen zuvor ihr Zuhause Cantrip Towers angegriffen hatte. Nein, das musste ihr Geheimnis bleiben, ihres und das ihrer Großmutter.

Gott sei Dank waren Dad und Mum viel zu beschäftigt mit ihrem Frühstück, um die besorgten Blicke zu bemerken, die ihre Töchter sich zuwarfen.

»Und wann kommt dieser Charles nun?«, fragte Marina.

»Dienstagnachmittag, glaube ich«, erwiderte Dad und biss genüsslich in seinen Toast.

Als Dad das sagte, hörte Flora ein kurzes Piepsen. *Pieeep!*, machte es und sie fühlte, wie ihre Hosentasche vibrierte. Was war das denn?, wunderte sie sich.

Sie legte ihre Hand auf die Tasche und ertastete die glatte, runde Form des magischen Steins. Weil Flora die Schwester mit der besonderen Kraft der Erdmagie war, hatte sie ihn in ihre Obhut genommen. Sie nahm ihn überallhin mit, aber normalerweise gab er keinen Laut von sich. Ich frage mich, ob er mir etwas sagen will, dachte Flora.

Sie sah sich am Tisch um. Hatte irgendwer sonst das Piepsen gehört? Ihr war es ziemlich laut vorgekommen, aber es schien, als wäre es niemandem sonst aufgefallen. Alle unterhielten sich angeregt weiter.

Floras Überlegungen wurden von Dad unterbrochen, der eine weitere Ankündigung in petto hatte: »Eure Mutter und ich haben eine Überraschung für euch!«

Er lächelte Mum zu, die ihrerseits die Mädchen beobachtete.

»Was ist es, Dad? Sag schon!«, riefen sie.

»Es ist etwas, das heute Morgen eintreffen wird«, sagte Mum. »Etwas, das ihr bestimmt ganz toll finden werdet, wartet's nur ab!«

»Sagt schon, sagt schon!«, bettelten die Mädchen.

Mum und Dad grinsten sich an, aber keiner von ihnen ließ sich erweichen.

»Weißt du, was es ist, Grandma?«, fragten die Cantrip-Schwestern ihre Großmutter voller Neugierde. Aber auch diese verriet kein Sterbenswörtchen.

»Ihr werdet wohl einfach abwarten müssen«, sagte sie lächelnd.

Da platzte Sky mit lauter Stimme heraus: »Sidney hat gesagt, er möchte, dass wir das Porträt von Mim neben seines hängen. Er hat gesagt, er vermisst sie. Wer ist Mim?«

Dad verschluckte sich und begann zu husten. Er sah seine jüngste Tochter verblüfft an und blickte dann ratsuchend zu Mum.

Diese setzte ihre Tasse ab. »Was hast du da gerade gesagt?«, fragte sie Sky.

»Wer ist Mim?«, wiederholte Sky.

»Nein, das andere. Dass Sidney mit dir geredet hat«, sagte Mum.

»Ach weißt du, Mum, Sky redet ständig mit Sidneys Bild.« Marina lachte und warf ihre dunklen Locken zurück.

Mum schüttelte den Kopf und lächelte ebenfalls. »Das weiß ich natürlich, aber ich frage mich doch, woher Sky den Namen Mim kennen sollte. Es sei denn, Sidney hätte ihr tatsächlich geantwortet!«

Mum und Dad hatten Sky schon oft vor Sidney Cantrips Porträt stehen sehen, das in der großen Halle am Fuße der breiten Mahagonitreppe hing. Der berühmte Süßwarenfabrikant hatte Cantrip Towers 1910 erbaut, und es war seit vielen Jahren Familientradition, dass alle ihm eine gute Nacht wünschten, wenn sie an seinem Bild vorbei die Treppe hinauf ins Bett gingen. Mum und Dad hatten natürlich gehört, wie Sky mit dem Porträt ihres Ur-urgroßvaters redete, aber sie ahnten nicht, dass Sidney ihr tatsächlich antwortete.

»Du bist schon ein lustiges kleines Ding, Sky!«, sagte Dad.

Grandma tupfte sich den Mund mit ihrer Serviette ab, doch eigentlich tat sie das nur, um ihr Lächeln zu verbergen. Flame, Marina und Flora kicherten ebenfalls in sich hinein.

Sky verschränkte die Arme vor der Brust und schürzte die Lippen. Ihre Stupsnase vorwitzig in die Luft gereckt fragte sie erneut: »Und wer ist Mim jetzt?«

»Mim war Sidneys Frau«, erklärte Grandma. »Sie war eure Ur-urgroßmutter und eine ganz reizende Dame. Sie waren beide ganz reizende Menschen, Sidney und Mim.«

»Und was wollte Sidney von dir?« Dad lachte.

»Sidney möchte, dass wir Mims Porträt neben seins an die Wand hängen«, sagte Sky. »Er hat gesagt, es sei wichtig.« Für sie war der Wunsch ihres Ur-urgroßvaters das Normalste von der Welt.

Dad kratzte sich am Kopf und sah Sky an. Woher hat sie nur diese seltsamen Ideen?, fragte er sich.

»Wo ist Mims Porträt denn? Welches ist es?«, fragte Flora. Auf Cantrip Towers hingen viele Familienporträts, einige von ihnen waren hunderte von Jahren alt. Die Cantrips waren eine große Familie und ihre Geschichte war hier, an den Wänden von Cantrip Towers, dokumentiert. Nur wenige der Bilder jedoch trugen ein beschriftetes Schild, und die Cantrip-Schwestern hatten keine Ahnung, wer auf den Bildern zu sehen war – abgesehen von Sidney natürlich.

»Mims Porträt ist das im Wohnzimmer, es hängt an der Südseite«, sagte Mum.

»Lasst uns einen Blick darauf werfen«, schlug Dad vor.

Die ganze Familie erhob sich vom Frühstückstisch und ging gemeinsam ins Wohnzimmer. Sie liebten diesen Raum alle sehr. Es war der eleganteste im ganzen Haus, mit seiner hohen Decke und den taubenblau gestrichenen Wänden, an denen etliche Gemälde hingen. An einer Wand befand sich der Kamin, an der gegenüberliegenden ragte ein großes Regal in die Höhe, das mit unzähligen Büchern vollgestopft war. In der Mitte des Raumes standen sich zwei ausladende, cremefarbene Sofas gegenüber und auf den blitzblank gewienerten Eichendielen lagen farbenfrohe Perserteppiche.

Und da war Mim Cantrip, hoch oben an der Wand. Das Porträt zeigte eine hübsche Frau mit einem runden, heiteren Gesicht, lebhaften Augen und dunklen Locken, die sie hochgesteckt trug.

Die Cantrip-Schwestern bestaunten das Bild über ihren Köpfen.

»Sie scheint sehr glücklich gewesen zu sein«, sagte Flame.

»Das war sie auch«, erwiderte Grandma zustimmend. »Sie und Sidney errichteten Cantrip Towers und hatten fünf gesunde Kinder.«

»Mim sieht freundlich aus«, sagte Marina und betrachtete ihre Ur-urgroßmutter nachdenklich. »Ich finde, sie und Sidney sollten nicht länger getrennt sein.«

»Genau!«, meinte Sky. »Das hat Sidney auch gesagt.«

»Nun, wir können Sidney schlecht hierhin hängen«, sagte Dad und rieb sich nachdenklich das Kinn.

»Auf keinen Fall!«, rief Flame. »Sidney muss an seinem Platz bleiben. Er beschützt das Haus.«

»Dann nehmen wir eben Mim mit in die Halle und hängen hier im Wohnzimmer ein anderes Gemälde auf«, sagte Dad.

Sie gingen in die Halle und blieben am Fuß der Mahagonitreppe stehen, die im Herzen des Hauses alle Stockwerke miteinander verband. Hier hing direkt neben der Treppe in einem verschnörkelten goldenen Rahmen das prächtige Porträt von Sidney Cantrip. Sidney war ein bärtiger, heiterer Geselle, der aussah, als habe er gern eine gute Geschichte zum Besten gegeben.

Mum blickte an der Wand hoch. »Da ist noch etwas Platz, Colin«, sagte sie und zeigte auf die freie Stelle. »Wir könnten Sidney neben der Treppe hängen lassen und Mim hier links neben der Tür anbringen Aber welches Bild hängen wir ins Wohnzimmer, um die Lücke zu füllen?«

»Wie wäre es mit der Landschaft, die ich letztes Jahr in Frankreich gemalt habe?«, schlug Dad vor.

»Das ist eine gute Idee«, sagte Mum zufrieden.

»Dann lasst uns mal anfangen.« Dad rieb sich tatkräftig die Hände und ging davon, um seinen Werkzeugkasten und eine Leiter zu holen.

Kurz darauf stellte er die Trittleiter vor Mims Porträt und stieg bis auf die oberste Sprosse. Grandma hielt die Leiter fest, damit sie nicht wackelte, als Dad das riesige Bild rechts und links am Rahmen packte und es von der Wohnzimmerwand hob.

»Himmel noch mal, ist das schwer!«, rief Dad aus. Das Bild am oberen Ende des Rahmens fest in beiden Händen haltend, stieg er die Stufen der Leiter langsam wieder hinab.

Mum und Flame nahmen das Gemälde von unten entgegen und bissen die Zähne zusammen, als sie sein Gewicht zu spüren bekamen.

»Alles klar bei euch?«, fragte Dad.

»Ja«, erwiderte Mum, die im selben Moment leicht in die Knie ging.

Gemeinsam stellten sie Mims Porträt vorsichtig auf den Boden. Es war etwa anderthalb Meter hoch.

»Seht mal, da hat jemand was auf die Rückseite geschrieben«, sagte Flora. Sie betrachtete das Bild mit zusammengekniffenen Augen. Ihr fielen oft Kleinigkeiten wie diese auf.

»Sieht aus wie ein Schildchen«, sagte Flame. Sie bückte sich, um es genauer in Augenschein zu nehmen. Das dichte kupferfarbene Haar fiel ihr dabei ins Gesicht.

In diesem Augeblick hörten sie von draußen den Lärm einer Autohupe. Bert bellte lauthals und rannte zur Vordertür.

Die Cantrips waren so beschäftigt gewesen, dass keiner von ihnen den Landrover gehört hatte, der in die Auffahrt eingebogen war und einen weißen Wohnwagen hinter sich her zog. Die Cantrip-Schwestern liefen zum Fenster und blickten hinaus.

»Ah, eure Überraschung ist eingetroffen!«, sagte Mum lachend.

»Was ist es?«, fragten die vier Mädchen aufgeregt.

»Wir haben euch einen alten Wohnwagen gekauft, damit ihr im Sommer im Garten übernachten könnt«, sagte Mum.

Dad öffnete schwungvoll die Haustür und trat hinaus.

»Wahnsinn!«, rief Marina.

»Gigantastisch!«, schrie Sky und raste nach draußen.

Alle folgten ihr – alle, bis auf Flora. Sie spürte, wie der Stein in ihrer Hosentasche vibrierte und hörte ihn piepsen. Eigentlich wollte sie hinter ihren Schwestern herrennen, aber etwas drängte sie, auf den Stein zu hören. Was will er mir sagen?, fragte sie sich.

Sie ging wieder auf Mims Porträt zu, das an der Wand

lehnte. Je näher sie dem Gemälde kam, desto stärker vibrierte der Stein. Auch das Piepsen wurde lauter, als wäre der Stein aufgeregt.

Flora stand vor dem Gemälde und zog es zu sich heran, bis es mit seinem ganzen Gewicht an ihrem Körper ruhte. Sie blickte an der Rückseite des Bildes entlang. Dort, ganz weit unten, war das Schildchen. Darunter, eingeklemmt zwischen Rahmen und Leinwand, steckte noch etwas anderes. Flora konnte ein winziges Eckchen Papier erkennen.

Vor dem Haus begrüßte die Cantrip-Familie Harry, der den Wohnwagen bis vor ihre Haustür gefahren hatte. Er war ein wahrer Hüne mit einem offenen Gesicht und ein Freund der Familie. Außerdem war er einer der ortsansässigen Bauern. Es waren seine Schafe, die auf der Großen Weide der Cantrips grasten.

Mit großem Hallo und begeisterten Ausrufen umrundeten die Cantrip-Schwestern den Wohnwagen. Mum und Grandma unterhielten sich mit Harry, während Dad und die Mädchen durch die kleinen Fenster in das Innere des Wagens lugten.

Zur gleichen Zeit ließ Flora sich auf alle viere nieder und untersuchte die Rückseite von Mims Porträt. Sie wusste ganz genau, was sie wollte. Mit der linken

Hand hielt sie das Bild fest, während sie mit der rechten nach dem kleinen Stück Papier tastete, das unter dem Schildchen klemmte. Vorsichtig zog sie daran. Und tatsächlich bewegte es sich. Während der ganzen Zeit piepste der Magische Stein wie verrückt.

»Schon gut, schon gut«, murmelte Flora ihm beruhigend zu.

Und dann, ganz plötzlich, hielt sie etwas in der Hand. Es war ein winziger Briefumschlag. Er war schmal und weiß und schien aus sehr teurem Papier zu sein. Er sieht aus, als hätte er da schon eine ganze Weile gesteckt, dachte sie, als ihr auffiel, dass seine Kanten vergilbt waren.

Sie starrte auf die Adresse. Sie war mit schwarzer Tinte geschrieben, in einer altmodischen, gestochenen Handschrift, und besagte:

An die Cantrip-Schwestern, Cantrip Towers.

Wie seltsam, er ist an uns adressiert, dachte Flora.

Dads Stimme riss sie aus ihren Gedanken. »Komm endlich nach draußen, Flora!«, rief er. »Wo bleibst du denn?«

Flora stand schnell auf und stopfte sich den kleinen Umschlag in die hintere Tasche ihrer Jeans. Sie würde den Brief später lesen. Dann sorgte sie dafür, dass das

Porträt wieder sicher an der Wand lehnte, drehte sich um und rannte nach draußen.

»Ist das nicht total cool?« Marina lachte, als sie sah, wie Floras Gesicht vor Überraschung aufleuchtete.

»Wow!«, sagte Flora, ihre sanften braunen Augen strahlten vor Begeisterung.

Ihr Vater stand lächelnd neben dem Wohnwagen.

»Wo hast du den her, Dad?«, fragte Flora.

»Ich habe die Anzeige in der Zeitung gelesen«, erwiderte er und legte ihr seinen Arm um die Schulter. »Harry war so freundlich uns anzubieten, ihn herzubringen.«

»Können wir mit ihm durch die Gegend fahren?«, fragte Flora.

»Nein, dafür ist er zu alt«, sagte Dad. »Aber ihr könnt darin übernachten, hier im Garten.«

»Super!«, sagte Flora freudestrahlend.

»Wo sollen wir ihn hintun?«, rief Sky, die vor lauter Aufregung auf und ab hüpfte.

»In den Wilden Wald!«, rief Flame. »So weit entfernt vom Haus wie möglich!«

»Ja!« Marina lachte und nickte zustimmend.

Dad, Mum und Grandma gingen über den Rasen auf den Wilden Wald zu, während Harry den alten Campingwagen noch ein Stück die Auffahrt entlangzog. Die Cantrip-Schwestern rannten vor dem Landrover her. Am Gatter, das auf die Große Weide führte, blieben sie schließlich stehen. Marina hob die oberste der fünf schweren Eisenstangen aus ihrer Halterung und öffnete das riesige Tor. Flame, Flora und Sky scheuchten die Schafe zur Seite und winkten Harry durch, während Marina das Gatter hinter ihm wieder verschloss.

Der Campingwagen ruckelte und quietschte hinter dem Landrover her, der langsam über die Große Weide bis zum Wilden Wald fuhr. Die Schafe blökten und sprangen in alle Richtungen, als die Schwestern quer über die Weide zum Gatter auf der anderen Seite rannten. Dieses Mal öffnete Flora das Tor, während Marina, Flame und Sky sich um die Schafe kümmerten. Vorsichtig manövrierte Harry Auto und Anhänger durch das offene Gatter und hielt ein Stück weiter an. Flora schloss das Tor wieder und rannte hinter ihren Schwestern her.

Harry streckte seinen Kopf aus dem Fenster und rief: »Wo soll ich ihn hinstellen?« Er wartete ab, während

Colin Cantrip und seine Töchter über die genaue Position des Campingwagens verhandelten. Ihre Finger zeigten hierhin und dorthin und schließlich hatten sie sich geeinigt.

»Genau dahin bitte, Harry«, sagte Flame und deutete auf den Pfad, der in den Wilden Wald führte.

Dad nickte Harry zu. »Das ist ein guter Platz, danke dir«, sagte er.

»Na, dann woll'n wir mal«, stimmte der stets gutgelaunte Bauer zu und fuhr vorsichtig ein paar Meter weiter. Endlich war der alte Campingwagen an seinem neuen Stellplatz im Schutz der hohen Kiefern angekommen. Harry trennte ihn von der Anhängerkupplung. Sobald der Wohnwagen sicher stand, öffneten die Cantrip-Schwestern seine Tür und stürmten hinein.

Sie sprangen auf den Betten herum und stritten sich, welche von ihnen welches bekommen sollte. Sie zogen die Schubladen sämtlicher Schränke auf, bewunderten den kleinen Ofen und kicherten, als sie das winzige Klo entdeckten. Es machte ihnen nichts aus, dass der Wohnwagen alt und ein wenig schäbig war.

»Ihr werdet das Klo nicht benutzen können, Mädchen«, sagte Dad, der seinen Kopf durch die Tür steckte. »Ihr müsst weiter auf die Toilette im Haus gehen.«

»Wie sieht es mit fließend Wasser aus?«, fragte Flora.

»Keine Chance«, erwiderte Dad. »Ihr werdet euch einen Vorrat mitbringen müssen.«

»Und was ist mit Strom?«, fragte Marina.

»Wir können vielleicht ein Kabel von den Ställen hierherlegen«, sagte Dad und sah sich prüfend um.

»Wir brauchen keinen Strom!«, rief Flame. »Mit Taschenlampen ist es viel aufregender!«

»Und wir können über einem Lagerfeuer kochen«, sagte Marina begeistert.

»Gute Idee«, stimmte Dad zu.

»Und du und Mum und Grandma dürft nicht herkommen, außer wir laden euch vorher ein!«, sagte Sky.

»Wie charmant!«, entgegnete Dad. »Hm, vielleicht lassen wir euch dafür nicht zurück ins Haus, wenn es regnet!«

»Colin, lass uns zum Haus gehen und einen Kaffee für Harry holen«, rief Mum.

»Ist gut, Liebes«, erwiderte er.

Mum hatte sich schon auf den Weg zum Haus gemacht, als sie sich noch einmal umdrehte und zu ihnen zurückkam. »Mädchen!«, rief sie. Die Cantrip-Schwestern liefen ihr entgegen.

»Hört zu, ich weiß, dass ihr auf der Stelle all eure Sachen in den Wohnwagen bringen wollt«, sagte sie. »Aber wir müssen ihn zuerst saubermachen und die Matratzen lüften.«

Die Schwestern stöhnten. »Oh, Muuuum!«, riefen sie mit langen Gesichtern.

»Es ist mir ernst damit!«, sagte Mum fest. »Wir werden den Wohnwagen heute saubermachen, damit ihr *morgen* eure Sachen herbringen könnt.«

»Wann können wir loslegen?«, fragte Flame, die am liebsten sofort mit dem Putzen begonnen hätte.

»Nach dem Mittagessen«, erwiderte Mum. Und damit ging sie davon, über den Rasen zum Haus zurück.

Die vier Schwestern standen da und betrachteten den Wohnwagen.

»Wir könnten damit anfangen, die Campgrenzen festzulegen«, schlug Flame vor.

»In den Ställen sind irgendwo ein paar Pfosten, an denen wir ein Seil spannen können«, sagte Flora. »Dad hat sie aufgehoben, weil sie ›mal nützlich sein könnten‹.«

»Dad hebt einfach alles auf!« Marina grinste. »Er ist total sammelwütig!«

»Es ist jedenfalls sehr praktisch, wenn man mal was braucht«, gab Flora zurück. Sie hielt immer zu ihrem Vater.

Während die Erwachsenen im warmen Schein der Augustsonne auf der Terrasse saßen, markierten Flame, Flora und Sky die Grenzen ihres Lagers. Marina malte ein großes Schild, auf dem stand: ERWACHSENE NUR MIT ERLAUBNIS, und nagelte es an einen Holzpfahl.

»Das sollte genügen«, sagte sie.

»Das glaubst du doch wohl selbst nicht!« Flame lachte. »Meinst du wirklich, Mum ließe sich davon abhalten, nach uns zu sehen?«

»Wir können es zumindest versuchen!«, erwiderte Marina entschlossen.

Nach dem sonntäglichen Mittagessen machten sich Mum, Grandma und die Cantrip-Schwestern daran, den Wohnwagen zu putzen. Sie trugen die Matratzen nach draußen und lehnten sie gegen ein paar Bäume, damit sie in der Sonne lüften konnten. Sie nahmen die Vorhänge ab, um sie zu waschen. Sie schrubbten und fegten, wienerten und putzten den alten Wagen, bis er blinkte und blitzte wie neu – jedenfalls fast.

»So«, sagte Mum, als sie fertig waren. »Lasst die Matratzen noch so lange draußen, wie die Sonne scheint. Aber achtet darauf, sie reinzubringen, bevor die Luft feucht wird. Ihr könnt eure Vorräte und euer Bettzeug morgen herschaffen.«
Zur gleichen Zeit war Dad im Gemüsegarten damit beschäftigt, Salat, Bohnen und Zucchini zu ernten. Flora lief zu ihm, um ihm zu helfen, und die beiden verbrachten eine schöne Zeit im Garten. Sie kümmerten sich um ihr preisverdächtiges Gemüse, das sie auf dem Dorffest am Samstag bei der jährlichen Gartenschau einreichen wollten.

Der Tag nahm seinen Lauf und alle waren fröhlich und lachten und schwatzten miteinander. Später hängten sie dann Mims Porträt an seinen neuen Platz. Dad bohrte ein paar Löcher in die Wand neben der Treppe und steckte Spezialdübel hinein, damit die Aufhänger fest verankert waren. Mit Mums und Flames Hilfe und Grandmas sichernder Hand an der Leiter schenkte Dad dem riesigen Gemälde sein neues Zuhause. Als die Sonne hinter Cantrip Towers unterging, waren Sidney und Mim Cantrip wieder vereint.

Noch später, als es Zeit zum Schlafengehen war, holte Flora den magischen Stein aus ihrer Hosentasche und legte ihn auf ihren Nachttisch. Sie zog ihre Jeans aus und warf sie auf den Stuhl neben ihrem Bett. Dann zog sie ihren Schlafanzug an und ging ins Bett. Der Tag war so aufregend gewesen, dass Flora den Umschlag in ihrer hinteren Jeanstasche total vergessen hatte. Als Mum kam, um ihr einen Gutenachtkuss zu geben und die Hose in ihren großen Wäschekorb legte, lag Flora hundemüde in ihrem Bett und war bereits kurz davor einzuschlafen.

Ottalie Cantrip war auf dem Weg vom ersten Stock des Hauses in den Haushaltsraum im Erdgeschoss, als das Telefon klingelte. Sie stellte den Wäschekorb auf der untersten Stufe der Treppe ab und griff zum Hörer.

»Oh, hallo Liz!«, rief sie und ging mit dem schnurlosen Telefon ins Wohnzimmer, um in Ruhe mit ihrer Freundin zu reden.

In der oberen Etage fiel Flora gerade in einen tiefen, traumreichen Schlaf, als der magische Stein ein durchdringendes Piepsen von sich gab.

»Was ist los? Was ist passiert?«, schrie sie und fuhr

senkrecht in ihrem Bett hoch. Sie saß mit klopfendem Herz in der Dunkelheit.

Pieeep!, machte der Stein erneut. Flora zuckte zusammen, sie drehte sich zum Stein um und rieb ihre Augen.

»Ich war schon eingeschlafen«, sagte sie zu ihm. »Lass mich in Ruhe.« Und damit legte sie sich wieder hin.

Pieeep!

Flora stemmte sich hoch und starrte den Stein verschlafen an.

»Schon gut, schon gut«, sagte sie. »Krieg dich wieder ein.«

Sie stieg aus dem Bett und stellte sich mitten in den Raum, den magischen Stein hielt sie in ihrer rechten Hand. Was hat er bloß?, dachte sie verwundert. Was will er mir sagen? In ihrem Kopf begann es zu arbeiten.

Und dann erinnerte sie sich. Der Briefumschlag! Der Briefumschlag, den sie in ihre Hosentasche gesteckt hatte.

Meine Jeans, dachte sie. Sie fuhr herum und sah den leeren Stuhl. O nein, Mum hat sie zum Waschen mitgenommen!

Mit einem Schlag war Flora hellwach. Sie riss die

Schlafzimmertür auf und rannte die Treppe hinunter. Aus dem Wohnzimmer hörte sie Mums Stimme und da, auf der untersten Treppenstufe, stand der Wäschekorb.

Sie hörte ihre Mutter auf die Tür zukommen und sagen: »In Ordnung Liz, das wäre großartig.«

Schnell!, dachte Flora panisch, während sie sich durch den Haufen wühlte. Die Wäsche flog wild in alle Richtungen.

Sie schnappte sich ihre Jeans und tastete die Taschen ab.

Da war er, der Briefumschlag! Flora zog ihn an einer Ecke heraus, dann warf sie die Jeans in den Korb zurück und rannte so schnell sie konnte die Treppe hinauf.

Sie hatte die Tür zu ihrem Zimmer kaum hinter sich geschlossen, als Mum aus dem Wohnzimmer kam und den zerwühlten Wäschekorb entdeckte.

Ich bin mir sicher, dass es hier vor einer Minute noch nicht so ausgesehen hat, dachte Mum. Sie seufzte, sammelte Hosen und T-Shirts vom Boden auf und ging damit in den Haushaltsraum, wo sie alles in die Waschmaschine steckte. Kurz darauf drehten sich Floras klatschnasse Jeans in der Trommel.

Das Lagerleben beginnt

Der Montagmorgen war warm und sonnig. Flora wachte schon früh auf und lag eine Weile grübelnd in ihrem Bett. Sie erinnerte sich an die vorangegangene Nacht und die Rettung des Umschlags.

Wo ist er?, fragte sie sich und drehte sich zu dem kleinen Tischchen neben ihrem Bett um. Da lag er! Die Tür flog auf und Marinas Kopf erschien in der Türöffnung. »Komm schon, Flora! Wir müssen den Wohnwagen einrichten!«, rief sie aufgeregt.

Es dauerte keine Minute und Flora war gewaschen und angezogen. Sie schnappte sich den Umschlag und stopfte ihn in die hintere Hosentasche ihrer Jeans.

Diesmal darf ich ihn nicht vergessen!, dachte sie. Den magischen Stein steckte sie in ihre vordere Hosentasche.

* * *

Nach einem schnellen Frühstück rannten die Cantrip-Schwestern zu ihrem Wohnwagen.

»Okay, wir müssen uns überlegen, was wir alles brauchen«, sagte Flame und sah sich aufmerksam um.

»Schlafsäcke«, meinte Marina.

»Teddybären«, ergänzte Sky.

»Quatsch!«, sagte Flora. »Wozu brauchen wir Teddybären?«

»Wir brauchen sie eben«, erwiderte Sky.

Und schon rannten die vier Mädchen zum Haus zurück.

Den ganzen Morgen über liefen sie zwischen Haus und Wohnwagen hin und her. Sie schleppten Schlafsäcke, Decken, Kopfkissen, Taschenlampen, Bücher, Wasserflaschen, eine alte gusseiserne Pfanne, einen alten Suppentopf, eine Auswahl an Besteck und Küchenutensilien, Campingstühle, Kleidung, Essen – unter anderem eine Menge Dosen gebackener Boh-

nen – und eine Waschschüssel an. Alles, von dem sie dachten, dass sie es gebrauchen könnten.
Bert dackelte eine Zeitlang an ihrer Seite hin und her, aber das wurde ihm schnell langweilig und er rollte sich lieber auf der Terrasse zusammen und machte ein Nickerchen.
»Könnte ich nicht einfach meine magischen Kräfte benutzen, um das ganze Zeug zum Lager schweben zu lassen?«, fragte Sky, als sie das x-te Mal die Treppe in den zweiten Stock hochliefen.
»Es würde die Sache einfacher machen, aber ich befürchte, Mum könnte es irgendwie mitbekommen«, sagte Marina. Sie sah ihre kleine blonde Schwester irritiert an, die einen Haufen Stofftiere im Arm hielt. »Du brauchst wirklich nicht all deine Teddybären mitzuschleppen, Sky!«

Die Schwestern arbeiteten hart und um die Mittagszeit war ihr Lager fertig und wurde feierlich auf den Namen Camp Cantrip getauft.
Flame und Marina hatten die Stelle für das Lagerfeuer ausgesucht und alle hatten geholfen, Feuerholz im Wilden Wald zu sammeln. Sie schichteten etwas Holz für ein Lagerfeuer auf. Flame entzündete es mit ihrer

magischen Feuerkraft und der erste Stapel »Käseträumerei« – gegrillte Toasts mit Käse und Chutney – wurden als Mittagessen zubereitet und mit großem Appetit und viel Fingerschlecken verputzt.
»Das Lagerleben beginnt!«, sagte Flame.

Während die Cantrip-Schwestern den Kühlschrank und die Speisekammer räuberten und geschäftig zwischen dem Haus und ihrem Lager hin und her rannten, war Mum damit beschäftigt, Dinge für den Flohmarkt zusammenzusuchen, der während des Dorffestes stattfinden würde.
Auf Cantrip Towers gab es viele Schränke. Etliche von ihnen hatten Grandma und Mrs Duggery – die magische alte Dame, die zu ihnen gekommen war, um Cantrip Towers vor Glenda Glass zu beschützen – bereits ausgeräumt. Aber es gab noch immer ein paar Truhen und Kommoden, in die seit langer Zeit niemand mehr einen Blick geworfen hatte.
Im Gegensatz zu ihrem Ehemann war Ottalie Cantrip ein ordnungsliebender Mensch, und so war sie froh, ein paar Dinge auf den Flohmarkt geben zu können. Es ist schließlich für einen guten Zweck, dachte sie.
Dad war in seinem Büro in der Stadt und so bot sich

eine gute Möglichkeit, ein paar Kartons zu füllen und die Sachen im Rathaus vorbeizubringen.

Wenn Colin zu Hause wäre, würde er wahrscheinlich alles irgendwie ins Haus zurückschaffen, dachte Mum lächelnd. Und so ergriff sie die Gelegenheit beim Schopfe, einen der Schränke im ersten Stock auszuräumen. An seiner Rückwand lehnten einige Porträts.

Hier hat seit Jahren niemand einen Blick hineingeworfen, dachte Mum. Gut, dass ich ihn mir vorgenommen habe. Charles Smythson kann sich die Porträts ansehen, wenn er kommt. Dann nahm sie ihre Suche nach Sachen für den Flohmarkt wieder auf.

Eines der Dinge, die Mum fand, war ein kleines Holzkästchen mit einem Muster auf dem Deckel. Es war lang genug, um Stifte darin aufzubewahren und hatte etwa die Breite eines Kuverts. Es erinnerte sie an die alten Zigarrenetuis, die die Leute besessen hatten, als sie noch klein gewesen war.

Das Kästchen war verschlossen und Mum gelang es nicht, es zu öffnen. Es schien nichts Besonderes zu sein, und so steckte sie es in ihren Flohmarktkarton.

Nach dem Mittagessen – Dad war noch immer im Büro, Grandma jätete Unkraut im Rosengarten und ihre Töchter genossen das Lagerleben – trug Mum acht Kartons voll mit altem Krempel zu ihrem Wagen. Dann fuhr sie die Kisten zum Rathaus, wo sie bis zum Dorffest am Samstag stehen würden.

Später am Nachmittag machten sich Mum und die Mädchen auf den Weg, um Floras neues Kaninchen abzuholen.

Stracciatella, Floras kleines braun-weißes Kaninchen, war gestorben, als Glenda Glass das Haus angegriffen und ein großer Ast den Kaninchenstall zertrümmert hatte. Die Schwestern waren deswegen sehr traurig gewesen.

Bald darauf war die ganze Familie in den Sommerurlaub nach Frankreich aufgebrochen, um die Großeltern zu besuchen. Ottalies Mutter war Französin und ihr Vater Engländer. Sie lebten in der Dordogne. Jeden Sommer fuhren die Cantrips dorthin, um die Ferien mit ihnen zu verbringen. Vor ihrer Abreise hatten sie vereinbart, das neue Kaninchen abzuholen, sobald sie wieder zu Hause waren.

Als Flora den kleinen Kerl hochhielt, ein zartes, golden schimmerndes Fellknäuel mit großen dunklen Augen, verliebten sich die Schwestern sofort in ihn.

»Ach, Mum«, bettelten Flame, Marina und Flora. »Können wir nicht jede noch ein Kaninchen bekommen?«
Mum schüttelte den Kopf. »Ihr habt schon genug Tiere, um die ihr euch kümmern müsst«, sagte sie. Zehn Meerschweinchen, sechs Kaninchen, zwei Wüstenrennmäuse, Bert, der Dackel und Pudding, der große graugetigerte Kater, seien nun wirklich genug, meinte sie.
»Wie willst du ihn nennen, Flora?«, fragte Mum.
»Erdnuss«, erwiderte Flora und streichelte ihm über das Fell.
»Ein guter Name«, sagte Mum.
»Bitte, bitte, Mum!«, bettelten die anderen drei.
»Nein, meine Lieblinge, schätzt das, was ihr bereits habt, und erfreut euch daran«, sagte Mum bestimmt.

Dad war zu Hause, als sie zurückkamen, und auch er fand Erdnuss sehr niedlich.
Dann setzten sich Mum, Dad und Grandma auf die Terrasse, während die Schwestern mit ihren Kaninchen und Meerschweinchen auf dem Rasen spielten.
»Es ist so schön, entspannt in der Sonne zu sitzen«, sagte Dad. Er lehnte sich in seinem Stuhl zurück und sah sich im Garten um.

»Meinst du, nachdem wir uns so viele Sorgen gemacht haben? Um das Dach und Oswalds Kaufangebot für unser Haus?«, fragte Mum.

Dad nickte. »Ich bin froh, dass wir das hinter uns haben. Dass Cantrip Towers uns gehört und es uns allen gutgeht.«

»Ja«, sagte Mum und nahm seine Hand.

Grandma lächelte. Vielleicht fühlte sie sich deshalb so sicher, weil sie und die Mädchen wussten, dass Glenda Glass weit weg war. Verena, Glendas Enkeltochter, Marinas Freundin und eine entfernte Cousine der Schwestern, war ebenfalls verreist. Sie war nach Südamerika zu ihrer Mutter geflogen. Seitdem war der Zusammenhalt zwischen Flame und Marina wieder stärker geworden. Sogar Flame, die stets auf der Hut war und ihre jüngeren Schwestern beschützen wollte, fühlte sich unbeschwert und frei.

Während die Cantrip-Familie die warme Abendsonne genoss, fühlte sich alles ganz wunderbar an. Alles schien perfekt zu sein.

Ein bisschen später gingen Dad und Flora in den Gemüsegarten, um nach ihrem Gemüse zu sehen und die Pflanzen zu wässern. Da die Gartenschau vor der

Tür stand, war es eine wichtige Woche für sie, schließlich hatten sie vor, in einer Reihe von Wettbewerbskategorien anzutreten.

Bei den Ställen füllten Marina und Sky die Wasserbehälter der Tiere mit frischem Wasser.

Zur gleichen Zeit bereiteten Mum und Grandma das Abendessen vor, und Flame deckte den Tisch. Es würde selbstgemachte Fischpastete und Salat aus dem Garten geben.

Am Abendbrottisch ging es hoch her.

»Ihr schlaft heute im Campingwagen, oder, Mädchen?«, fragte Dad.

Die Gesichter der Cantrip-Schwestern glühten vor Aufregung und sie erzählten durcheinander, wie sie den Wohnwagen eingerichtet hatten und wer in welchem Bett schlafen würde. Nachdem sie geholfen hatten, den Tisch abzuräumen, putzten sie ihre Zähne und duschten. Dann machten sie sich auf den Weg zum Lager.

»Gute Nacht!«, riefen sie, als sie über den weiten, hügeligen Rasen bis an den Rand des Wilden Waldes liefen.

»Ich komme nachher noch mal bei euch vorbei, um zu sehen, ob alles in Ordnung ist«, rief Dad ihnen von der Terrasse aus hinterher. »Und denkt daran: Die

Küchentür ist nicht verschlossen und ihr habt eure Handys dabei. Ruft einfach an, wenn ihr irgendetwas brauchen solltet.«

»Wir werden nichts brauchen!«, sagte Flame, die stehen geblieben war und sich zu ihm umgedreht hatte. »Und ihr dürft euch nicht heimlich anschleichen, um uns zu belauschen! Unsere Gespräche sind privat!«

Dad lachte lauthals. »Genau!«, gluckste er. »Hoffen wir mal, dass es nicht regnet. Wir wissen noch nicht, ob der Wohnwagen wasserdicht ist.«

»Meinst du, sie kommen zurecht?«, fragte Mum, die zu ihm auf die Terrasse gekommen war, und sah ihren Töchtern nach, die schon bald außer Sichtweite waren.

»Natürlich werden sie das, Liebling«, erwiderte Dad und legte ihr seinen Arm um die Schulter.

Während der Mond am mitternachtsblauen Augusthimmel aufging, lagen die vier Schwestern in ihren Schlafsäcken und quatschten miteinander in der Dunkelheit.

Sky erzählte gerade etwas von Sidney Cantrip, als der magische Stein ein lautes Piepsen von sich gab und Flora fast aus ihrem Bett gefallen wäre.

»Huch!«, rief sie erschrocken.
»Was ist los?«, riefen Flame, Marina und Sky und richteten sich mit einem Ruck in ihren Schlafsäcken auf. »Was ist passiert?«
»Habt ihr es etwa nicht gehört?«, fragte Flora.
»Was denn?«, fragte Flame.
»Der magische Stein hat wieder gepiepst!«, sagte Flora.
»Nein, ich habe nichts gehört«, erwiderte Flame.
»Ich auch nicht«, sagte Marina.
Sky schürzte die Lippen und schüttelte den Kopf.
Flora runzelte die Stirn. »Ich frage mich, warum ihr es nicht hören könnt. Das blaue Leuchten konntet ihr doch auch sehen …«
»Keine Ahnung, warum, aber anscheinend will der Stein dir irgendwas sagen«, überlegte Flame laut. Sie zog die Beine an und schlang die Arme um die Knie.
Flora krabbelte aus ihrem Schlafsack. »Oh, Mist, beinahe hätte ich es schon wieder vergessen«, sagte sie. »Es ist wegen des Briefumschlags, den ich gefunden habe. Der Stein will mich daran erinnern.«
»Welcher Umschlag?«, fragte Sky.
Flora stand auf, schnappte sich ihre Jeans und zog den Briefumschlag aus der Hosentasche. Dann machten es

sich alle vier Schwestern in ihre Schlafsäcke gehüllt auf Floras Bett gemütlich. Sie sahen aus wie riesige Raupen, wie sie so zufrieden dahockten.
Flame hielt den Strahl der Taschenlampe so ruhig sie konnte, während Flora ihnen den kleinen weißen Briefumschlag zeigte. »Ich habe ihn hinter Ur-urgroß-mutter Mims Porträt gefunden«, erklärte sie.
»Das hast du uns gar nicht erzählt!«, sagte Flame.
»Wir waren alle so beschäftigt, da hab ich es einfach vergessen«, sagte Flora entschuldigend. »Zum Glück hat mich der Stein gestern Abend daran erinnert, dass der Umschlag noch in meiner Jeans war, sonst hätten wir ihn an die Waschmaschine verloren.«
»Von wem ist er und was steht drin?«, fragte Marina mit leuchtenden Augen.
»Halt ihn mal hoch, damit ich ihn sehen kann!«, sagte Sky.
Flora hielt den Umschlag in den Strahl der Taschenlampe.
»*An die Cantrip-Schwestern, Cantrip Towers*«, las Flame laut vor.
Sie verzog fragend das Gesicht. »Haben schon vor uns irgendwann Schwestern auf Cantrip Towers gelebt?«
Marina, Flora und Sky zuckten ratlos die Schultern.

»Öffne ihn, Flora«, sagte Flame. »Hier, nimm mein Taschenmesser, dann machst du den Umschlag nicht kaputt. Er sieht sehr kostbar aus.«

»Danke«, erwiderte Flora. Sie öffnete den Umschlag vorsichtig mit dem Messer.

»Komm schon, beeil dich!«, sagte Marina.

Die vier Cantrip-Schwestern hielten den Atem an, als Flora den Brief aus dem Umschlag zog.

Es waren zwei kleine Blätter, die in der Mitte gefaltet waren. Die Tinte war schwarz, die Handschrift schwungvoll in einem ziemlich altmodischen Stil. In der oberen rechten Ecke des Briefes stand, wo er verfasst worden war: *Cantrip Towers.* Darunter stand das Datum: *6. Juni 1917.*

»O mein Gott!«, sagte Flora. »Seht doch!«

Sie hielt den Brief so, dass ihre Schwestern ihn besser sehen konnten.

»Liebe Flame, Marina, Flora und Sky«, las Sky vor. »Damit sind wir gemeint!«

Flame, Marina, Flora und Sky sahen sich aufgeregt an.

»Dieser Brief wurde vor beinahe hundert Jahren geschrieben«, sagte Flame so leise, dass es fast ein Flüstern war. »Das ist ganz schön unheimlich.«

Sie schwiegen. Schließlich sagte Marina: »Sieh nach, von wem er ist.«

Flora nahm das zweite Blatt in Augenschein. Am Ende des Briefes prangte die Signatur. *Euer George Cantrip.*

»Wer ist George Cantrip?«, fragte Marina. »Haben Mum, Dad oder Grandma ihn je erwähnt?«

»Nicht dass ich wüsste«, erwiderte Flame. »Das alles ist wirklich sehr merkwürdig.«

»Meint ihr, Dad hat vielleicht den Brief hinter dem Porträt versteckt, um uns an der Nase herumzuführen?«, sagte Marina.

»Warum hätte er das tun sollen?«, fragte Flora.

»Keine Ahnung, war nur so ein Gedanke«, sagte Marina schulterzuckend.

»Flame, lies du vor!« Flora gab ihrer Schwester den Brief. »Ich werde die Taschenlampe halten.«

Die Schwestern rutschten auf dem Bett hin und her, bis jede von ihnen eine bequeme Position gefunden hatte.

»Also los«, sagte Flame und begann zu lesen:

»Liebe Flame, Marina, Flora und Sky,

ich werde schon bald wieder in den Krieg ziehen und an der Front kämpfen müssen, und ich weiß, daß ich womöglich nicht von dort zurückkehren werde. Ich bin diesen Monat neunzehn Jahre alt geworden.«

»Was ist die Front?«, fragte Sky. »Warum musste er kämpfen?«

»1917 war die Zeit des Ersten Weltkriegs«, erklärte Flame. »Die Front war die Linie in Frankreich und Belgien, an der die Armeen aufeinandertrafen. Alle jungen Männer mussten von zu Hause fort und dort kämpfen. George ist vielleicht verwundet worden und war auf Erholungsurlaub. Aber er musste anscheinend wieder zurück.«

»Ich frage mich, was aus ihm geworden ist«, sagte Sky.

Flame seufzte traurig. »Ich glaube nicht, dass er uns diesen Brief hinterlassen hätte, wenn er zurückgekommen wäre.«

Dann las sie weiter:

»In diesem Haus existiert jede Menge Magie und sie muß sorgfältig gehütet werden. Einige Menschen haben bereits versucht, sie zu stehlen, aber bisher konnten Vater und ich sie davon abhalten.«

Flame hielt inne, das Gesicht gedankenverloren. Schließlich sagte sie: »Er muss Sidney Cantrip meinen. Wenn das hier 1917 geschrieben wurde und George ein junger Mann war, bedeutet es wahrscheinlich, dass er einer von Sidneys Söhnen war.«

»Könnte er unser Ur-Großvater sein?«, fragte Flora.

»Nicht, wenn er nicht aus dem Krieg zurückgekehrt ist«, erwiderte Flame und biss sich auf die Unterlippe. Sie holte tief Luft, dann fuhr sie fort:

»*Für den Fall, daß ich nicht zurückkehren sollte, habe ich diesen Brief versteckt, von dem ich weiß, daß Ihr ihn finden werdet. Im Kuvert ist außerdem noch ein Schlüssel …* Ist da ein Schlüssel, Flora?«, fragte Flame. Sie übernahm die Taschenlampe und Flora spähte in den Umschlag.

»Ja, hier ist tatsächlich ein kleiner Schlüssel!« Sie fingerte ihn heraus und hielt ihn in den Schein der Taschenlampe.

»Sieht aus wie der Schlüssel von einer Schmuckschatulle«, sagte Flame.

»Was schreibt George noch?«, wollte Marina wissen.

Flame las es ihnen vor:

»*Es gibt ein Kästchen, das Ihr suchen müßt, um das Geheimnis der Türme zu ergründen. Ich habe es in einem Schrank in meinem Zimmer versteckt, aber wenn Ihr das hier lest, ist es sicher schon ganz woanders. Es ist ein kleines Holzkästchen in der Größe eines Zigarrenetuis. Auf dem Deckel ist ein Kreis mit einem Kreuz darin zu sehen.*«

Flora schnappte nach Luft. »Das ist doch, was Mrs Duggery gesagt hat! Der Kreis mit dem Kreuz darin!«

»Ja, du hast recht«, sagte Flame. Sie kaute auf ihrer Unterlippe, während sie darüber nachdachte. Dann las sie weiter:

»In diesem Kästchen verbirgt sich etwas sehr Wertvolles. Beschützt es mit Eurem Leben. Wenn Ihr die Magie des Hauses entschlüsselt, werden wir uns vielleicht eines Tages treffen.

Euer George Cantrip«

Flame starrte ungläubig auf den Brief in ihren Händen. »Das ist ... das ist alles ... sehr rätselhaft, findet ihr nicht?«, sagte sie leise und sah ihre Schwestern eine nach der anderen an.

»Meinst du, George ist zurückgekommen?«, fragte Sky.

»Nein, Engelchen, ich glaube nicht, dass er nach Cantrip Towers zurückgekehrt ist«, erwiderte Flame. »Ich spüre, dass er in diesem schrecklichen Krieg gestorben ist.«

»Oh, armer George«, rief Sky. Marina nahm ihre kleine Schwester fest in den Arm.

Für einen Moment verstummten sie alle, überwältigt

von der Traurigkeit in ihrem Inneren. Tränen liefen ihnen über die Wangen.
Genau in diesem Augenblick klopfte es an der Tür. Sie schraken zusammen, als Dad rief: »Alles okay da drinnen, Mädchen?«
»Du hast uns fast zu Tode erschreckt, Dad!«, rief Flame zurück. »Ja, uns geht es gut!«
»Also, vergesst nicht, die Küchentür ist offen. Schlaft gut!«
»Gute Nacht, Dad!«, riefen alle vier. Dad machte sich beruhigt auf den Weg zum Haus zurück.
Flame, Marina und Sky hüpften in ihren Schlafsäcken zu ihren Betten. Als sie es sich alle gemütlich gemacht hatten, knipste Flame die Taschenlampe aus und sie lagen in der Dunkelheit da. Draußen stieg der Mond über die Baumwipfel.
»Armer George«, sagte Sky gähnend. Dann drehte sie sich um und schlief sofort ein.
»Welches war wohl Georges Zimmer, was glaubt ihr?«, flüsterte Flora.
»Keine Ahnung«, flüsterte Flame zurück. »Wir müssen herausfinden, wer er war. Wenn er noch zu Hause gelebt hat, war er wahrscheinlich unverheiratet. Vielleicht weiß Grandma mehr, wir fragen sie am besten

gleich morgen früh, bevor sie abreist. Sie wird doch ein paar Tage auf den Hund ihrer Freundin Valerie aufpassen.«

»Stimmt. Und vielleicht weiß dieser Charles ja auch etwas«, überlegte Marina.

Als der Name Charles fiel, piepste der magische Stein.

»Habt ihr es diesmal gehört?«, fragte Flora.

»Was denn?«, flüsterten Flame und Marina.

»Der magische Stein, er hat schon wieder gepiepst!«, wisperte Flora.

»Nein, ich habe nichts gehört«, flüsterte Flame.

»Ich auch nicht«, sagte Marina leise.

»Wie seltsam«, flüsterte Flora. »Als Dad diesen Charles beim Essen erwähnt hat, hat er auch schon gepiepst, aber keiner außer mir schien es gehört zu haben.«

»Glaubst du, es ist eine Warnung?«, fragte Marina.

»Könnte schon sein.«

»Wir dürfen Charles Smythson auf keinen Fall merken lassen, dass wir magische Kräfte haben«, flüsterte Flame. »Wir müssen etwas über George herausfinden, ohne dass es klingt, als wären wir etwas auf der Spur.«

»Und wir müssen nach dem Kästchen suchen«, fügte Flora hinzu.

»Cantrip Towers ist mit so viel Krempel vollgestopft,

dass ich gar nicht weiß, wo wir anfangen sollen«, flüsterte Marina gähnend.

»Vielleicht wird der Stein uns ja den Weg zeigen«, überlegte Flora.

Es wurde still im Wohnwagen. Flame lag auf dem Rücken, die Hände hinter dem Kopf verschränkt, und starrte in die Dunkelheit. Sie wollte ihren Schwestern gerade eine weitere Frage stellen, als ihr auffiel, dass sie schon tief und fest schliefen.

Was hat der Brief zu bedeuten?, rätselte Flame. Was ist das Geheimnis der Türme? Ich frage mich, wer hinter der Magie des Hauses her war. Vielleicht war es einer von den Cantrips, deren Magie böse wurde?

Flame lag noch eine Weile da und dachte über alles nach. Draußen im Wilden Wald schrie eine Eule. In der Nähe bellte ein Fuchs. Die hohen Bäume um den weißen Wohnwagen rauschten leise in der nächtlichen Brise.

Es steckt Magie in den Türmen, dachte Flame, und wir müssen sie mit unserem Leben beschützen …

Mit diesem Gedanken schlief sie ein.

Das Lagerfeuer

»Frühstück!«, rief Sky. Sie riss die Tür des Wohnwagens auf und stürmte zur Feuerstelle hinaus.

»Ich hole Eier und Speck aus der Küche«, sagte Flora und rannte los.

»Und ich mache Feuer«, sagte Flame.

Sie und Sky schichteten Äste und Holzstücke, die sie am Tag zuvor im Wilden Wald gesammelt hatten, zu einem Lagerfeuer auf. Dann streckte Flame den Finger aus, benutzte ihre magische Feuerkraft und mit einem *Wuuusch!* entzündete sich das Holz. Im Nu prasselte ein schönes, kleines Lagerfeuer vor dem Wohnwagen. Währenddessen räumte Marina auf. Dann füllte sie

mit Hilfe ihrer magischen Kraft die Wasserflaschen wieder auf.
»Hey, ich werde allmählich richtig gut mit diesem Magiezeug«, sagte sie.
Da kam Flora zurück. In der Hand hielt sie einen Korb mit Speck und Eiern. Als sie sah, wie Marina ihre Magie benutzte, um ihnen frischgepressten Orangensaft zum Frühstück zu machen, lachte sie und sagte: »Was wohl Grandma davon halten würde, dass wir unsere magischen Kräfte für so was gebrauchen? Sie ermahnt uns doch immer, sie stets wohlüberlegt und für das Gute einzusetzen!«
Flame wandte sich ihrer Schwester zu, auf ihrem Gesicht lag ein nachdenklicher Ausdruck. »Ich glaube nicht, dass sie etwas dagegen hätte. Wir tun niemandem weh damit und es ist kein *unüberlegter* Einsatz unserer Kräfte.«
»Meinst du wirklich?«, fragte Flora. Sie dachte darüber nach.
Marina schaltete sich ein. »In gewisser Weise ist es sogar eine gute Übung für uns«, sagte sie.
Ein Grinsen überzog Floras Gesicht. »Na, wenn das so ist, könntest du ja auch noch das benutzte Geschirr von gestern abspülen! Das haben wir ganz vergessen.«

Marina lachte und machte sich daran, ihre magischen Fähigkeiten zu vervollkommnen, bis Teller und Besteck wie neu blinkten und blitzten.

Die Schwestern begannen, das Frühstück zuzubereiten. Flame goss etwas Öl in die Pfanne, während Flora Mums selbstgemachtes Brot auf einem Holzbrettchen in Scheiben schnitt.

Wenig später saßen sie kauend auf ihren Stühlen um das Lagerfeuer herum. Bert hockte neben ihnen und warf ihnen hoffnungsvolle Blicke zu. Vielleicht würde ja auch etwas für ihn abfallen?

»Es sieht nicht so aus wie sonst, wenn Mum und Grandma es zubereiten«, sagte Sky kichernd und schob die bröckelige Masse aus verkohltem Rührei und Speck auf ihrem Teller herum.

»Aber es schmeckt mindestens genauso gut«, erwiderte Flora und fuhr beherzt mit der Gabel in ihren Rühreihaufen.

»Genau, es hat das gewisse Lagerfeuer-Aroma!«, sagte Marina und alle lachten.

»Also, wie sieht unser Plan für heute aus?«, fragte Flame. Eigentlich war das gar keine Frage. Vielmehr würde Flame ihren Schwestern jetzt eröffnen, was sie an diesem Tag vorhatten. Flame war für die Pläne zuständig. Sie war gut darin, auch wenn sie sich manchmal mit Marina deswegen stritt, weil diese ihren eigenen Kopf hatte und selbst entscheiden wollte, ob und wann sie zu etwas Lust hatte. Flora war meistens einverstanden mit Flames Plänen und Sky lebte sowieso in ihrer eigenen kleinen Traumwelt, weshalb es ihr oft gar nicht auffiel, dass sie irgendwie verplant wurde.

Während ihre Schwestern die Münder noch voller Frühstücksei und Speck hatten, beantwortete Flame ihre Frage selbst. »Als Erstes müssen wir uns von Grandma verabschieden und sie nach George fragen. Danach sollten wir mit der Suche beginnen, denke ich.« Sie sah ihre Schwestern fragend an. »Was meint ihr?«

»Ja«, stimmten ihr alle drei mit nickenden Köpfen zu.

»Wo sollen wir mit der Suche beginnen?«, fragte Marina.

Auf diese Frage hatte selbst Flame keine Antwort. Cantrip Towers war ein riesiges Gebäude mit mehreren Stockwerken und zehn Schlafzimmern. Die Türme nicht mitgerechnet. Und in jedem Zimmer gab es mindestens einen Schrank oder eine Kommode!

Wenig später waren die Schwestern mit Essen fertig und stellten ihre Teller im Gras ab. Bert beäugte die

Speckreste sehnsüchtig. Klammheimlich fing er an, die Teller abzuschlecken. Doch da bemerkte Flame ihn und scheuchte ihn weg. »Lass das, Bert!«, ermahnte sie ihn streng.

»Ich finde, wir sollten in Georges Zimmer anfangen«, sagte Flora und hob die Teller vom Boden auf.

»Aber wir wissen doch gar nicht, welches sein Zimmer war«, gab Marina zu bedenken. »Ich denke, wir sollten auf dem Dachboden anfangen.«

»Warum glaubst du, das Kästchen könnte auf dem Dachboden sein?«, fragte Sky. Sie sammelte die leeren Gläser und die Flasche mit dem Tomatenketchup ein.

»Irgendwo müssen wir ja anfangen.« Marina zuckte mit den Schultern. »Und da oben hat sich eine Menge Zeug angesammelt.«

Flame, die das Lagerfeuer löschte, rief ihnen zu: »Lasst uns mit den Türmen anfangen und uns dann den Dachboden vornehmen.«

»Okay.« Die anderen waren einverstanden.

Einem Impuls folgend griff Flora in ihre Hosentasche und holte den magischen Stein hervor. »Hey, ich weiß, was wir machen können«, sagte sie aufgeregt. »Wir benutzen den Stein! Ich bin sicher, dass er uns den Weg zeigen kann. Wir könnten ihn fragen: ›Wärmer oder kälter?‹, wie beim Topfschlagen.«

»Gute Idee«, stimmten ihre Schwestern ihr zu.

»Also gut, aber wir räumen besser noch auf, bevor wir mit der Suche loslegen«, sagte Flame und das taten sie auch, bis das Lager wieder aussah wie aus dem Ei gepellt. Anschließend rannten sie über den Rasen zum Haus.

»Geht euch bitte als Erstes die Zähne putzen, Mädchen«, sagte Mum, als sie durch die Küchentür hereinplatzten.

»Ach, Muuum!«, stöhnten alle vier im Chor. Dann polterten sie die Treppe in den zweiten Stock hinauf. Es dauerte nicht lange und die Cantrip-Schwestern kamen wieder nach unten, wo Mum und Grandma sie in der großen Halle erwarteten.

»Wünscht eurer Großmutter eine gute Reise, Mädchen«, sagte Mum.

»Schade, dass du ausgerechnet jetzt fahren musst, Grandma!«, sagte Flame, als sie auf die schlanke, hochgewachsene Frau mit der Anmut einer Tänzerin zuging.

»Warum, Liebes? Gibt es etwas, worüber du mit mir reden willst?«, fragte Grandma. Doch Flames Gesichtsausdruck verriet ihr, dass es sich um etwas handelte, das sie im Beisein von Ottalie Cantrip nicht bereden konnten.

»Wann kommst du zurück?«, fragte Flame.

»Wahrscheinlich am Freitag, es hängt davon ab, wann Valerie wieder da ist«, erwiderte Grandma. »Hat es bis dahin Zeit?«

»Ja.« Flame lächelte und umarmte ihre Großmutter fest.

Dann drückten Marina, Flora und Sky sie ebenfalls. Die Cantrip-Schwestern liebten ihre Großmutter innig. Sie war die Einzige, die von ihren magischen Kräften wusste und stand ihnen mit Rat und Tat zur Seite. Marilyn Cantrip hatte vor vielen Jahren selbst magische Kräfte besessen, bevor sie sie in ihrem Kampf gegen Glenda Glass verloren hatte. Seit kurzem jedoch sah es so aus, als kehrten ihre Kräfte womöglich zurück ...

Sie lächelte ihren Enkelinnen voller Stolz zu, dann wandte sie sich um und gab Ottalie einen Kuss. Die vier Schwestern und ihre Mutter begleiteten Marilyn Cantrip zur Tür und winkten ihr zum Abschied hinterher.

Während Mum die große Eingangstür wieder schloss, rannten die Mädchen hinauf zum Dachboden und über den langen Flur bis zum Westturm. Sie öffneten die kleine, verriegelte Holztür und erklommen die Stufen der wackeligen Wendeltreppe, die in den Turm führte.

Endlich waren sie da. Sie standen im Turmzimmer, einem großen, runden, leeren Raum mit blanken Holzdielen. Über ihnen wölbte sich eine Glaskuppel: Hier hatte Sidney Cantrip sein Teleskop aufbewahrt und die Sterne beobachtet. Flora holte den magischen Stein aus ihrer Hosentasche und fragte ihn, ob Georges Kästchen in der Nähe sei. War es vielleicht in einem Geheimfach in der Wand versteckt? Der Stein lag still auf ihrer Handfläche.

»Es ist anscheinend nicht hier. Also los in den Ostturm«, sagte Flame und sie polterten den Dachbodenflur entlang, bis sie im Ostflügel waren. Dort öffneten sie eine weitere verriegelte Tür und stiegen die zweite wackelige Wendeltreppe hinauf.

Dieser Raum hatte eine hohe Decke und Bogenfenster, die in alle Richtungen einen schönen Blick auf die sie umgebende Landschaft boten. Einen Moment blickten die Schwestern hinaus auf die Felder.

Im Osten von Cantrip Towers grenzten Stoppelfelder an das Grundstück, dort war nur eine Woche zuvor die Gerste eingebracht worden. Im Westen sahen sie einen riesigen gelben Mähdrescher langsam über ein Feld mit goldenen Weizenähren fahren. »Guckt mal, da hinten ernten sie gerade«, sagte Flame.

Jenseits der Felder lagen der Wald und der Fluss, der sich durch die hügelige Landschaft des nördlichen Norfolks schlängelte. Darüber spannte sich der strahlend blaue Himmel.

»Was für ein wunderschöner Ausblick!«, rief Flora begeistert.

Dann wandten sie sich wieder der Suche nach dem Kästchen zu.

Der magische Stein jedoch schwieg immer noch. »Hier ist es auch nicht«, sagte Flame. »Lasst uns mit dem Dachboden weitermachen.«

Die Schwestern kehrten in das Dachgeschoss zurück und nahmen sich ein Zimmer nach dem anderen vor.

»Ich dachte, wir würden es hier bestimmt finden«, sagte Marina enttäuscht. »Hier oben steht so viel Krempel rum, da hätte es gut dabei sein können.«

Aber der Stein gab noch immer kein Piepsen von

sich. Als Nächstes gingen sie in den zweiten Stock und durchsuchten ihre eigenen Zimmer, das kleine Gästezimmer und etliche Schränke. Doch sie fanden nichts.

»Es muss irgendwo unten sein«, sagte Flame.

Also machten sie im ersten Stock weiter. Hier waren das Schlafzimmer ihrer Eltern sowie das Wohn- und das Schlafzimmer ihrer Großmutter. Außerdem befanden sich noch das große und kleine Gästezimmer mit vielen weiteren Schränken auf dieser Etage. Sie gingen von Zimmer zu Zimmer, aber der Stein in Floras Hand rührte sich nicht.

Schließlich standen sie auf dem Treppenabsatz im ersten Stock und blickten hinunter in die große Halle.

»Was tun wir jetzt?«, fragte Flora.

»Wie wäre es, wenn Sky Sidney fragte? Vielleicht weiß er etwas«, schlug Flame vor.

»Gut, mach ich!«, sagte Sky und die Schwestern polterten die Stufen bis zum Fuß der breiten Mahagonitreppe hinab.

»Warte kurz, Sky! Wo sind Mum und Dad?«, fragte Marina.

»Dad ist im Büro und Mum ist in der Küche, glaube ich«, sagte Flame.

Sie warteten einen Moment, nur um sicherzugehen, dann begann Sky ihre Unterhaltung mit Sidney Cantrips Porträt. Flame, Marina und Flora standen dicht hinter ihr.

Einen Augenblick später drehte Sky sich um und berichtete: »Sidney sagt, er hat uns gebeten, Mims Porträt umzuhängen, damit wir Georges Brief finden. Er glaubt nicht, dass das Kästchen noch im Haus ist. Aber er ist sehr glücklich, Mim wieder an seiner Seite zu haben.«

»Oh, sag ihm, wir freuen uns sehr für ihn«, sagte Flame.

Erneut unterhielt sich Sky leise mit ihrem Ur-urgroßvater. Die Schwestern waren so vertieft, dass sie ihre Mutter nicht aus der Küche in die Halle kommen hörten.

»Was macht ihr denn da?«, ertönte ihre Stimme plötzlich hinter ihnen. Die vier fuhren herum.

»Ach, öhm … wir … also, eigentlich Sky … hat sich mit Sidney unterhalten«, stotterte Flame. »Er sagte, er freut sich, dass Mim wieder bei ihm ist.«

»Aaaha«, sagte Mum langsam.

»Wann kommt dieser Charles eigentlich, Mum?«, fragte Sky. Sie war sehr gut im Aushecken von Ablenkungsmanövern, wenn die Lage brenzlig wurde.

»So gegen vier, Dad wird bis dahin zu Hause sein«, erwiderte Mum. »Wir werden gemeinsam zu Abend essen.«

»Ist gut«, antworteten die Mädchen. »Wir gehen jetzt zurück zum Camp. Bis nachher.«

Die vier Mädchen hatten sich einen Hindernisparcours auf dem Rasen aufgebaut und veranstalteten gerade ein Wettrennen mit ihren Fahrrädern, als ein silberner Wagen die Auffahrt heraufkam und vor dem Haus hielt.

Als Charles ausstieg, gingen Mum und Dad auf ihn zu, um ihn zu begrüßen und die Schwestern schossen auf ihren Rädern um die Ecke.

»Willkommen auf Cantrip Towers!«, sagte Dad und schüttelte Charles die Hand.

»Danke, Colin!«, erwiderte Charles lächelnd.

Die Schwestern waren hin und weg. Charles Smythson sah so gut aus, als sei er soeben den Hochglanzseiten eines Modemagazins entstiegen.

Gemeinsam gingen sie alle um das Haus herum auf die Terrasse. Getränke wurden nach draußen geholt und eine Weile saßen sie einfach da und unterhielten sich.

Charles war witzig, intelligent und interessant. Der große, dunkelhaarige junge Mann hatte braune Augen und war überaus charmant. Er schien perfekt zu sein.

Jedes Mal, wenn Charles Flame zulächelte, errötete sie bis in die Haarspitzen. Es war die reinste Folter. Marina ging es nicht besser. Flora und Sky kicherten.

Mum, Dad und Charles plauderten über Kunst und Architektur und die Cantrip-Familie. Dann wandte sich Charles den Mädchen zu und sagte: »Ihr seid eine faszinierende Mischung.«

»Was meinst du damit?«, fragte Flame. Sie befürchtete schon, er habe ihre magischen Kräfte bemerkt.

»Nun, ihr seht euch überhaupt nicht ähnlich!«, sagte Charles lächelnd. »Du hast kupferfarbenes Haar und grüne Augen, Flame. Marina, du hast dunkle Locken und blaue Augen.« Er wandte sich Flora zu. »Und du hast dickes kastanienfarbenes Haar und braune Augen. Und Sky …« Er lächelte zu ihr hinunter. »Sky hat welliges blondes Haar und graue Augen.«

»Ich sehe aus wie Grandma«, sagte Flame. »Das wirst du sehen, wenn sie wieder da ist.«

»Und ich sehe wie Dad aus«, sagte Flora stolz.

»Ja, das stimmt.« Charles nickte zustimmend.

»Und Sky sieht mir sehr ähnlich«, sagte Mum und legte einen Arm um ihre jüngste Tochter.
»Stimmt«, sagte Charles. »Und Marina?« Er grinste sie an.
»Marina sieht aus wie ihr Großvater Sheldon Cantrip«, sagte Mum. »Du wirst es auf den Porträts sehen.«
»Aber ja, natürlich!«, rief Charles aus, und alle lachten. Dann sagte er: »Nun, Mädchen, ihr müsst mir alles über euch erzählen.«
Flame, Marina und Flora schraken bei diesen Worten unwillkürlich zusammen, Sky dagegen platzte heraus: »Wir haben einen Wohnwagen und ein Lagerfeuer!«
»Aber du darfst Camp Cantrip nicht betreten«, warf Flame rasch ein. »Erwachsenen ist das nicht erlaubt. Außer, sie sind eingeladen.«
»Vielleicht ladet ihr mich ja ein«, sagte Charles mit einem charmanten Lächeln. »Ich würde euren Wohnwagen wirklich sehr gerne sehen.«
»Ihr könnt morgen alle vorbeikommen, und wir kochen euch Abendessen über dem Lagerfeuer«, schlug Sky vor. »Dann können wir dich fragen …«
Flame, Marina und Flora hielten die Luft an. O nein, dachten sie. Was sagt Sky als Nächstes? Doch da warf Dad ein: »Wie geht es eigentlich Stephen?«

Die Mädchen atmeten erleichtert auf, als Charles sich Dad zuwandte und lächelte. »Ihm geht es gut, denke ich. Ich bin ihm sehr dankbar für seine Hilfe. Er ist einfach großartig.«

»Ja, er ist ein feiner Kerl«, sagte Dad zustimmend. Er lehnte sich über den Tisch, um Charles' Weinglas aufzufüllen. »Hast du ihn in London oft zu Gesicht bekommen?«

»Danke – nein, nicht so oft«, erwiderte Charles.

»Wie bist du eigentlich mit Stephen verwandt?«, fragte Mum.

»Er ist mein Cousin.«

»Mütterlicherseits?«, fragte Mum und bot Charles eine Käsestange an.

»Über meinen Vater, Bernard«, antwortete Charles. »Seine große Schwester ist Stephens Mutter.«

Dad schaltete sich ein. »Wie geht es deinen Eltern?«, fragte er. »Es ist lange her, dass ich sie gesehen habe.«

»Ihnen geht es gut, danke der Nachfrage«, entgegnete Charles.

»Leben sie immer noch in London?«

»Nein, sie sind nach Dorset gezogen, als mein Vater vor ein paar Jahren in Rente gegangen ist«, sagte Charles.

»Ach ja, Stephen hat so was erwähnt«, sagte Dad nickend.
Mum hob ihre Hand. »Eine Sekunde, ihr zwei, um noch mal auf die Cousingeschichte zurückzukommen: Glenda ist also deine Tante, Charles?«
»Ja.« Charles nickte und nahm einen Schluck Wein.
Mum sah Charles einen Moment prüfend an. Sie wusste nichts von Glendas magischen Kräften, aber sie mochte die Frau nicht. Erst vor kurzem hatte Grandma herausgefunden, dass Glenda sie wahrscheinlich um ihr Erbe betrogen hatte.
Die Cantrip-Schwestern blickten von ihrer Mutter zu Charles und warteten.
Dann fragte Mum: »Siehst du deine Tante Glenda häufig?«
»Nein«, sagte Charles. »Ich habe sie seit Jahren nicht gesehen. Mein Vater und sie standen sich nicht sehr nahe. Ich glaube, sie hat die meiste Zeit ihres Lebens im Ausland verbracht.«
»Wie kommt es dann, dass du Stephen so gut kennst?«
»Ich kenne ihn gar nicht so gut, aber ich lerne ihn gerade besser kennen«, erwiderte Charles. »Unsere Familien haben sich selten getroffen, als wir noch Kin-

der waren und Stephen ist einige Jahre älter als ich, deswegen haben sich unsere Wege kaum gekreuzt. Aber wie ihr wahrscheinlich wisst, fördert er die Schönen Künste. Deshalb habe ich gehofft, er könnte mir vielleicht helfen, mich als Kunstexperte am Markt zu etablieren. Als ich letztes Jahr meine Doktorarbeit über die Malerei des achtzehnten Jahrhunderts beendet hatte, habe ich mich bei ihm gemeldet. Stephen hat mir netterweise den Auftrag erteilt, ein Verzeichnis seiner Gemälde zu erstellen – er besitzt eine riesige Sammlung. Und das hat mich hierher, nach Cantrip Towers geführt. Es hat sich nämlich herausgestellt, dass Stephen viel an unserer Familiengeschichte liegt und er großes Interesse daran hat, alle Porträts der verschiedenen Familienzweige zu katalogisieren.«

»Das ist in der Tat eine gute Idee«, sagte Dad.

»Also bist du auch ein Cantrip«, rief Flame und sah ihn mit ihren klaren grünen Augen aufmerksam an.

Charles drehte sich zu ihr und lächelte. »Ja, ich bin ein Cantrip. Sidney Cantrips ältere Schwester Margaret war meine Urgroßmutter«, sagte er.

Genau, als er das sagte, piepste der magische Stein los. *Piiiep!*, machte er in Floras Hosentasche. Sie fuhr erschrocken hoch und sah sich am Tisch um. Hatte sonst noch jemand das Piepsen gehört? Sie hatte das Gefühl, dass Charles ihr einen etwas zu langen Blick zugeworfen hatte, aber sie war sich nicht sicher. Ihre Schwestern dagegen schienen nichts bemerkt zu haben. Sie sahen weiter Charles an.

Flora steckte die Hand in die Hosentasche und fuhr über die glatte Oberfläche des Steins. Hatte Charles sie tatsächlich angesehen, als der Stein gepiepst hatte, oder hatte sie sich das nur eingebildet?

Da brach Mum das Schweigen. »Warum führst du Charles nicht ein wenig herum, Colin, während die Mädchen und ich das Abendessen vorbereiten?«

»Gute Idee«, sagte Dad. Als sie aufstanden und auf das Haus zugingen, wandte er sich zu Charles und sagte: »Du gehörst zur Familie, Charles, also fühl dich hier ganz wie zu Hause.«

* * *

Das Abendessen schmeckte himmlisch und sie hatten großen Spaß miteinander. Alle am Tisch liefen zur Höchstform auf. Die Unterhaltung stockte keinen Moment und das Essen wurde geradezu verschlungen.

Es gab nur einen Schreckensmoment für die Schwes-

tern, als Mum Charles und Dad erzählte, wie Sky sich mit dem Porträt von Sidney Cantrip unterhalten hatte.
»Das hat wirklich sehr lustig ausgesehen«, sagte Mum lachend.
Als er das hörte, drehte sich Charles zu Sky um und sah sie prüfend an. Dann sagte er: »Du musst mir von deinem Gespräch mit Sidney erzählen, ich möchte alles wissen.«
Sky guckte Charles an wie das Kaninchen die Schlange, hypnotisiert von seinem strahlenden Lächeln, und nickte.
Flame, Marina und Flora warfen sich alarmierte Blicke zu. Sie mussten Sky hier wegschaffen, bevor sie zu viel verriet.
»Wir müssen zum Camp zurück!«, sagte Flame deshalb und stand auf.
»Aber wir haben noch gar keinen Käse gegessen!«, protestierte Mum überrascht.
»Wir wollen keinen Käse, danke, Mum«, erklärte ihr Flame. »Der würde uns nur im Magen liegen und wach halten. Komm schon, Sky!«
»Oh, ist gut«, sagte Mum.
Flame stupste Sky mit dem Zeigefinger an. »Sag gute Nacht, Sky!«, befahl sie.

Die Cantrip-Schwestern gaben ihren Eltern einen Gutenachtkuss und winkten Charles schüchtern zu.
»Gute Nacht, Charles«, sagten sie.
»Gute Nacht, Mädchen. Ich seh euch dann morgen!«, erwiderte er.
»Ich komm nachher noch mal bei euch vorbei«, versprach Dad. »Draußen herrscht stockfinstere Nacht, abnehmender Mond, der sich auch noch hinter den Wolken versteckt. Ich hoffe, ihr könnt überhaupt sehen, wo ihr hinlauft.«
»Mach dir keine Sorgen, Dad«, sagte Flora. »Wir haben doch unsere Taschenlampen.«
»Ich weiß, aber ich werde trotzdem noch nach euch sehen, eure Mutter macht sich sonst Sorgen«, sagte Dad lachend.
Die vier Schwestern öffneten die Küchentür und rannten in die Dunkelheit hinaus.

Sobald sie im Wohnwagen in ihren Schlafsäcken lagen, war Charles Gesprächsthema Nummer eins. Flame stellte ihre Taschenlampe umgedreht auf den Boden, so dass sie etwas Licht hatten.
»Er sieht so gut aus!«, schwärmte Marina.
»Und er ist so lustig!«, sagte Sky.

»Und sehr intelligent.« Das war Flames Kommentar.

»Und interessant«, ergänzte Flora.

Sie schwiegen. Schließlich sagte Flora: »Mein Stein hat gepiepst, habt ihr das gehört?«

»Nein, wann denn?«, wollten ihre Schwestern wissen.

»Ich glaube es war, als Charles gesagt hat, er sei ein Cantrip.«

»Was meinst du, was es bedeutet?«, fragte Flame.

»Ich habe keine Ahnung«, erwiderte Flora. »Vielleicht, dass wir aufpassen sollten, was wir Charles erzählen.«

»Ja«, sagte Flame zustimmend. »Sky du musst sehr vorsichtig mit dem sein, was du Charles über deine Gespräche mit Sidney verrätst.«

»Warum?«, fragte Sky und setzte sich in ihrem Schlafsack auf.

»Um Himmels willen, Sky!«, sagte Flame. »Du weißt doch, was Grandma uns immer sagt. Dass wir unsere magischen Kräfte geheim halten müssen. Deshalb!«

»Glaubt ihr, Charles hat auch magische Kräfte?«, fragte Sky. »Er ist schließlich ein Cantrip.«

»Ich bezweifle es«, erwiderte Flame. »Nur sehr wenige Cantrips haben die Kräfte. Grandma hat gesagt, sie überspringen ganze Generationen.«

»Wir müssen dieses Kästchen finden«, sagte Flora. »George hat gesagt, dass wir damit das Geheimnis der Türme ergründen können.«
»Ja.« Die drei anderen stimmten ihr zu.
»Und vor allem müssen wir es schnell schaffen«, fügte Flame hinzu. »Unsere australische Verwandtschaft rückt Ende nächster Woche an und dann sind wir keinen Moment mehr unbeobachtet.«
»Vielleicht sollten wir unsere Kräfte verstärken, um das Kästchen zu finden«, schlug Flora vor.
»Das hat Mrs Duggery doch auch gesagt, oder?«, sagte Marina gähnend. »Ihr wisst schon, wir sollen zusammenhalten und unsere Kräfte bündeln: Feuer, Wasser, Erde und Luft.«
Von draußen ertönte plötzlich Dads Stimme und ließ die Schwestern den zweiten Abend hintereinander vor Schreck zusammenfahren. »Alles okay da drinnen?«, rief er und klopfte an die Tür. »Ja, Dad. Gute Nacht!«, antworteten die Schwestern im Chor.
»Schön, also bis morgen früh«, rief Dad. Dann kehrte er zum Haus zurück.
Eine nach der anderen schliefen die Cantrip-Schwestern ein. Erst Sky, dann Marina, dann Flora.
Nur Flame lag noch wach und dachte über George,

das geheimnisvolle Kästchen und Charles nach. Mit einem Mal schien es so viele Dinge zu geben, über die sie nachdenken musste.

Doch schließlich fielen auch ihr die Augen zu. Der Wind in den hohen Kiefern vor dem Wohnwagen wiegte sie in den Schlaf.

Charles beginnt zu schnüffeln

Am Mittwoch schliefen die Cantrip-Schwestern ein wenig länger als sonst.

Das Gras vor dem Wohnwagen war feucht. Große graue Wolken jagten über den Himmel und es wehte ein frischer Wind.

Die Mädchen redeten beim Frühstück über die Jagd nach Georges Kästchen und wie sie dabei am besten vorgehen sollten. Sie saßen auf ihren Stühlen am Lagerfeuer. Die Suche im Haus hatte nichts ergeben. Vielleicht war das Kästchen ja irgendwo auf dem Grundstück, in den Ställen womöglich. Doch auch dort gab Floras Stein keinen Laut von sich.

»Was tun wir jetzt?«, fragte Sky.
»Wir dürfen nicht aufgeben«, sagte Flame. »Wir müssen das Kästchen einfach finden!«
»Lasst uns Georges Brief noch einmal lesen«, schlug Marina vor.
Flora ging in den Wohnwagen, um den Brief zu holen, den sie unter ihrer Matratze versteckt hatte. Sie faltete ihn auseinander und las ihn ihren Schwestern vor, die konzentriert zuhörten.
»Es muss etwas ungeheuer Wichtiges sein«, sagte Flame. »George erwähnt, dass wir das Geheimnis mit unserem Leben beschützen sollen. Was um alles in der Welt kann es nur sein?«
»Wir haben Cantrip Towers vor ein paar Wochen unter Einsatz unseres Lebens beschützt, als Glenda das Haus angegriffen hat«, sagte Marina ratlos. »Ich kann mir nicht vorstellen, was noch schlimmer sein könnte als das.«
»Es war ganz furchtbar schrecklich«, sagte Sky.
»Glenda ist im Moment nicht hier und Cantrip Towers ist außer Gefahr«, sagte Flame, um ihren jüngeren Schwestern die Angst zu nehmen. »Dad hat einen Weg gefunden, die Dachreparatur zu bezahlen, und wir können hier wohnen bleiben. Trotzdem müssen wir

unbedingt herausfinden, welches Geheimnis in dem Kästchen verborgen ist.«

Sie grübelten eine Weile vor sich hin. Dann meinte Marina: »George sagt, er habe das Kästchen in seinem Zimmer versteckt, aber es könnte sein, dass es nicht mehr dort sei. Wir wissen nicht, welches sein Zimmer war, aber eigentlich ist das auch egal, weil der Stein uns zu verstehen gegeben hat, dass das Kästchen nicht mehr im Haus ist. Doch wenn es nicht im Haus ist, wo kann es dann sein? Und wie sollen wir es nur finden?«

»Ich frage mich, was ›nicht mehr‹ zu bedeuten hat«, sagte Flame. »Als Sidney Sky erzählt hat, das Kästchen sei *nicht mehr* im Haus, hat er da gemeint, es sei vor langer Zeit weggebracht worden, oder erst vor kurzem? Grandma und Mrs Duggery haben doch vor ein paar Wochen die Schränke auf dem Dachboden ausgemistet.«

»Wir wissen also, dass das Kästchen wahrscheinlich nicht mehr hier ist, aber nicht wann oder warum es verschwunden ist«, fasste Marina zusammen.

Flame kaute nachdenklich auf ihrer Unterlippe. »Ich schätze, wenn wir etwas über George Cantrip herausfinden könnten, hätten wir eher eine Idee, wo wir ansetzen müssen.«

»Sollen wir abwarten, bis Grandma wiederkommt und sie fragen, ob sie etwas über ihn weiß?«, schlug Flora vor.

Flame schüttelte den Kopf. »Sie kommt erst Freitag zurück. Dann bleibt uns nicht mehr genug Zeit, das Rätsel zu lösen, bevor die Australier kommen. Lasst uns lieber Charles fragen. Wir müssen ihm ja nichts über den Brief erzählen. Ich werde einfach behaupten, dass ich für die Schule an einem Referat über den Ersten Weltkrieg sitze.«

Die anderen waren einverstanden. Marina fügte noch hinzu: »Ich finde, wir sollten weiter im Haus nach dem Kästchen suchen, nur für alle Fälle.«

»Gute Idee«, stimmten ihre Schwestern ihr zu.

Bis sie fertig gefrühstückt und Camp Cantrip wieder tipptopp aufgeräumt hatten, war Charles Smythson eingetroffen. Mum und Dad saßen mit ihm im Wohnzimmer. Sie zeigten ihm Briefe und Unterlagen, die im Zusammenhang mit den Familienporträts standen. Die Schwestern setzten sich auf die Armlehnen der ausladenden cremefarbenen Sofas und hörten gespannt zu, als Charles erklärte, wie seine Arbeit an der Inventarliste aussehen würde.

»Ich beginne, indem ich mir alle Porträts hier im Haus ansehe. Dadurch bekomme ich ein Gefühl für die Sammlung als Ganzes. Dann vermesse ich die Bilder und mache mir detaillierte Notizen über die Porträtierten und die Technik, mit der sie gemalt wurden. Es könnten Ölgemälde sein oder Aquarelle, Bilder auf Leinwand oder Holz. Und dann schaue ich mir die ganze Sammlung noch einmal mit einer Lupe bewaffnet an, damit ich Farbauftrag und Pinselstrich ganz genau untersuchen kann.«

»Was verrät dir das?«, fragte Flame.

»Dadurch sehe ich, ob dem Bild nachträglich etwas hinzugefügt oder womöglich etwas übermalt wurde«, erwiderte Charles. »Manchmal findet man ein zweites Bild unter dem ersten.«

»Ich verstehe«, sagte Flame. »Und dann?«

»Nun, anschließend fotografiere ich die Bilder«, antwortete Charles. »Wenn es so weit ist, werde ich mit Speziallampen und silberfarbenen Reflektionsschirmen bewaffnet durch das Haus laufen.«

»Wofür sind die Schirme gut?«, wollte Marina wissen.

»Sie streuen das Licht und sorgen dafür, dass die Bilder gut ausgeleuchtet sind«, erklärte Charles. »Sonst gibt es Lichtreflexe – helle Flecken auf den Fotos der Gemälde.«

»Und dann bist du fertig?«, fragte Flame.

»Nein, nein, damit ist gerade mal die Hälfte meiner Arbeit getan!«, sagte Charles. Er lächelte die Cantrips an. »Wenn ich alle Informationen und Fotografien von Cantrip Towers beisammen habe, kehre ich nach London zurück und setze die verschiedenen Teile des Puzzles zusammen.«

»Im Moment geht es bei uns etwas hektisch zu, aber wir werden alles tun, was wir können, um dich bei deiner Arbeit zu unterstützen«, sagte Mum. »Meinst du, du könntest bis Ende nächster Woche damit fertig sein? Colins Schwester und ihre Familie kommen aus Australien zu Besuch. Sie werden hier übernachten und dann wird es auf Cantrip Towers sehr turbulent zugehen.«

»Selbstverständlich«, erwiderte Charles zuvorkommend. »Ich werde so schnell arbeiten wie möglich.«

»Also, ich finde das richtig aufregend«, sagte Dad und stand auf. »Die Aussicht, schon bald über eine Inventarliste der Bilder zu verfügen und zu wissen, welchen Hintergrund sie haben und wer darauf abgebildet ist, ist einfach phantastisch.«

Dann machte Dad sich auf den Weg ins Büro und Mum ging ins Esszimmer hinüber, wo sie eine Klavierstunde gab. Charles begann seine Bestandsaufnahme der Bilder im obersten Stock des Hauses, dicht gefolgt von den Cantrip-Schwestern.

»Ich bin nicht daran gewöhnt, Zuschauer zu haben«, sagte er lachend.

»Uns interessiert eben, was du machst«, erklärte Flame.

Die Mädchen beobachteten Charles dabei, wie er Notizen über die Bilder im Treppenhaus in ein kleines schwarzes Buch eintrug. Ab und zu nahm er ein Diktiergerät aus seiner Hosentasche und sprach etwas darauf.

Die Schwestern hatten eine Menge Fragen. »Wer ist das?« und »Wann ist das Bild gemalt worden?«

Charles beantwortete alle ihre Fragen mit Engelsgeduld.

»Gibt es hier irgendwelche Bilder aus der Zeit des Ersten Weltkriegs?«, fragte Flame.

»Ja, einige«, erwiderte Charles. »Warum fragst du?«

»Wir werden den Ersten Weltkrieg nächstes Schuljahr durchnehmen und sollen herausfinden, wer aus unserer Familie daran beteiligt war«, sagte Flame.

»Wie wäre es, wenn ihr mich eine Weile allein lasst, damit ich mich konzentrieren kann. Und später erzähle ich euch dann, welche Porträts hier aus dieser Zeit stammen«, schlug Charles vor.
»Geht klar«, sagte Flame.

Die vier Schwestern rannten zum Schaukeln in den Garten. In der großen Linde hingen zwei große schwarze Traktorreifen, die zu Schaukeln umfunktioniert und an dicken Seilen hoch im Baum befestigt worden waren.
Die Mädchen wechselten sich beim Schaukeln ab, dann sprangen sie davon, um mit ihren Meerschweinchen und Kaninchen zu spielen.
»Meint ihr, er ahnt irgendwas?«, fragte Marina, die auf dem Rasen vor sich hindöste.
»Ich glaube nicht«, erwiderte Flame.
Kurz darauf kehrten die sie ins Haus zurück, um die Suche nach Georges Kästchen wieder aufzunehmen.
Charles stand immer noch im Treppenhaus, als die Schwestern zum Dachboden hinaufjagten, und er war auch noch da, als sie wieder herunterkamen.
»Na, sucht ihr etwas?«, fragte er beiläufig, als sie an ihm vorbeirannten.

»O nein, wir suchen nichts«, sagte Flame. »Wir spielen nur.«

Charles sah Flame an und genau in diesem Moment gab der magische Stein in Floras Tasche ein warnendes Piepsen von sich.

Pieeep!, machte er. Flame, Marina und Sky schienen es wieder nicht gehört zu haben – ganz im Gegensatz zu Charles.

Er sah Flora an. Sie sah ihn an.

Er hat es gehört, dachte sie. Er hat meinen Stein piepsen gehört!

Flora steckte die Hand in ihre Hosentasche und fuhr über die glatte Oberfläche des magischen Gegenstandes. Dann warf sie einen kurzen Blick über ihre Schulter. Charles beobachtete sie noch immer. Als ihre Blicke sich trafen, guckte sie schnell weg. Sie holte tief Luft und sagte: »Kommt schon, lasst uns zum Lager zurückkehren!« Und damit stürmte sie die Stufen hinunter.

Flame, Marina und Sky sahen ihrer Schwester überrascht nach, doch dann folgten sie ihr hinaus in den Garten.

»Was war das denn?«, fragte Flame, sobald sie Flora eingeholt hatte.

»Er hat den Stein gehört!«, sagte Flora völlig aufgelöst.

»Wann?«, fragte Marina.

»Auf der Treppe, als er Flame gefragt hat, wonach wir suchen«, sagte Flora und zog den Stein aus ihrer Tasche. Flame, Marina und Sky warfen sich ratlose Blicke zu und schwiegen. Flora starrte den Stein auf ihrer ausgestreckten Handfläche verunsichert an. »Ich frage mich, warum Charles ihn hören kann und ihr nicht«, sagte sie. »Das ist doch total verrückt.«

Marina legte Flora beruhigend eine Hand auf die Schulter. »Er hat vielleicht etwas gehört, aber er kann nicht wissen, dass es der magische Stein war«, sagte sie. »Es tragen schließlich nicht viele Leute einen piepsenden Stein in der Hosentasche mit sich herum, oder?«

»Er hat es hundertprozentig gehört«, sagte Flora, die braunen Augen vor Angst weit aufgerissen. »Er hat mich so durchdringend angesehen. Ich konnte beinahe fühlen, wie seine Blicke mich durchbohrten!«

»Ja, aber er weiß doch nicht, was das für ein Geräusch war, Dummerchen!«, sagte Marina lachend. »Er denkt wahrscheinlich, du hast eine SMS bekommen.«

Mum hatte darauf bestanden, dass die Mädchen zum Mittagessen ins Haus kamen, wenn sie das Abendbrot über dem Lagerfeuer zubereiten wollten. Also saßen sie pünktlich um ein Uhr mit Mum und Charles am Küchentisch. Flora fühlte sich unbehaglich, aber Charles schien die Sache mit dem sonderbaren Geräusch vollkommen vergessen zu haben. Er war charmant wie immer und lobte Mum für das himmlische Steak, die Pilzpastete und das leckere Gemüse aus dem eigenen Garten. Dann wandte er sich den Schwestern zu.

»Heute Abend erleben wir also ein Festmahl am Lagerfeuer!«, sagte er mit seinem umwerfenden Lächeln. »Was gibt es denn?«

»Würstchen«, erwiderte Sky grinsend.

»Das ist toll, ich liebe Würstchen!«, sagte Charles. Dann wandte er sich Flame zu und sagte: »Ich zeige euch die Bilder aus der Zeit des Ersten Weltkriegs, sobald ich auf sie stoße.«

»Danke.« Flame lächelte ihn an.

»Worum geht es, Flame?«, fragte Mum.

»Ich habe Charles nach Bildern gefragt, die aus der Zeit des Ersten Weltkriegs stammen«, erklärte Flame. »Wir nehmen ihn nach den Sommerferien in Geschichte durch, und ich wüsste gern, welche Cantrips vielleicht sogar in diesem Krieg gekämpft haben.«

»Das ist ja spannend«, sagte Mum. »Ich bin sicher, Charles wird dir helfen können.«

»Es wäre mir eine Freude«, sagte Charles. Sein strahlendes Lächeln ließ eine Reihe blendend weißer Zähne sehen.

»Und natürlich weiß auch deine Großmutter viel über die Familiengeschichte, Flame«, fügte Mum hinzu. »Du kannst sie danach fragen, wenn sie zurück ist.«

Flame seufzte leise. Bis Freitag war es noch lange hin. Wir müssen schon vorher etwas über George Cantrip herausfinden, dachte sie.

Als hätte er ihre Gedanken gelesen, warf Charles ihr einen Blick zu und sagte: »Ich bin sicher, ich werde bald alle in Frage kommenden Porträts gefunden haben.«

»Vielen Dank«, erwiderte Flame höflich.

Charles sah sie prüfend an, bevor er ganz beiläufig fragte: »Suchst du nach einem bestimmten Porträt?«

Flame schüttelte den Kopf, obwohl sie wusste, dass es wahrscheinlich nicht sehr überzeugend wirkte. Es fiel ihr schwer zu flunkern, ihr Gesichtsausdruck verriet sie jedes Mal.

»George!«, platzte Sky heraus. »Wir suchen nach George!«
»Sky«, zischte Flame entsetzt.
Charles beobachtete amüsiert die wütenden Blicke, die Marina und Flora ihrer kleinen Schwester zuwarfen.
»Flame steht auf diesen Jungen namens George!«, versuchte Marina die Situation zu retten.
»Ich dachte, du magst Quinn, Flame«, wunderte sich Mum. »Du steckst voller Überraschungen!«
Flame lief tiefrot an. Sie wäre am liebsten im Erdboden versunken. Der Blick, den sie Sky zuwarf, versprach handfesten Ärger.
»Flame wird jedes Mal rot wie eine Tomate, wenn man den Namen George erwähnt«, sagte Sky.
»Tu ich nicht!«, zischte Flame erbost. Sie setzte sich kerzengrade hin und spießte mit ihrer Gabel ein Stück Möhre auf.
»Halt den Mund, Sky!«, fuhr Marina sie an.
»Nun, dann werde ich mal nach einem Mann namens George Ausschau halten«, sagte Charles lachend und nahm sich eine zweite Portion Pilzpastete.

Sky musste sich an diesem Nachmittag einiges von ihren Schwestern anhören und ihnen versprechen, dass sie Georges Namen Charles gegenüber nicht mehr erwähnen würde.

Um sieben Uhr, als Mum, Dad und Charles zum Abendessen zu ihnen stießen, war die Stimmung am Lagerfeuer wieder bestens. Bert hoppelte mit fliegenden Ohren hinter den Erwachsenen her.

»Herzlich willkommen!«, sagte Sky und hob das Seil an, mit dem sie ihr Lager eingezäunt hatten, damit ihre Eltern und Charles darunter durchschlüpfen konnten.

»Vielen Dank für die Einladung«, erwiderte Mum lachend. »Wir fühlen uns geehrt.«

»Sehr sogar«, fügte Dad hinzu.

»Bitte nehmt Platz«, sagte Marina und zeigte auf die Campingstühle.

Mum, Dad und Charles setzten sich an das hellflackernde Lagerfeuer.

»Ein mächtiges Feuer habt ihr da«, kommentierte Dad. »Könnte ein bisschen zu heiß zum Kochen sein. Soll ich euch helfen, es kleiner zu bekommen?«

»Auf keinen Fall, Dad!«, sagte Flame. »Wir regeln das schon.«

Dad zog eine Grimasse und salutierte scherzhaft. »Zu Befehl! Du bist der Boss.«

Sky verteilte Teller und Besteck, während Marina das Brot herumreichte. Flora goss allen Mums selbstgemachte Holunderlimonade ein und Flame briet die Würstchen in der riesigen gusseisernen Pfanne.

Charles lächelte. »Das macht solchen Spaß!«, sagte er, seinen Teller in beiden Händen haltend. »Ich habe schon ewig an keinem Lagerfeuer mehr gesessen.«

Wenig später hob Flame die Pfanne vom Feuer und setzte sie auf dem Rasen ab. Die ursprünglich langen, dicken Würstchen waren zu verkrusteten schwarzen Briketts zusammengeschrumpelt. Flames Gesicht war hochrot und erhitzt. Sie warf ihr Haar über die Schulter und hob die Pfanne noch einmal an, damit Marina die Würstchen verteilen konnte.

»Gut gemacht, Mädchen!«, sagten Mum und Dad und bemühten sich, nicht zu lachen.

Alle versuchten ihre Würstchen aufzuspießen, aber die verkohlten Dinger waren so hart, dass ihre Gabeln auf großen Widerstand stießen. Mums Würstchen schoss bei einem dieser Versuche von ihrem Teller. Es wurde von Bert noch in der Luft geschnappt und mit einem Happs verschlungen.

Charles' Würstchen machte Bekanntschaft mit seinem Kaschmirpullover, bevor es auf seine Leinenhose fiel. Er klaubte es von der Hose und lächelte höflich.

Dad gelang es zwar, sein Würstchen aufzuschneiden, doch dann musste er feststellen, dass es innen noch roh war. Er rieb sich das Kinn mit der Hand, ein untrügliches Zeichen dafür, dass er nicht sicher war, was er nun tun sollte.

Gott sei Dank brach Flame in Gelächter aus, und alle lachten erleichtert mit ihr.

»Es war ein guter erster Versuch!«, sagte Mum. »Warum gehen wir nicht alle in die Küche und ich mache uns ein paar Omeletts.«

Sie sammelten ihre Sachen zusammen und gingen zum Haus zurück. Bert jedoch verschlang die verschmähten Würstchen mit Genuss. Ein Würstchen war schließlich immer noch ein Würstchen, egal wie verkohlt es sein mochte.

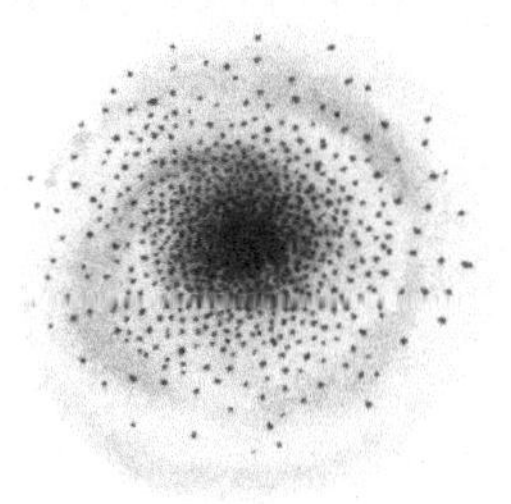

Böse Magie

Als Charles Smythson am Donnerstagmorgen zu den Cantrips aufbrach, war er bester Dinge. Er hatte am Vortag eine Menge geschafft und seine Recherchen liefen gut. Um neun Uhr fuhr er die Auffahrt von Cantrip Towers hinauf. Keine zehn Minuten später hatte er begonnen, sich Notizen zu den Gemälden zu machen, die auf Höhe des ersten Stocks im Treppenhaus hingen.

Bevor er zum ersten Mal nach Cantrip Towers gekommen war, hatte er schon einiges über die Familiengeschichte herausgefunden. Als Flame ihn gefragt hatte, ob es Cantrips gäbe, die im Ersten Weltkrieg gekämpft hätten, kannte Charles die Antwort also schon. Aber er wollte zuerst herausfinden, warum sie ihn danach gefragt hatte.

Charles hatte Flame nicht eine Sekunde geglaubt, dass ihre Frage mit einem Schulprojekt zu tun hatte. Nein, sie war etwas ganz Speziellem auf der Spur. Er wusste, dass die Cantrip-Schwestern viel besonderer waren, als es den Anschein hatte. Tatsächlich war er bestens informiert über ihre magischen Fähigkeiten.

Charles fuhr also mit seiner Arbeit fort. Er sprach Dinge auf sein Diktiergerät. Er kritzelte in sein kleines schwarzes Notizbuch, das er stets bei sich trug. Jeder, der ihn gesehen hätte, hätte angenommen, dass er intensiv an seinem Forschungsprojekt arbeitete. Und das tat er auch.

Aber es gab noch einen zweiten Grund, warum Charles Smythson auf Cantrip Towers war.

Er suchte nach einem Kästchen – einem Kästchen, das einen Plan enthielt. Und es schien, als wäre er nicht der Einzige.

Er ahnte, dass die Cantrip-Schwestern genauso verzweifelt danach suchten. Etwas daran, wie sie ein Stockwerk nach dem anderen von Raum zu Raum gegangen waren, hatte seine Aufmerksamkeit erregt.

Natürlich hatte er ihnen nicht geglaubt, dass sie bloß spielten, wie sie gesagt hatten.

Die Frage war, ob sie nach derselben Sache suchten wie er.

Er würde die Antwort schon noch herausfinden, dachte Charles, während er sich dem nächsten Porträt zuwandte, einem Ölgemälde aus dem siebzehnten Jahrhundert, das eine alte Frau mit einer schwarzen Haube zeigte. Sie trug einen Kragen aus weißer Spitze und ihre Augen blickten überaus wachsam. Sie sieht aus, als hätte sie jede Menge Spaß im Leben gehabt, dachte Charles, als er das Bild genauer unter die Lupe nahm. Es war ein Porträt von Sybil Cantrip.

Er betrachtete ihr Gesicht und überlegte, ob sie wohl die magischen Kräfte gehabt hatte, die von Generation zu Generation weitergegeben wurden. Instinktiv ahnte er, dass es so gewesen war. Sybil musterte den Betrachter mit Augen, die mehr zu sehen schienen als die einer gewöhnlichen Sterblichen.

Er hatte diesen Blick bei seinen jungen Cousinen beobachtet. Jede einzelne von ihnen schien von Zeit zu Zeit bis auf den Grund seiner Seele blicken zu können.

Er hielt einen Moment inne. Unten in der Halle tickte die große Standuhr. Im Haus war es still.

Die Mädchen sind im Wohnwagen, dachte er. Aber wo war Ottalie? Da vernahm er den Klang eines Klaviers. Sie gibt also eine Klavierstunde, dachte er. Und Colin? Er wollte in seinem Büro in der Stadt arbeiten.

Charles wartete noch einen Moment, aufmerksam lauschend. Dann ging er den Flur im ersten Stock entlang und betrat das Schlafzimmer der Eltern.

Er schloss die Tür hinter sich, trat in die Mitte des Zimmers und sah sich um. Es war ein großer, lichtdurchfluteter Raum mit einer hohen Decke, cremefarbenen Wänden, hellen Vorhängen und einem weichen Teppich.

Er bewegte sich rasch auf die erste von zwei Holzkommoden zu, warf einen kurzen Blick auf die silbergerahmten Familienfotos, die darauf standen und zog eine Schublade nach der anderen auf. Er sah in jede hinein, tastete vorsichtig unter den akkurat gefalteten Kleidern nach versteckten Gegenständen. Nein, hier war es nicht. Gut, dann also die zweite Kommode, dachte er und suchte weiter. Doch auch dort fand er nichts.

Er horchte nochmals, ob jemand über den Flur kam, doch es war noch immer ruhig.

Jetzt den Kleiderschrank, dachte er und arbeitete sich schnell und methodisch durch Fächer und Schub-

laden. Er nahm sich auch die Kleider vor, die im Schrank an einer Stange hingen.
Aber das Kästchen fand er nicht.
Wo konnte es sein? Ich habe im Esszimmer gesucht, im Wohnzimmer und in Colins Arbeitszimmer, dachte er. Ich sollte besser auch noch die Zimmer der Mädchen, den Dachboden und alle Wandschränke überprüfen. Es muss hier irgendwo sein … Und was ist mit Marilyn Cantrips Wohn- und Schlafzimmer?, überlegte er. Es könnte auch dort sein … Am besten überprüfe ich das sofort, wenn ich kann.
Er sah sich ein letztes Mal um, denn er wollte sichergehen, dass alles so aussah wie zuvor. Dann öffnete er die Tür und horchte erneut. Stille.
Die Tür hinter sich ins Schloss ziehend trat er auf den Flur. Er wollte gerade auf Marilyn Cantrips Zimmer zugehen, als er hörte, wie die Schwestern vom Garten in die Küche platzten. Sofort kehrte Charles auf den Treppenabsatz zurück und betrachtete mit prüfendem Blick ein Gemälde.
»Guten Morgen«, sagte er und drehte sich lächelnd zu den Mädchen um, als sie die Treppe hinaufgepoltert kamen.
»Morgen, Charles!«, riefen sie.

»Ach, Flame, ich habe ein paar Bilder gefunden, die dich interessieren könnten«, sagte Charles.

Flame blieb stehen und warf ihren Schwestern einen Blick über die Schulter zu. Nach kurzem Zögern erwiderte sie: »Oh, toll!«

Charles beobachtete die Mädchen aufmerksam. Er spürte eine gewisse Spannung zwischen ihnen. »Zeigst du sie uns?«, fragte Flame.

Charles führte sie in den zweiten Stock und zeigte auf ein großes Gemälde in einem vergoldeten Rahmen, das zwischen anderen Porträts an der Wand hing. Die Schwestern versammelten sich um das Bild und sahen zu dem Gesicht eines jungen Mannes mit dunklem, lockigem Haar hoch.

»Wie ihr wahrscheinlich wisst, ist das euer Urgroßvater, Frederick Cantrip, Sidney Cantrips ältester Sohn«, sagte Charles.

Flame nickte. »Grandma hat uns das erzählt«, berichtete sie.

»Das Porträt wurde 1939 gemalt, als Fred dreiundvierzig Jahre alt war. Er diente im Ersten Weltkrieg als Offizier in der Armee, überlebte aber Gott sei Dank und kehrte nach Cantrip Towers zurück. Er übernahm Sidneys Süßwarenfabrik und lebte hier im Haus.«

»Also ist er der Vater von Großvater Sheldon«, stellte Marina fest.

»Ja, richtig«, erwiderte Charles. Er betrachtete das Porträt, dann wandte er sich Marina zu und sagte: »Du hast sein dunkles, lockiges Haar geerbt.«

Marina lächelte. »Aber er hat dunkelbraune Augen und ich blaue«, sagte sie.

»Ein gutaussehender Kerl, meint ihr nicht?«, fragte Charles.

»Ja, finde ich auch«, antwortete Marina.

Charles wartete einen Augenblick ab, bevor er auf das nächste Porträt zu sprechen kam. Ihm war bewusst, dass die Schwestern ihn gespannt ansahen. Endlich sagte er: »Ich habe noch ein Bild gefunden, das euch vielleicht interessieren könnte.«

»Wo ist es?«, fragte Flame, ihr Gesicht leuchtete vor Aufregung.

»Folgt mir«, sagte Charles.

Sie gingen bis zum Dachboden hinauf. Dort lehnte ein riesiges Porträt an der Wand, das einen jungen Mann in Uniform zeigte.

»Dieses Bild habe ich noch nie gesehen. Wer ist das?«, fragte Flame.

Charles kostete den Moment aus. Er sah das Porträt

an und schwieg. Er hörte, dass die Mädchen kaum zu atmen wagten. Dann sagte er: »Ich habe dieses Bild hier in einem der Wandschränke gefunden. Es handelt sich um ein Porträt von George Cantrip.«

»George Cantrip?«, echote Flame.

»Ja«, sagte Charles und beobachtete sie genau. »Hast du nicht nach jemandem namens George gesucht?«

Flame errötete, Charles' prüfender Blick war ihr unangenehm.

»Woher weißt du, dass es George Cantrip ist?«, fragte Marina.

Charles drehte sich zu ihr um. »Nun, ich kenne den Familienstammbaum der Cantrips und weiß, wer wann gelebt hat. Und ich kenne den Zeitpunkt, zu dem dieses Gemälde entstanden ist. Daraus konnte ich schließen, dass es sich um George Cantrip handeln muss, Sidneys zweiten Sohn, Fredericks kleinen Bruder.«

»Oh«, erwiderte Marina. Sie sah ihre Schwestern an, dann ergänzte sie rasch: »Er sieht nett aus, aber warum guckt er so traurig?«

»Was ist aus ihm geworden?«, fragte Flame.

»Marina hat recht. Er war wahrscheinlich traurig«, sagte Charles. »Dieses Porträt wurde gemalt, als George Hei-

maturlaub hatte, im Frühjahr neunzehnhundertsiebzehn. Kurz danach kehrte er an die Front zurück.«
Charles sah in die erwartungsvollen Gesichter der Mädchen. Dann sagte er: »Er kam ein paar Monate später in einer Schlacht ums Leben, mit nur neunzehn Jahren.«
»Wie schrecklich!«, riefen die Schwestern.
Charles seufzte tief. »Ja«, sagte er. »Viel zu viele junge Männer wie er haben in den Schützengräben ihr Leben gelassen. Es war ein schrecklicher Krieg.«
Flame betrachtete das Gesicht des jungen Mannes prüfend, als suche sie dort nach einer Antwort. »Armer George«, sagte sie. Dann wandte sie sich an Charles. »Warum war das Bild hier oben im Wandschrank vergraben? Es ist ein wundervolles Gemälde.«
Charles schüttelte den Kopf. »Das ist mir ein Rätsel, Flame«, antwortete er. »Es gibt Briefe, die zeigen, dass Sidney und Mim Cantrip vollkommen außer sich waren, als sie von Georges Tod erfuhren. Er war Sidneys Lieblingssohn. Ich hätte erwartet, sein Porträt an prominenter Stelle zu finden, irgendwo im Treppenhaus zum Beispiel.«
»Wie seltsam«, sagte Flame.
Charles fuhr fort: »Sidney hat dieses Porträt in Auftrag

gegeben, kurz bevor George abreisen musste. Vielleicht ahnte er, dass sein Sohn nicht wiederkommen würde.«

»Vielleicht ahnte George das ja auch«, ergänzte Marina leise. »Und deswegen guckt er so traurig.«

Charles nickte.

Sie betrachteten schweigend den jungen Cantrip, der nicht mehr nach Hause zurückgekehrt war.

»George soll ein sehr *besonderer* Junge gewesen sein«, sagte Charles. Er drehte sich um und sah Flame direkt ins Gesicht. Würde sie weitere Fragen stellen?, überlegte er, denn er hatte die Blicke bemerkte, die die Schwestern sich zuwarfen.

Sie schwieg jedoch, das einzige hörbare Geräusch war ihr Atem.

Plötzlich ertönte wie aus dem Nichts ein *Pieeep!* Flora schrak zusammen und starrte Charles mit offenem Mund an. Er starrte zurück. Es war das gleiche Geräusch, das er am Mittwochmorgen schon einmal gehört hatte, als die Mädchen mit ihm auf dem Treppenabsatz im ersten Stock gestanden hatten.

Charles war plötzlich hellwach.

Flame, Marina und Sky sahen die beiden verwirrt an.

Ich muss das Ding in die Finger kriegen, das dieses komische Geräusch macht, dachte Charles. So, wie Flora jedes Mal reagiert, muss ich einfach wissen, worum es sich handelt.

»Lasst uns wieder nach unten gehen«, sagte Flora plötzlich. Und sie rannte davon, die breite Mahagonitreppe hinunter.

Sky folgte ihr auf dem Fuße. Flame und Marina wussten nicht, was sie tun sollten und zögerten noch, als ein sichtlich nervöser Charles sagte: »Nun, ich mache dann besser mal weiter, aber es hat viel Spaß gemacht, mit euch zu plaudern.«

Flame riss sich zusammen und lächelte. »Danke, Charles«, sagte sie. »Das war wirklich hilfreich.«

»Hilfreich?«

»Für mein Schulprojekt«, sagte Flame. »Ich weiß jetzt, wo ich anfangen muss.«

»Ach ja, dein Projekt«, sagte er und ließ ein kurzes, strahlendes Lächeln aufblitzen. »Das freut mich!«

Flame und Marina liefen in den Garten hinaus. Kurz vom Wilden Wald hatten sie Sky eingeholt.

Als die drei beim Wohnwagen ankamen, saß Flora, die sonst immer so ruhig und besonnen war, aufgelöst auf ihrem Bett. Tränen strömten ihre Wangen hinunter.

»Was ist los?«, fragte Flame und setzte sich neben sie.
»Was hast du, Schwesterherz?«, fragte Marina und nahm auf Floras anderer Seite Platz. Sie strich ihr liebevoll über den kastanienbraunen Schopf. Sky ließ sich auf das gegenüberliegende Bett fallen.
»Er hat es gehört! Ich weiß genau, dass er es gehört hat!«, sagte Flora.
»Den magischen Stein, schon wieder?«, fragte Flame.
»Ja!«, schluchzte Flora.
Flame sagte nachdenklich: »Mir ist aufgefallen, wie durchdringend Charles dich gemustert hat, bevor du davongerannt bist.«
»Genauso hat er mich letztes Mal auch angesehen, als der Stein gepiepst hat«, erwiderte Flora. »Ihr wisst schon, gestern, auf der Treppe. Ich bin mir absolut sicher, dass er es gehört hat!«
Ihre Schwestern schwiegen ratlos. Flora sah sie angstvoll an, dann brach es aus ihr hervor: »Der Stein wird uns verraten! Charles wird herausfinden, dass wir magische Kräfte haben und was geschieht dann? Unser Geheimnis ist nicht mehr sicher!«
»Mach dir keine Sorgen deswegen, Flora«, sagte Flame sanft. »Charles denkt wahrscheinlich, es war dein Handy – so wie Marina gestern gesagt hat.«

»Es gibt keinen Grund anzunehmen, dass er von unseren magischen Kräften weiß«, sagte Marina zustimmend.

»Meint ihr wirklich?«, fragte Flora besorgt.

»Natürlich!«, sagte Flame, obwohl sie sich da gar nicht mehr so sicher war. Charles war immerhin ein Cantrip.

Sky versuchte die düstere Stimmung zu vertreiben. »Lasst uns ein bisschen mit den Rädern draußen rumfahren!«

»Gute Idee«, sagte Flame.

Flora lächelte schwach. »Einverstanden«, stimmte sie zu.

Die Mädchen verließen den Wohnwagen und holten ihre Fahrräder, die sie im Schutz der Bäume abgestellt hatten.

Doch obwohl sie viel Spaß hatten und lachend über das Gelände rasten und kurvten, konnte Flame das Gefühl einer drohenden Gefahr nicht abschütteln.

Im ersten Stock blickte Charles aus Marilyn Cantrips Schlafzimmerfenster. Er sah die Mädchen über den Rasen jagen. Sobald er sich unbeobachtet gewähnt hatte, war er sofort hierhergekommen.

Er hatte sich rasch durch das Wohnzimmer der alten Dame gearbeitet. Eine nach der anderen hatte er die Schubladen des Rosenholzschreibtisches geöffnet. Nachdem er jede Schublade und jedes Regalbrett im Wohnzimmer unter die Lupe genommen hatte, nahm er sich das Schlafzimmer vor.
Er beugte sich gerade über die unterste Schublade ihres Kleiderschranks, als er eine sehr schneidende Stimme rufen hörte: »Was um alles in der Welt erlauben Sie sich?«
Charles Smythson sprang hoch und fuhr verblüfft herum. Direkt vor ihm stand eine hochgewachsene Frau mit einem erdbeerblonden Bob und funkelnden grünen Augen! In ihrer rechten Hand hielt sie einen kleinen Koffer.
Er schnappte nach Luft. Marilyn Cantrip! Sie hätte gar nicht hier sein dürfen, sie wurde erst am nächsten Tag zurückerwartet. Seine Gedanken überschlugen sich, während sie ihn mit zorngeröteten Wangen ansah.
Sie setzte an, um ihn ein zweites Mal anzufahren: »Was glauben Sie …«, doch Charles holte tief Luft und bannte sie mit einem eisigen Blick aus seinen dunklen Augen.
Bevor ein weiteres Wort ihren Mund verlassen konnte,

stand Marilyn Cantrip schon da wie festgefroren, ihre Augen waren weit aufgerissen und blickten starr.
Charles keuchte, sein Herz klopfte rasend schnell. O mein Gott, dachte er und starrte die Mutter seines Gastgebers entsetzt an. Dann hob er rasch den rechten Arm und hielt Marilyn seine Hand vors Gesicht. Er vollführte eine greifende Handbewegung, während er seinen Arm gleichzeitig nach hinten bewegte, als zöge er etwas Unsichtbares aus ihrem Kopf. Mit einer Drehung aus dem Handgelenk schleuderte er es zu Boden.
Charles Smythson hatte seine magischen Kräfte dazu benutzt, sämtliche Erinnerungen aus Marilyn Cantrips Geist zu entfernen, die ihn betrafen.
Dann spazierte er aus dem Raum.
Als Marilyn kurz darauf wieder zu sich kam, war Charles längst an seine Arbeit zurückgekehrt. Er stand im zweiten Stock des Hauses, betrachtete eines der Gemälde und machte sich Notizen, die er in sein schwarzes Büchlein eintrug. Aber jedem, der genauer hingesehen hätte, wäre aufgefallen, dass er vollkommen durcheinander war.
Ich frage mich, ob Ottalie gehört hat, wie Marilyn mich angeschrien hat, dachte er. Ob wohl irgendjemand sie

hat nach oben gehen sehen? O mein Gott, was habe ich nur getan?

Marilyn Cantrip stand in ihrem Zimmer und fragte sich verwundert, wie sie dorthin gekommen war.
Was wollte ich eigentlich hier oben?, rätselte sie. Sie hatte es vergessen. Dann bemerkte sie den Koffer in ihrer Hand.
Ich muss hier hochgekommen sein, um ihn auszupacken, überlegte sie. Sie stellte den Koffer auf einen Stuhl und sah sich um.
Nicht der kleinste Hauch einer Erinnerung an den Zusammenstoß mit Charles war in ihrem Geist verblieben. Sie erinnerte sich nicht daran, dass sie ihn dabei ertappt hatte, wie er ihren Kleiderschrank durchsuchte.
Sie erinnerte sich nicht daran, wie er in ihre Augen gestarrt und seine dunkle Magie dazu benutzt hatte, sie außer Gefecht zu setzen.

Von seinem Posten auf dem Treppenabsatz aus beobachtete Charles, wie Marilyn Cantrip wenig später die Stufen in die große Halle hinunterschritt.
Das war knapp, sagte er sich. Das war ganz schön knapp. Und er lehnte sich erschöpft an die Wand.

Als Nächstes hörte er das aufgeregte Schnattern der Cantrip-Schwestern, die sich über die frühe Rückkehr ihrer Großmutter freuten.

Er hörte Ottalie sagen: »Ich bin froh, dass du wieder da bist, Marilyn. Wegen des Dorffestes am Samstag weiß ich kaum, wo mir der Kopf steht.«

»Ja, ein Glück, dass Valerie früher als erwartet nach Haus gekommen ist«, erwiderte Grandma.

Ich hoffe, meine Magie hat funktioniert, dachte Charles besorgt. Ich kann es nicht sicher sagen, bis ich nach unten gegangen bin und Marilyn Cantrip begrüßt habe. Wenn sie mich nicht erkennt, hat es geklappt …

Eine halbe Stunde später rief Ottalie ihn zum Essen und er ging hinunter in die Küche.

»Charles, darf ich dir meine Schwiegermutter, Marilyn Cantrip, vorstellen?«, sagte Ottalie.

Er lächelte, streckte seine Hand aus und bewegte sich auf die große, elegante Frau zu, die sich aufrecht wie eine Tänzerin hielt. Sie lächelte zurück und ergriff seine ausgestreckte Rechte.

»Du bist also Charles«, sagte sie und schüttelte seine Hand.

»Es ist schön, dich kennenzulernen, Marilyn«, erwiderte er.

Während des Essens wartete er auf einen Anflug des Wiedererkennens in ihren Augen, aber nichts geschah.
Meine Magie wird stärker, dachte Charles.

An diesem Abend baute Flame das Lagerfeuer. Marina kochte Milch in einem Topf und bereitete für alle dickflüssigen, heißen Kakao zu, den sie in große Becher goss. Flora schnitt Scheiben von Mums selbstgemachtem Früchtebrot ab und Sky legte sie auf Plastikteller und verteilte sie. Dann setzten sich die vier Mädchen auf ihre Campingstühle rund um das Lagerfeuer.
»Jetzt wissen wir also, wer George Cantrip war«, sagte Flame und blickte grübelnd in die Flammen.
»Ja, aber wir haben das Kästchen noch immer nicht gefunden, obwohl wir überall danach gesucht haben«, sagte Sky. Sie nahm einen Schluck von ihrem Kakao.
»Und wir wissen immer noch nicht, was das Geheimnis der Türme ist«, ergänzte Marina.
»Dafür weiß Charles vielleicht, dass wir einen magischen Stein haben«, sagte Flora. »Ich spüre, dass er mich die ganze Zeit beobachtet.«
Flame fühlte einen kalten Schauer über ihren Rücken

rieseln. Die nagende Sorge, die sie in ihrem Inneren verspürte, wurde stärker.

Das stimmt, dachte sie. Charles weiß womöglich etwas über den Stein und es fühlt sich tatsächlich so an, als beobachte er uns ganz genau. Falls er weiß, dass wir einen magischen Stein besitzen, fragt er sich vielleicht, ob wir magische Kräfte haben …

»Wir müssen sehr gut aufpassen, unser Geheimnis zu bewahren«, sagte Flame und sah ihren Schwestern entschlossen in die Augen. »Wir dürfen uns nicht verraten – und Sky, du darfst nichts von Sidney erzählen oder irgendwen sehen lassen, dass du mit ihm redest. Ist das klar?«

»Klar«, nuschelte Sky, den Mund voller Früchtebrot. Sie kaute genüsslich.

»Ich konnte heute Nachmittag ein paar Minuten allein mit Grandma reden«, sagte Flame. »Ich habe ihr Georges Brief gezeigt und sie hat gesagt, wir sollen sehr vorsichtig sein.«

»Wusste sie etwas über George?«, fragte Marina.

»Nur sehr wenig«, antwortete Flame.

»Hast du ihr erzählt, dass der Stein gepiepst hat?«, wollte Flora wissen.

»Ja.« Flame nickte.

»Weiß sie irgendetwas über das magische Kästchen?«, fragte Marina.
»Nein, davon hat sie noch nie gehört«, sagte Flame. »Aber vielleicht hatte sie ja eine Idee, wo wir noch suchen können?«, fragte Flora.
»Nein, leider nicht«, erwiderte Flame bedauernd. »Aber sie hat gesagt, wir sollen den Brief gut verstecken.«
»Ich habe ihn unter meine Matratze gesteckt, aber was sollen wir mit dem magischen Stein machen?«, fragte Flora. »Wäre es nicht besser, ihn im Wohnwagen zu lassen, damit er nicht wieder piepst, wenn Charles dabei ist?«
Flame blickte eine ganze Weile abwesend ins Feuer. Was ist bloß los? Woher kommt dieses innere Unbehagen?, dachte sie. Es fühlt sich an, als zöge sich eine Schlinge um uns zu. Der Stein wäre außer Hörweite, wenn wir ihn hier ließen, aber wäre er auch sicher? Sie konzentrierte sich mit aller Macht und plötzlich spürte sie, dass sie den Stein und den Brief nicht aus den Augen lassen durften. Deshalb sagte sie schließlich zu Flora: »Ich glaube, du solltest den Stein weiter bei dir tragen. Und ich werde auf den Brief aufpassen und ihn in meiner Tasche aufbewahren.«

»Aber was ist, wenn der Stein wieder piepst?«, fragte Flora.

»Wenn er piepst, will er dir irgendetwas mitteilen. Ich glaube, es ist wichtig, dass du ihn immer bei dir trägst«, erwiderte Flame.

Über ihnen zogen dunkle, stürmische Wolken über den Abendhimmel. Der Wind rauschte in den hohen Kiefern.

»Es ist plötzlich so kalt«, sagte Marina. »Ich hole mir meinen Pulli. Wollt ihr eure vielleicht auch?«

Das wollten sie tatsächlich. Sie froren alle.

Flame starrte wieder in das flackernde Feuer. Während die Flammen das Holz umzüngelten, spürte sie tief in ihrem Inneren, dass sich etwas verändert hatte. Sie konnte es nicht sehen, aber sie konnte es fühlen.

Ich sage besser nichts, dachte sie. Zumindest so lange, bis ich weiß, was es ist. Aber irgendetwas stimmt hier nicht.

Als Marina ihren Schwestern die Pullover reichte, spürte sie die allgemeine Niedergeschlagenheit. »Warum singen wir nicht etwas?«, schlug sie vor.

»Spitzenidee!«, rief Sky.

Marina stimmte ein Lied an, das alle kannten. Ihre Stimme klang laut und klar durch die Nacht und sie fühlten sich sofort besser. Flame, Flora und Sky klatschten in die Hände und fielen in der zweiten und dritten Stimme in den Refrain ein. Flora schnappte sich die große Pfanne, drehte sie um und begann mit den flachen Händen auf ihr zu trommeln.

Flame nahm zwei Löffel, die sie im Takt gegeneinander schlug.

Sky sprang auf und rief: »Ich habe meine Mundharmonika im Wohnwagen!« Sie lief los, um sie zu holen.

Und auf einmal hatten sie Rhythmus, sie hatten Musik. Marina sang einen zweiten Song, der schneller und schneller wurde und die Mädchen musizierten lauter und lauter.

In der Küche von Cantrip Towers saßen Mum, Dad, Grandma und Charles zusammen und tranken einen Wein. Auf dem Boden vor dem Herd hob Bert plötzlich seinen Kopf.

Mum sah auf und horchte. »Was ist das für ein Geräusch?«, sagte sie.

Dad stand auf, öffnete die Tür und trat auf die Terrasse. »Es sind die Mädchen!«, sagte er lächelnd. »Sie singen!«

Bert rannte nach draußen und galoppierte mit wehenden Ohren auf das Lagerfeuer zu.

Mum, Grandma und Charles folgten Dad nach draußen auf die Terrasse. Sie standen da und lauschten.

»Es hört sich wunderschön an!«, sagte Mum und klatschte vor Freude in die Hände.

»Ja, sie haben offensichtlich eine Menge Spaß«, sagte Dad. Er legte ihr seinen Arm um die Schulter.

Grandma lächelte. »Das mit dem Wohnwagen war eine gute Idee, Colin!«

Charles Smythson stand neben ihnen allen und schwieg. Äußerlich wirkte er zufrieden und entspannt. In seinem Inneren jedoch sah es vollkommen anders aus. Ihm drehte sich der Magen um, es war wie bei einer Achterbahnfahrt. Während er in der Dunkelheit stand und den Cantrip-Schwestern zuhörte, dachte er, wie liebenswert diese Familie doch war.

Ich möchte ihnen nicht wehtun. Das möchte ich ganz und gar nicht, dachte er. Aber ich habe einen Auftrag und ich werde ihn erfüllen. Ich muss ihn erfüllen.

Mum unterbrach seine Grübeleien. »Sollen wir zum Camp hinuntergehen?«, sagte sie und sah die anderen fragend an. »Wir könnten alle gemeinsam singen!«

»Nein, Liebes, wir lassen sie heute besser in Ruhe«,

sagte Dad. »Es wäre eine Schande, sie zu stören, wo sie so viel Spaß zusammen haben.«

»Ja, du hast recht«, stimmte Mum ihm zu und wischte sich eine Träne aus dem Gesicht. »Es erinnert mich an meine eigene Kindheit. Ich bin so dankbar, dass wir dieses schöne Leben haben.«

»Ich auch, Liebes«, sagte Dad und nahm sie fest in den Arm.

Als das Feuer langsam verlosch und die Luft kühler wurde, gingen die Cantrip-Schwestern schlafen und kuschelten sich in ihre Schlafsäcke.

Tief in der Nacht, während der abnehmende Mond auf den Wohnwagen herabschien, hatte Flame einen Traum.

Sie stand im Westturm. Vor ihr, in der Mitte des Raums, erschien eine Tür. Sie ging darauf zu, öffnete sie vorsichtig und spähte hindurch.

Und dann sah sie es: ein großer, funkelnder Bogen aus buntem Licht wuchs vor ihr in die Luft. Er schien durch die Turmwand hindurchzugehen.

Der verschwundene Stein

»Ich habe etwas total Seltsames geträumt«, sagte Flame, als sie am Freitagmorgen im Wohnwagen aufwachten.

»Was denn?«, fragte Flora und rieb sich verschlafen die Augen.

»Wir waren im Westturm und da war dieses Licht«, erzählte Flame.

»Was für ein Licht?«, wollte Marina wissen, die sich in ihrem Bett aufrichtete.

»So ähnlich wie ein großer Regenbogen, nur war es kein Regenbogen«, sagte Flame. »Es war ein breites Band aus leuchtenden Farben, das vom Fußboden aus in einem Bogen durch den Raum strömte und in der Wand verschwand.«

»In welche Richtung zeigte das Licht? Osten, Süden, Norden oder Westen?«, fragte Flora.

»Oh, verflixt«, erwiderte Flame und dachte einen Moment nach. Dann sagte sie: »Ich glaube, es war gen Osten gerichtet, zum Ostturm hin.«

»So etwas habe ich noch nie gesehen«, sagte Sky gähnend. Sie strich sich das feine blonde Haar aus dem Gesicht.

Flame lachte. »Ich doch auch nicht. Es war ein Traum!«

»Ich frage mich, was er zu bedeuten hat«, sagte Marina. »Glaubst du, er hat irgendwie mit dem magischen Kästchen zu tun? Du weißt schon, so wie deine Träume manchmal eine Warnung sind, Flame.«

»Du hast recht«, sagte Flame nachdenklich. Nur wenige Wochen zuvor hatte sie einen schrecklichen Albtraum gehabt, der sie davor gewarnt hatte, dass Glenda Glass versuchen würde, die Schwestern während des Schulkonzerts anzugreifen.

Flame nahm ihre Träume ernst. Aber was hatte dieser hier zu bedeuten? Ein Band aus Licht, das durch die Turmwand brach? Worum ging es hier?

Von draußen hörten sie jemanden rufen. »Flora, wir müssen nach dem Gemüse sehen, kommst du?« Es war Dad, der vor dem Wohnwagen stand.
Heute war der letzte Tag vor dem Dorffest. Es war ein wichtiges Ereignis für Flora und ihren Vater, die eine Auswahl an Gemüse und Blumen bei der jährlichen Gartenschau einreichen wollten. An diesem Morgen mussten sie entscheiden, welche Früchte sie am nächsten Tag ernten würden.
»Er ist früh auf«, sagte Marina.
»Es ist ja auch wichtig«, gab Flora zurück und schlüpfte schnell in T-Shirt und Jeans. Sie öffnete die Tür des Wohnwagens und rief: »Ich komm sofort, Dad!«
»Ist gut, ich fang schon mal an.« Und er ging mit großen Schritten Richtung Gemüsegarten.

Während Flame, Marina und Sky Rühreibrot über dem Lagerfeuer brieten und frühstückten, nahmen Flora und Dad ihre Bohnen unter die Lupe. Sie wanden sich um drei Stangen, die fest in den Boden gerammt waren und ein Dreieck bildeten, das aussah wie ein großer, spitzer Hexenhut. Flora und Dad betrachteten die Pflanzen prüfend. Die Früchte waren allesamt prächtig gewachsen, doch sie suchten nach drei Bohnen, die perfekt geformt waren und exakt die gleiche Größe hatten.

»Wie wäre es mit denen da?«, fragte Flora und deutete auf drei Bohnen relativ weit unten.

Dad ging in die Knie und sah sie sich genauer an. »Ja, die sehen gut aus«, sagte er. »Jetzt können wir nur noch hoffen, dass sie bis morgen, wenn wir sie pflücken, nicht mehr wachsen. Und was ist mit den Zucchini?«

Sie gingen zum Zucchinibeet hinüber und begannen aufs Neue mit ihrer Suche nach drei perfekt geformten Früchten von identischer Größe und Farbe.

»Sollten wir ihnen nicht besser noch etwas Wasser geben?«, fragte Flora.

»Gute Idee, ein klein wenig zumindest«, sagte Dad zustimmend und stand auf, um den Gartenschlauch zu holen. »Die Karotten graben wir dann morgen früh aus.«

»Meinst du, wir haben eine Chance, Dad?«, fragte Flora, die immer noch im Zucchinibeet kniete.

»Auf jeden Fall!«, sagte Dad. »Das Gemüse von Cantrip Towers hat schließlich Spitzenqualität!«

»Sind wir gute Gärtner?«

»Die besten!«

Dad sah hoch. Die Luft war schwülwarm, typisch für August, und über den Himmel jagten dichte Wolken. In der einen Minute lag der Garten noch im hellen Sonnenschein, in der nächsten wurde es dunkel, als pechschwarze Regenwolken aufzogen.

»Es sieht aus, als würde ein Unwetter auf uns zukommen«, sagte er. »Wir können nur hoffen, dass es nicht morgen während des Dorffestes zu regnen beginnt.«

Flora sah zum Himmel hinauf. Sie fühlte sich, als schnüre ihr etwas den Atem ab, und zitterte leicht. Was ist bloß los?, fragte sie sich, als sie aufstand, um Dad beim Wässern der Gemüsebeete zu helfen.

Als Flora zurück zum Wohnwagen kam, waren ihre Schwestern bereits mit dem Frühstück fertig. Marina und Sky sahen gerade nach ihren Meerschweinchen und Kaninchen. Im Sommer versetzten sie jeden Morgen die Käfige auf dem Rasen, damit die Tiere stets frisches Gras zu knabbern hatten.

»Alles okay mit dir?«, fragte Flame, der auffiel, wie besorgt Flora aussah.

Flora nickte und das komische Gefühl löste sich in Nichts auf. Mit einem Mal war sie sehr hungrig.

»Möchtest du vielleicht etwas Rühreibrot?«, sagte

Flame. »Ich habe dir etwas aufgehoben und kann es aufwärmen, wenn du magst.«
»O ja, bitte«, sagte Flora und setzte sich direkt neben das Lagerfeuer. »Das Gemüse sieht echt gut aus. Dad meint, wir könnten in der einen oder anderen Kategorie gewinnen. Ich bin so gerne mit ihm im Garten.«
»Das weiß ich doch.« Flame lächelte. »Da ist noch etwas Orangensaft.« Sie zeigte auf ein Tetrapack im Gras.
Flora schnappte sich Messer, Gabel und einen Becher und goss sich etwas Saft ein
»Wo ist Georges Brief?«, fragte Flame. Sie ließ das Rühreibrot in die Pfanne gleiten, wo es sofort losbrutzelte.
»Er ist immer noch unter meiner Matratze«, erwiderte Flora.
»Gut«, sagte Flame. »Und der Stein?«
»Der ist in meiner Hosentasche«, sagte Flora und berührte ihn. »Warum?«
»Nur so«, erwiderte Flame. »Wenn du mir den Brief gibst, bewahre ich ihn in meiner Hosentasche auf. Es wäre mir lieber, wenn wir ihn nicht aus den Augen ließen.«
»Einverstanden«, sagte Flora und ging in den Wohnwagen. Sie war schnell mit dem Brief zurück und

reichte ihn Flame, die ihr im Austausch den Teller mit Rühreibrot und eine Flasche Tomatenketchup in die Hand drückte.

»Hm, lecker«, sagte Flora und ließ es sich schmecken.

Flame setzte sich zu ihrer Schwester und warf einen Blick in den Umschlag. Da war Georges Brief und in der einen Ecke lag der kleine Schlüssel. Alles okay, nichts fehlt, dachte sie. Sie steckte den Briefumschlag in ihre rechte Jeanstasche.

»Mum geht heute Nachmittag mit uns schwimmen«, sagte Flora.

Flame lächelte. »Ja, ich weiß. Das wird toll.« Sie blickte in die Flammen des Lagerfeuers. »Ich frage mich, wo das Kästchen ist. Ich wünschte, wir würden es endlich finden.«

»Hmm«, machte Flora zustimmend, den Mund voller Rühreibrot.

»Es fühlt sich nicht so an, als wären wir einen Schritt weiter«, sagte Flame.

Charles Smythson hätte Camp Cantrip nur allzu gern einen Besuch abgestattet, um nach dem Kästchen zu suchen, während die Mädchen beim Schwimmen waren, aber Dad saß in seinem Büro mit Blick auf den

Wilden Wald, und Grandma jätete Unkraut im Rosengarten. Es war unmöglich, zum Lager der Mädchen zu gelangen, ohne von ihr gesehen zu werden. Charles tigerte den Flur auf und ab und starrte die Porträts an, ohne sie wirklich wahrzunehmen.

Ich muss das Kästchen finden und diesem piepsenden Geräusch auf die Spur kommen, dachte er.

Obwohl sie sich nicht daran erinnerte, Charles in ihrem Zimmer ertappt zu haben, beobachtete Grandma ihn mit Argusaugen, seit Flame ihr erzählt hatte, dass er anscheinend den magischen Stein hören konnte. Er mochte noch so charmant sein, er war Glenda Glass' Neffe. Wenn er den Stein tatsächlich gehört hatte, bedeutete das womöglich, dass er die magischen Kräfte der Cantrips geerbt hatte. Was wäre, wenn er wüsste, dass ihre Enkelinnen im Besitz eines über hundert Jahre alten Briefes waren, in dem von einem magischen Kästchen die Rede war? Was dann? Die Mädchen wären womöglich in großer Gefahr …

Doch an diesem Nachmittag war das Glück auf Charles' Seite. Als die Cantrip-Schwestern mit einem Bärenhunger vom Schwimmen zurückkehrten, setzten sie sich als Erstes in die Küche und aßen große Stücke von Grandmas Schokospezialkuchen. Mum goss dazu allen ein Glas Holunderlimonade ein.

Plötzlich sprang Flora auf und sagte: »Ich gehe mir schnell ein Sweatshirt holen.« Als sie aus der Küche und die breite Mahagonitreppe hinaufrannte, stand Charles gerade auf dem Treppenabsatz im zweiten Stock und betrachtete ein paar kleine Aquarellbilder. Flora schoss um die Ecke und stieß beinahe mit ihm zusammen. Charles sah, wie das Mädchen erschrocken nach Luft schnappte.

Er fasste seinen Entschluss blitzschnell. Alles, was er brauchte, war, dass Flora ihn ansah.

»Flora!«, sagte er mit seinem strahlenden Lächeln. »Hattet ihr Spaß beim Schwimmen?«

»Ja, danke«, erwiderter Flora höflich und sah zu ihm hoch. Keine Sekunde später stand sie wie festgefroren da. Ihre Augen wirkten glasig und sie sah ausdruckslos geradeaus.

»Flora, gib mir das Ding, das diese piepsenden Geräusche macht«, befahl Charles.

Flora griff in die Hosentasche ihrer Jeans und zog den Stein heraus.

»Gib ihn mir«, wiederholte Charles.

Flora reichte ihm den Stein.
Gleichzeitig hob Charles die Hand vor ihr Gesicht, wie er es bei Grandma getan hatte und vollführte eine rasche Handbewegung. Er entfernte die Erinnerung an die letzten zehn Minuten aus ihrem Geist und schleuderte sie zu Boden.
Dann, während Flora noch bewegungslos dastand, ging er schnell die Treppe hinunter in den ersten Stock und verschwand um eine Ecke außer Sicht.
Als Flora zu sich kam und eine Minute später die Treppe hinunterging, war von Charles weit und breit nichts zu sehen.
Flora kehrte mit leeren Händen in die Küche zurück.
»Ich dachte, du wolltest dir ein Sweatshirt holen«, sagte Mum.
»Ach, tatsächlich?«, erwiderte Flora.
Sky kicherte. »Wenn du nicht aufpasst, bist du bald so vergesslich wie ich!«, sagte sie.

Nachdem die Mädchen vom Tisch aufgestanden waren, ging Mum nach oben. Grandma saß noch eine Weile da und trank ihren Tee. Irgendwo in ihrem Hinterkopf regte sich eine vage Erinnerung. War sie auch auf ihr Zimmer gegangen, um sich einen Pullover zu holen

und mit leeren Händen zurückgekehrt? Was ist es bloß?, fragte sie sich. Ich erinnere mich einfach nicht.
Ihre Gedanken wanderten zu Charles Smythson. Die Erinnerung an Glendas Angriff auf Cantrip Towers war immer noch zu frisch, als dass sie anders als wachsam auf eine fremde Person im Haus hätte reagieren können.
Charles ist ein Fremder für uns, dachte sie. Wir wissen so wenig über ihn. Und selbst wenn er Glenda nur flüchtig kennt, ist er immer noch ihr Neffe.
Als sie an Glenda Glass dachte, verfinsterte sich Marilyn Cantrips Miene und sie saß mit einem Mal wie versteinert da. Sie erinnerte sich daran, wie sie ihre magischen Kräfte verloren hatte, als sie sich vor über vier Jahrzehnten gegen Glenda verteidigt hatte.
Glenda Glass, die Frau, die versucht hat, uns Cantrip Towers wegzunehmen, dachte sie. Glenda Glass, die Frau, die mir mein Erbe gestohlen hat …
Dann dachte sie an ihre Enkelinnen, Georges Brief und die Jagd nach dem magischen Kästchen. Sie müssen das Kästchen unbedingt finden und sein Geheimnis beschützen, überlegte sie. Charles spaziert im ganzen Haus herum, ich werde ihn gut im Auge behalten müssen.

Die Schwestern waren zum Wohnwagen aufgebrochen.
Als Flora neben dem Lagerfeuer stand, tastete sie nach dem Stein in ihrer Hosentasche.
»Der Stein«, schrie sie auf. »Wo ist der Stein?«
Flame, Marina und Sky rannten zu ihr.
»Wo ist der magische Stein?« Floras Gesicht war aschfahl. Sie drehte sich in heller Panik im Kreis und ließ ihren Blick über das Gras streifen.
»Bist du dir sicher, dass du ihn bei dir hattest?«, fragte Flame.
»Er war in meiner Hosentasche«, sagte Flora weinend.
»Wann hast du ihn zuletzt gespürt?«, fragte Marina.
»Keine Ahnung.« Flora hielt inne und rieb sich abwesend die Stirn.
»Hattest du ihn nach dem Schwimmen noch?«, fragte Sky.
Flora starrte grübelnd ins Leere, sie versuchte verzweifelt sich zu erinnern. »Ja, nein, ich bin mir nicht sicher.«
»Und als wir in der Küche saßen?«, fragte Flame.
Flora zuckte ratlos mit den Schultern. In ihrem Kopf drehte sich alles. »Ich weiß es nicht«, erwiderte sie.

»Wir finden ihn«, sagte Flame. »Er ist vielleicht im Auto aus deiner Hosentasche gefallen, oder als wir eben am Küchentisch saßen.«

»Aber er ist noch nie aus meiner Hosentasche gefallen«, widersprach Flora. »Ich gebe immer gut acht auf ihn.«

»Das wissen wir doch«, beruhigte sie Flame.

»Vielleicht ist er herausgefallen, als wir im Schwimmbad unsere Badeanzüge angezogen haben«, überlegte Sky.

»Nein, ich habe meine Jeans ganz vorsichtig zusammengefaltet«, rief Flora verzweifelt. »Wenn wir ihn nun nicht wiederfinden!«

»Lasst uns den Rasen absuchen und uns langsam bis zum Haus vorarbeiten«, schlug Flame vor.

Die vier Schwestern gingen Seite an Seite zum Haus zurück. Mit gesenkten Köpfen suchten sie das Gras nach dem magischen Stein ab. Doch als sie in der Küche angelangt waren, hatten sie ihn noch nicht gefunden. Grandma stand am Herd und kochte Marmelade für das Dorffest. Sie drehte sich um, als die Mädchen hereinplatzten.

»Was ist passiert?«, fragte sie nach einem Blick in Floras schneeweißes Gesicht.

»Flora hat den magischen Stein verloren«, berichtete Flame.
»Ach du liebes bisschen!«, sagte Grandma. »Du wirst ihn bestimmt wiederfinden, Flora. Überlege genau, wo du überall warst und was du getan hast.«
»Wo sind Mum, Dad und Charles?«, fragte Flame.
»Sie sind im Wohnzimmer«, erwiderte Grandma. »Charles berichtet ihnen, was seine bisherigen Recherchen ergeben haben. Ihr solltet sie im Moment besser nicht stören.«
Flame sah Flora fragend an. »Warst du heute schon im Wohnzimmer?«
Flora schüttelte ihren Kopf. »Ich glaube nicht.«
»Also können wir das ausschließen, aber er ist vielleicht hier in der Küche. Bist du nicht nach oben gegangen, um ein Sweatshirt zu holen, als wir beim Tee saßen?«, fragte Flame.
»Ich erinnere mich nicht«, erwiderte Flora.
»Du vergisst doch sonst nichts«, sagte Sky erstaunt.
»Nein«, stimmte Flora ihr leise zu.
Die Schwestern begannen den Küchenboden abzusuchen, dann nahmen sie den Boden der großen Halle unter die Lupe und schließlich gingen sie hinauf in Floras Zimmer.

Nichts.
»Er ist nicht hier«, sagte Flora unglücklich.
»Lasst uns in Mums Wagen nachsehen«, schlug Marina vor.
Aber dort war der Stein auch nicht.
»Okay, wir kehren besser zum Wohnwagen zurück. Auf dem Weg dorthin können wir noch mal den Rasen absuchen«, sagte Flame.
Und sie machten sich auf den Weg.
»Flame, du hast Georges Brief doch noch, oder?«, fragte Flora ängstlich, als sie die Wohnwagentür öffnete.
»Ja, er ist genau hier«, Flame klopfte beruhigend auf ihre Hosentasche.
Die vier Mädchen öffneten sämtliche Schranktüren und guckten unter alle vier Matratzen des alten Wohnwagens. Dann sahen sie sich draußen um. Sie suchten überall. Aber den Stein fanden sie nicht.
»Wo ist er nur?«, fragte Flora mit schneeweißem Gesicht.
»Vielleicht piepst er ja irgendwann und du findest ihn so«, sagte Marina aufmunternd.
Flora lächelte traurig.
Kurz darauf läutete Grandma die Schiffsglocke vor der Küchentür, um sie zum Essen zu rufen. Die Schwes-

tern liefen zurück in die Küche. Mum machte gerade den Salat mit Essig und Öl an. Dad deckte den Tisch und Charles schenkte allen Wasser ein. Grandma verteilte eine sämige Soße über dem gebackenen Fisch, der in einer großen, reich verzierten Auflaufform lag.

»Wascht euch schnell die Hände«, ermahnte Mum die Mädchen, als sie an ihr vorbei drängten.

»Hallo, zusammen«, sagte Charles lächelnd.

Sie erwiderten sein Lächeln und rannten weiter zur Gästetoilette in der großen Halle. Flame, Marina und Flora waren schnell zurück in der Küche.

»Wo ist Sky?«, fragte Dad.

»Keine Ahnung, gerade eben hat sie sich noch mit uns die Hände gewaschen«, antwortete Marina.

Die Familie und Charles nahmen am Tisch Platz. Grandma servierte den Fisch und Mum reichte eine Schüssel mit Kartoffeln herum.

Sky kam herein und setzte sich leise auf ihren Platz.

»Da bist du ja«, sagte Dad. »Ich hatte mich schon gewundert, wo du bleibst.«

Sky lächelte Dad an.

O nein, dachte Flame, diesen Blick kenne ich!

Flame und Marina sahen sich vielsagend an. Sie wussten, dass ihre kleine Schwester irgendetwas im Schilde führte.

Dann begannen sie mit dem Essen.

Mum, Dad und Charles unterhielten sich über die Porträts. Grandma und die Cantrip-Schwestern hörten ihnen fasziniert zu.

Als Charles gerade zur Salatschüssel griff, um sich einen Nachschlag zu nehmen, sah Sky ihn plötzlich sehr ernst an – so, wie es nur Sky hinbekam – und sagte: »Charles, würdest du Flora bitte ihren Stein zurückgeben. Ich glaube, er ist in deiner rechten Hosentasche.«

Charles erstarrte mitten in der Bewegung, dann lachte er. Er war sich nur zu bewusst, dass die gesamte Familie ihn fragend musterte. Er lächelte entwaffnend, während die Gedanken sich in seinem Kopf überschlugen, nach einem Ausweg suchten. Den Bruchteil einer Sekunde sah er Sky an und sie starrte erwartungsvoll zurück.

Dad schaltete sich ein. »Was meinst du damit, Sky? Was für ein Stein?« Er sah Charles ratlos an.

»Flora hat einen besonderen Stein, den sie überallhin mitnimmt. Und heute Nachmittag hat sie ihn verloren«, erklärte Sky. »Ich glaube, dass Charles ihn hat.«

»Und, hast du ihn, Charles?«, fragte Dad.

Charles lächelte sein strahlendes Lächeln, zog blitzschnell den Stein aus seiner Hosentasche und präsentierte ihn auf seiner nach oben gewandten Handfläche. »Abrakadabra! Ist das der Stein?«, fragte er. »Ich habe ihn heute Nachmittag gefunden.«

Flora stieß ihren Stuhl zurück und sprang auf. »Ja!«, rief sie und streckte die Hand aus. »Kann ich ihn bitte wiederhaben?«

»Natürlich!« Charles beugte sich zu ihr und gab ihr den Stein.

Floras Gesicht spiegelte deutlich die große Erleichterung, die sie mit einem Mal empfand.

Grandma, Flame, Marina und Sky ließen Charles nicht aus den Augen. Als er ihre Blicke spürte, lächelte er sie reihum an.

Wissen sie, weshalb ich hier bin?, fragte er sich und nahm einen Schluck Wasser. Das wäre beinahe schiefgegangen, dachte er dann und spürte, wie sich Schweißperlen auf seiner Stirn bildeten. Eine Tatsache, die weder Grandma noch Flame entging.

Er lügt, dachten beide und warfen sich vielsagende Blicke zu. Wie ist er wirklich an den Stein gekommen?

Flora drehte und wendete den Stein in ihren Händen

und lächelte ihren Schwestern zu. Sie war so erleichtert, ihn wiederzuhaben.

Dann wandte sie sich an Charles. »Wo hast du ihn gefunden?«

»Er lag in der Auffahrt, direkt vor der Haustür«, erwiderte er. »Ich fand, er hat eine interessante Maserung.«

Flame fragte sich gerade, ob Charles überhaupt vorgehabt hatte, ihnen den Stein wiederzugeben, als Dad sagte: »Zeigst du ihn mir mal, Flora?«

Er nahm ihr den magischen Stein aus der Hand und hielt ihn hoch. »Ein wirklich schöner Stein«, sagte er und besah ihn sich von allen Seiten. »Interessante Maserung. Dieses Motiv des Kreuzes in einem Kreis ist im ganzen Haus zu finden.«

»Ja, das ist mir schon aufgefallen, Colin«, sagte Charles. »Das Kreuz im Kreis ist in die Kamine geschnitzt, es ist in etlichen Räumen in den Stuck eingearbeitet und es findet sich auch in den Türmen wieder.«

Flame sah ihre Schwestern an, die ihren Blick im stillschweigenden Einverständnis erwiderten.

Wir müssen viel genauer hingucken, dachte Flame.

Dann bat Mum darum, den Stein sehen zu dürfen. »Du hast ihn uns noch nie gezeigt, Flora«, sagte sie. »Er ist wunderhübsch. Wo hast du ihn gefunden?«

»In einem der Wandschränke«, erwiderte Flora.

»Witzig, was man so alles in einem Wandschrank finden kann«, sagte Mum. »Vor allem hier auf Cantrip Towers!«

Charles hob sein Weinglas und sah Sky prüfend an. »Woher wusstest du, dass ich den Stein in meiner Tasche hatte?«

Sky sah ihn mit ihren großen grauen Augen an und sagte: »Sidney Cantrip hat mir erzählt, dass du ihn hast.«

Mum schluckte, Dad dagegen lachte schallend los.

Charles lächelte. »Tatsächlich? Wie spannend! Sidney Cantrip, also?«

»Er hatte ja recht«, sagte Sky. »Der Stein war in deiner Tasche.«

»Stimmt«, gab Charles zu und schwor sich insgeheim, die jüngste Cantrip-Schwester nie wieder zu unterschätzen, mochte sie auch noch so verträumt wirken.

»Bitte entschuldige meine kleine Tochter, Charles!«, sagte Dad mit einem breiten Grinsen im Gesicht. »Sie hat eine sehr lebhafte Phantasie!«

Sky zuckte die Schultern und sah rasch zu Grandma, die ihrer jüngsten Enkeltochter zulächelte – und dieser Blick entging Charles nicht.

Den Rest des Abends beobachtete Grandma den jungen gutaussehenden Mann mit dem strahlenden Lächeln noch genauer als zuvor. Er spürte den prüfenden Blick ihrer leuchtend grünen Augen auf sich ruhen und beruhigte sich mit dem Gedanken, dass Marilyn Cantrip, mochte sie auch ihre Vermutungen haben, nichts von seinen magischen Kräften wissen konnte.

Als die vier Schwestern in Richtung Camp Cantrip aufgebrochen waren, machte Dad Kaffee, und Mum, Charles und Grandma gingen in den Wintergarten. Mum zündete ein paar Kerzen an und sie setzten sich in die großen Korbstühle.

»Das ist ein sehr schöner Raum, Ottalie«, sagte Charles.

»Ja, das stimmt. Außerdem ist es praktisch, einen Wintergarten für die kühleren Abende zu haben. Der Sommer vergeht wirklich wie im Flug. In ein paar Wochen fängt für die Mädchen die Schule schon wieder an.«

Charles lächelte. »Es sind ganz bezaubernde Mädchen«, sagte er. Dann ergänzte er. »Und sehr ungewöhnliche.«

Mum verstand das als Kompliment. »Ja«, stimmte sie zu. »Das sind sie auf jeden Fall.«

Sie schwiegen einen Moment, dann fragte Grandma aus heiterem Himmel: »Wo verbringt Glenda ihren Urlaub, Charles?«
Sein Gesichtsausdruck verriet ihr, dass sie ihn mit ihrer Frage überrumpelt hatte, aber er antwortete beiläufig: »Ich meine, Stephen hätte erzählt, sie sei nach Südfrankreich gereist. Sie hat ein Haus dort.«
»Ah«, sagte Grandma und tauschte einen kurzen Blick mit Mum. Ottalie und Colin Cantrip wussten nichts über die magischen Kräfte ihrer Töchter, aber Marilyn hatte ihnen erzählt, dass Glenda vermutlich ihr Erbe gestohlen hatte. Es handelte sich um eine große Summe Geld, die in Südfrankreich verschwunden war.
»Südfrankreich, aha«, sagte Mum. Einen Augenblick fühlte sie sich unbehaglich. Charles' Lächeln hatte etwas Wölfisches, erkannte sie. Vielleicht lag es an seinen auffallend großen weißen Zähnen.
Dann fragte Grandma: »Wie gut kennst du Glenda, Charles?«
»Nicht besonders gut, wir hatten nie viel Kontakt«, erwiderte Charles schnell.
»Das überrascht mich«, sagte Grandma.
»Warum?«
Grandma blieb eine Antwort erspart, weil Dad in

diesem Moment mit einem großen Tablett in den Wintergarten kam, auf dem eine Kaffeekanne und Becher standen. »Hier kommt der Wachmacher!«, sagte er.

Während Dad den Kaffee einschenkte, fragte Charles ihn nach seinem neuesten Architekturprojekt und das Thema Glenda geriet in Vergessenheit.

Das Wetter schlug um. Große Wolken türmten sich am Himmel und der Wind nahm zu. Immer wieder wurde es stockfinster im Wohnwagen, wenn neue Wolken sich vor die schmale Sichel des Mondes schoben.

Die Schwestern lagen in ihren Betten, die Taschenlampe in der Mitte. Ihre Gesichter leuchteten unheimlich im Schein der Lampe, alles andere im Wohnwagen lag in völliger Dunkelheit.

»Charles sah so verblüfft aus, als du ihn nach dem Stein gefragt hast«, sagte Marina lachend.

»Ja«, kicherte Sky.

»Ich habe euch doch gesagt, er hat das Piepsen gehört«, sagte Flora. »Und ich glaube, er hat mir den Stein weggenommen.«

»Wie meinst du das?«, fragte Flame. »Wie hätte er das tun sollen, ohne dass du es merkst?«

»Das weiß ich nicht«, erwiderte Flora nachdenklich. »Es ist nur so ein Gefühl.«

Flame wandte sich an Sky. »Hast du Sidney gefragt, wie Charles an den Stein gelangen konnte?«

»Ja«, sagte Sky, die auf einen Ellbogen gestützt dalag.

»Und was hat er gesagt?«

»Er hat gesagt, das müssten wir selbst herausfinden. Wir sollen den Dingen auf den Grund gehen«, erzählte Sky.

»Den Dingen auf den Grund gehen …«, wiederholte Flame. »Ich frage mich, was das zu bedeuten hat.«

»Das klingt fast wie Mrs Duggery, sie hat ständig solche Dinge zu uns gesagt«, meinte Marina.

Sie schwiegen nachdenklich.

»Irgendwie hört es sich danach an, als wäre etwas direkt vor unserer Nase, das wir nicht sehen«, sagte Flame schließlich.

»Oder fühlen«, ergänzte Marina, die vieles spürte, bevor sie es benennen konnte.

»Stimmt«, sagte Flame nickend.

Dann fragte Sky: »Glaubt ihr, Charles hat magische Kräfte?«

Flame, Marina und Flora setzten sich auf. »Warum fragst du?«, sagten sie im Chor.

»Es hat mit seinen Augen zu tun«, erwiderte Sky. »Mir ist es heute beim Abendessen aufgefallen: In seinen Augen ist Magie.«

Flame, Marina und Flora dachten darüber nach. Sie hatten schon öfter festgestellt, dass ihre kleine Schwester von Zeit zu Zeit die Dinge instinktiv erfasste. Es war Teil ihrer Magie der Luft.

»Meinst du damit, seine Augen sind irgendwie magisch?«, rief Marina. »Das wäre ja unglaublich!«

»Er ist ein Cantrip, vergiss das nicht. Es wäre möglich«, gab Flora zu bedenken.

»Und er gehört dem Familienzweig an, durch den die böse Magie fließt«, fügte Flame hinzu.

»Wie könnte seine Magie funktionieren?«, fragte Marina.

»Vielleicht kann er einen durch seine Blicke zwingen, Dinge zu tun«, schlug Sky vor.

Flame setzte sich noch aufrechter hin. »O mein Gott, ich glaube ich weiß, wie er dir den Stein abgenommen hat!«

»Wie?«, riefen ihre Schwestern.

»Flora, als du nach oben gegangen bist, um dein Sweatshirt zu holen, hast du da Charles getroffen?«, fragte Flame. Marina, Flame und Sky sahen ihre Schwester

im Schein der Taschenlampe gespannt an. Draußen fegte der Wind um den Wohnwagen.
Flora schwieg. Sie sah verblüfft aus und schüttelte verwirrt ihren Kopf. »Es ist seltsam, ich kann mich einfach nicht erinnern«, sagte sie.
»Du bist ohne dein Sweatshirt zurückgekommen, erinnerst du dich daran?«, fragte Flame.
»Ich weiß jedenfalls noch, dass ihr mich damit aufgezogen habt«, erwiderte Flora und schlang ihre Arme um die Knie.
»Ich wette, er hat dir den Stein abgenommen, als du nach oben gegangen bist und hat irgendwie deine Erinnerung daran gelöscht!«, sagte Flame aufgeregt.
Sie überlegten, ob es so gewesen sein könnte. Dann meinte Flora: »Gehen wir mal davon aus, dass wir recht haben. Was würde das bedeuten?«
»Es bedeutet«, sagte Flame und richtete ihren Blick in das Dunkel des Wohnwagens, als suche sie dort nach einer Antwort, »Es bedeutet, dass Charles vielleicht noch andere Gründe für seinen Aufenthalt auf Cantrip Towers hat als nur die Porträts.«
»Seine Recherchen könnten eine Tarnung sein«, ergänzte Marina. »Ich verstehe, was du meinst.«
»Es würde zu dem passen, was Sidney gesagt hat. Den

Dingen auf den Grund gehen, heißt ja, wir müssen genauer hinsehen«, sagte Sky gähnend.

»Also, hat er mir den Stein tatsächlich abgenommen«, schloss Flora.

»Ja«, erwiderte Flame. »Und das heißt, dass er es vielleicht noch einmal versucht.«

»Wie können wir uns vor ihm schützen?«, fragte Flora.

Sky legte sich hin und gähnte noch einmal. »Seht ihm nicht in die Augen«, sagte sie und schlief auf der Stelle ein. Auch Flora und Marina kuschelten sich in ihre Betten und waren kurz darauf eingeschlafen.

Flame schaltete die Taschenlampe aus, dann drehte sie sich auf den Rücken und faltete die Hände hinter dem Kopf. Sie starrte in die Dunkelheit. Draußen wiegten sich die hohen Kiefern im Wind und eine Eule schrie.

Wonach sucht Charles wirklich?, dachte Flame. Und warum?

Was weiß er, das wir nicht wissen?, fragte sie sich, als sie langsam in den Schlaf glitt.

Einen Kilometer entfernt saß Charles Smythson im Wohnzimmer und umklammerte das Telefon in seiner linken Hand. In der anderen hielt er ein großes, mit Whisky gefülltes Glas. Er musste sich etwas Mut antrinken. Dieser Anruf wird nicht einfach, dachte er. Er war aufgebracht darüber, dass er gezwungen gewesen war, Flora den Stein zurückzugeben, bevor er Gelegenheit gehabt hatte, ihn sich genauer anzusehen. Warum hat er überhaupt gepiepst, als ich in der Nähe war?, fragte er sich. Ich habe mich wahrscheinlich verraten, dachte er missmutig. Flora weiß, dass ich den Stein gehört habe und hat es bestimmt ihren Schwestern erzählt. Wenn ich noch länger brauche, um das Kästchen an mich zu bringen, finden Marilyn und die Mädchen womöglich die Wahrheit über mich heraus. Charles nahm einen weiteren Schluck Whisky, dann stellte er das Glas auf dem Tisch neben sich ab. Er wechselte das Telefon in die rechte Hand.

Was sage ich nur?, fragte er sich. Ich habe eigentlich nichts zu berichten, außer, dass ich den Stein gefunden und wieder verloren habe. Das verfluchte Kästchen habe ich noch immer nicht entdeckt … Und ich weiß, wie sie darauf reagieren wird. Mit Wut. Eiskalter Wut. Und Drohungen, noch mehr Drohungen …

Verflixt und zugenäht, dachte er und schlug sich mit der Hand auf das Knie. Ich will nicht, dass diese ganze

Sache meine Arbeit beeinträchtigt. Es ist schon spät. Ich muss sie jetzt endlich anrufen.

Er atmete tief ein, dann drückte er die Tasten des Telefons.

Während er dem leisen Piepen des Wähltons lauschte, atmete er langsam aus. Am anderen Ende meldete sich eine Stimme.

»Hallo, Glenda, hier ist Charles.«

Das Dorffest

Am Samstagmorgen gab es für alle viel zu tun. Dad und Flora ernteten ihr Gemüse für den Wettbewerb. Ganz vorsichtig drapierten sie in einer großen Box ein Bund winziger Karotten, drei Stangenbohnen, drei Bilderbuchzucchini, fünf Erbsenschoten identischer Größe, drei Saubohnen, die einander glichen wie ein Ei dem anderen, sechs wunderschöne rote Tomaten, zwei orangefarbene Kürbisse und einen Spaghettikürbis. Dann pflückten sie noch einen Strauß herrlich duftender Rosen und farbenfroher Dahlien.

»Ich habe irgendwo gelesen, dass Dahlien die beliebtesten Gartenblumen sind«, sagte Dad.

»Ich mag sie trotzdem nicht besonders«, erwiderte Flora. »Sie stinken furchtbar und sind immer voller Ohrenkneifer.«
»Hm, da hast du recht«, sagte Dad. Er hielt die Dahlien mit den Blüten nach unten und schüttelte sie. Etliche Ohrenkneifer plumpsten auf die Erde und krabbelten schleunigst davon.
Dad legte den Blumenstrauß zuoberst auf die Gemüsebox.
»Gute Arbeit, Flora!«, sagte er stolz.
Währenddessen waren Grandma, Flame und Marina in der Küche damit beschäftigt, Törtchen für den Kuchenverkauf zu backen und zu verzieren. Sky strich Buttercreme auf die Biskuittörtchen und platzierte eine Erdbeere auf jedem der kleinen Gebäckstücke.
Alle Einnahmen des Dorffestes würden der Kirche zugute kommen. Die Cantrips liebten ihre historische, wunderschöne Dorfkirche und trugen gerne zu ihrer Erhaltung bei.
Da Mum eine der Organisatorinnen des Dorffestes war, fuhr sie schon früh los. Ihr Auto war vollbepackt mit Büchern für den Flohmarkt und drei Gläsern von Grandmas Erdbeermarmelade, die sie beim Marmeladenwettbewerb einreichen wollte. Sie fuhr zum Dorf-

platz, wo das Fest stattfinden würde. Auf der einen Seite des Platzes stand das Rathaus, wo Mum am vergangenen Montag ihre Kartons mit Trödel für den Flohmarkt zwischengelagert hatte. Auf der anderen Seite erhob sich die Kirche aus Stein mit ihrem hohen Turm.

Mum lud alles aus dem Wagen und legte die Bücher auf den Tischen des Bücherflohmarkts aus. Dann reichte sie Grandmas Erdbeermarmelade bei der fachkundigen Jury ein, die über den Gewinner im Marmeladenwettbewerb zu entscheiden hatte. Zuletzt ging sie ins Rathaus und schleppte einen Karton nach dem anderen hinaus zum Flohmarkt. Sie arrangierte den Trödel auf den Tischen, darunter auch ein kleines hölzernes Kästchen von der Größe eines alten Zigarrenetuis, dessen Deckel mit einer Schnitzerei verziert war: ein Kreuz in einem Kreis.

Gegen Mittag brach auf dem Dorfplatz geschäftiges Treiben aus: Überall bauten die Leute ihre Stände und Spiele auf. Bunte Bänder und Wimpel flatterten im Wind. Hoch über ihren Köpfen jagten große dicke Wolken über den Himmel, manche von ihnen strahlend weiß, manche dunkel und drohend.

»Hallo, Ottalie!«, wurde Mum immer wieder begrüßt.

»Hallo, schön dich zu sehen! Hoffentlich hält sich das Wetter!«, rief sie zurück.

»Meinst du, wir sollten die Bücher lieber abdecken, Ottalie? Falls es zu regnen beginnt?«, fragte Brian Blenkinsop, der Direktor der Drysdale School, der den Bücherflohmarkt betreute.

Mum sah zum Himmel hinauf. »Hm«, sagte sie. »Gute Idee, obwohl ich glaube, dass wir Glück mit dem Wetter haben werden.«

Bald darauf kamen Dad und Flora an. Sie drapierten ihr Gemüse auf Tischen im Zelt der Gartenschau, zusammen mit den anderen Hobbygärtnern aus dem Dorf.

Sobald Mum ihren Flohmarktstand fertig bestückt hatte, half sie den anderen beim Aufbau.

Dann entdeckte sie plötzlich Dad in der Menge und rief ihm zu: »Colin, lass uns nach Hause fahren und etwas essen. Brian wird ein Auge auf unseren Stand haben. Wir müssen um halb zwei zurück sein, das Fest wird um zwei eröffnet.«

»Einverstanden!«, rief er.

Und sie kehrten nach Cantrip Towers zurück, wo das Mittagessen – eine Suppe, Brot und Käse – bereits auf dem Tisch stand. Als alle satt waren, beluden Grandma und die Mädchen Mums großen roten Van mit den frischgebackenen Kuchen und sie drängten sich in den Wagen.

»Fahrt schon mal vor! Ich schließe nur rasch alle Fenster«, rief Dad.

»Wo ist eigentlich Charles?«, fragte Mum, die gerade ins Auto steigen wollte.

»Ich habe ihn heute noch nicht gesehen«, erwiderte Dad.

Kaum war Mum Richtung Dorffest davongeschossen, traf Charles auf Cantrip Towers ein. Er fand Dad, der gerade im Begriff war loszufahren, vor dem Haus vor.

»Ich fahre jetzt zum Dorffest«, sagte Dad. »Die anderen sind schon vorgefahren. Du kommst doch auch, oder?«

»Ich muss nur noch etwas bei einem der Porträts im Wohnzimmer überprüfen, es dauert bestimmt nicht lange. Ich komme einfach nach«, sagte Charles.

»Ist gut, aber schließ bitte die Haustür hinter dir ab, wenn du gehst«, sagte Dad. »Und achte darauf, dass Bert im Haus ist.«

»Das mache ich«, versicherte Charles nickend. »Ich seh dich dann nachher.«

Dad sprang in seinen alten grünen Sportwagen und jagte die Auffahrt hinunter.
Perfekt, dachte Charles. Ich habe Cantrip Towers ganz für mich.

Charles' Finger juckten beinahe, als er so schnell er konnte auf den Wohnwagen zulief.
Er drückte die Türklinke hinunter. Ah, gut, die Mädchen haben nicht abgeschlossen, dachte er. Er öffnete die Tür und spähte in den Wohnwagen, dann trat er über die Schwelle. Wo ist dieses verflixte Kästchen nur?, dachte er.
Der Wohnwagen war picobello aufgeräumt, ein Zeichen von Flames Ordnungsliebe. Charles öffnete die Schränke und holte Kleider und Decken heraus. Er achtete darauf, sie wieder ordentlich zurückzulegen.
Nichts, dachte er. Vielleicht unter den Betten? Er hob eine Matratze nach der anderen an und ließ die Hand daruntergleiten.
Als er zu Floras Bett kam – er erkannte ihr Sweatshirt, das darauf lag – hielt er inne. Es ist nicht hier, dachte er, aber ich fühle etwas …
Flora trägt den Stein bestimmt bei sich, dachte er.
»Verflixt und zugenäht!«, schimpfte Charles und ver-

ließ den Wohnwagen. Sein Herz klopfte wild, der Druck, den er spürte, wuchs.
Ich muss dieses Kästchen einfach finden, dachte er und ballte die Fäuste. Rasch durchsuchte er die Boxen mit Lebensmitteln und Küchenutensilien neben dem Lagerfeuer, aber auch dort entdeckte er nichts.
Dann eilte er zum Haus zurück und nahm sich Dads Arbeitszimmer vor. Er ging die Unterlagen auf dem Schreibtisch durch, öffnete alle Schubladen und Schränke und suchte die Regale ab.
Aber das, wonach er suchte, fand er immer noch nicht. Charles hatte das Gefühl, er müsse jeden Moment explodieren.
Nichts. Ich kann es einfach nicht glauben, dachte er. Ich habe überall nachgesehen! Ich habe in den letzten vier Tagen jeden Raum in diesem verdammten Haus durchsucht.
Charles sah auf seine Uhr. Beinah vierzehn Uhr dreißig, ich muss aufbrechen oder sie werden sich wundern, wo ich bleibe, dachte er.
Er achtete darauf, alles so zurückzulassen, wie er es vorgefunden hatte, dann verließ er das Zimmer. Er vergewisserte sich, dass Bert im Haus war, schloss die Tür hinter sich ab und ging zu seinem Auto.

Das Dorffest war in vollem Gange. Die Sonne schien und mitten auf dem Platz spielte eine Band. Die Menschen strahlten. Flame, Marina und Sky amüsierten sich prächtig. Sie warfen Bälle auf Dosenstapel, drehten am Glücksrad, zogen Lose und angelten nach Entchen. Sie zeigten sich gegenseitig ihre Gewinne und blieben immer wieder stehen, um sich mit Freunden und Nachbarn zu unterhalten.

Dad und Flora waren vor Freude außer sich, als sie einen Preis nach dem anderen für ihr Gemüse gewannen und zudem noch die Auszeichnung »Gemüsegärtner des Jahres« verliehen bekamen.

»Herzlichen Glückwunsch, Colin, du hast es mal wieder geschafft«, sagte Betty Carruthers, die Juryvorsitzende und schüttelte Dad die Hand. Sie überreichte Flora einen silbernen Pokal und gratulierte ihr ebenfalls.

»Danke schön«, sagte Flora, über das ganze Gesicht strahlend.

Mums Flohmarktstand war gut besucht, manche Leute guckten nur, andere kauften auch etwas. Am Kuchenstand gegenüber standen die Dorfbewohner Schlange, um ein Stück von Marilyns Kuchen zu ergattern. Sie selbst war überglücklich, mit ihrer Erdbeermarmelade den ersten Platz im Marmeladenwettbewerb gewonnen zu haben.

Flame stand mitten auf dem Dorfplatz und sah sich nach allen Seiten um. »Ich kann Charles nirgends entdecken«, sagte sie, aber ihre Schwestern hörten ihr nicht zu.

Ich frage mich, wo er ist, dachte sie. Ein ungutes Gefühl breitete sich in ihrer Magengegend aus. Sie steckte die Hand in die Hosentasche. Georges Brief war immer noch da, genau wie der kleine Schlüssel. Sie konnte beides spüren. Gott sei Dank ist der Brief vor Charles sicher, dachte sie.

Flora unterbrach ihre Grübelei. »Lasst uns einen Blick auf Mums Stand werfen«, schlug sie vor.

»Ich möchte mir erst ein Eis holen«, sagte Sky. »Ich treff euch nachher dort.«

Die drei älteren Cantrip-Schwestern gingen auf Mums Verkaufstisch zu, doch Flame wurde magisch von den Büchern an Brian Blenkinsops Stand angezogen, der direkt neben Mums lag.

Marina stellte sich zu Mum hinter den Tapeziertisch. Flora dagegen sah sich in Ruhe den ganzen Trödel an, den ihre Mutter zum Verkauf bestimmt hatte.

Pieeep! Flora sah sich alarmiert um. Hatte irgendwer

das Geräusch gehört? *Pieeep!*, machte es erneut. Der magische Stein in ihrer Hosentasche vibrierte.
Mum bediente gerade einen Kunden und Marina unterhielt sich mit einem weiteren. Niemand schien das Piepsen gehört zu haben.
Pieeep!, machte es wieder.
Flora fühlte sich wie elektrisiert. Alle ihre Sinne waren hellwach. In ihrem Kopf begann es fieberhaft zu arbeiten.
Was willst du mir sagen?, murmelte sie. Sie sah sich die Auslage genauer an. Rechts und links von ihr drängelten die Leute und nahmen immer wieder Sachen in die Hand. Dann sah sie es. Das magische Kästchen. Das magische Kästchen, zwischen all dem Plunder auf dem Tisch! Das Kästchen, nach dem sie die ganze Woche gesucht hatten!
Sie hob es vorsichtig hoch und hielt es Mum mit ausgestrecktem Arm hin.
»Ich hätte das hier gern, bitte«, sagte sie zu ihr und reichte ihr eine Münze.
»Einverstanden, Liebes«, sagte Mum, nahm das Geld und wandte sich dem nächsten Kunden zu.
Flora trat ein paar Schritte zurück. Sie stand vollkommen still und starrte auf das schmale Holzkästchen in

ihrer Hand. Es sieht aus wie ein altmodisches Zigarrenetui, dachte sie. Sie ließ ihren Finger über das im Deckel eingravierte Kreuz im Kreis gleiten.
Dann versuchte sie, das Kästchen zu öffnen. Es war abgeschlossen. Flora sah hoch und fing Marinas Blick auf. Ohne dass sie ein Wort hätte sagen müssen, kam ihre Schwester zu ihr. Marina betrachtete das Kästchen in Floras Händen, dann sah sie sich um, ob irgendwer sie beobachtete.
Mit einem Mal stand auch Flame neben ihnen. »Was ist los?«, fragte sie.
»Guck doch«, sagte Flora. »Guck, was ich gefunden habe!«
Flames Herz setzte einen Schlag aus. »O mein Gott!«, rief sie.
Die drei Mädchen starrten das Kästchen an.
Plötzlich ertönte über ihren Köpfen eine Stimme. »Was habt ihr da, Mädchen?«
Die Cantrip-Schwestern schraken zusammen. Charles Smythson! Er stand direkt hinter ihnen und sah auf das Kästchen hinunter.
Die Mädchen sahen ihn mit schreckgeweiteten Augen an. Sein gutaussehendes Gesicht verwandelte sich. Es war, als habe er bisher eine Maske getragen. Da-

hinter verbarg sich ein hässliches, wutverzerrtes Gesicht. Charles' Augen traten hervor und seine Finger zitterten, als er die Hände nach dem Kästchen ausstreckte.

»Nein!«, sagte Flame entschlossen und stellte sich schützend vor Flora, die das Kästchen ängstlich an sich drückte. Marina rückte ebenfalls näher, um ihre Schwester vor Charles abzuschirmen.

»Fass das Kästchen ja nicht an!«, sagte Flame scharf. »Flora hat es gekauft. Es gehört ihr!«

Charles lächelte verkrampft. Er schien das Kästchen unbedingt haben zu wollen, koste es, was es wolle.

Hinter dem Flohmarktstand hatte Mum gerade einen Kunden fertig bedient. Sie sah auf und entdeckte Charles. »Komm und such dir etwas aus, Charles!«, rief sie. »Es ist alles für einen guten Zweck.«

Charles wandte sich um. Die Hände zu Fäusten geballt lächelte er Mum an. »Hallo!«, sagte er und ging zu ihr hinüber. Es fiel ihm schwer, zusammenhängende Sätze zu bilden. »Ottalie, das … äh … das Kästchen, das Flora … gerade gekauft hat … Wo … ich meine … äh … wo ist es her?«

Mums Blick schweifte über den Tisch. »Oh, wahrscheinlich aus einem unserer Wandschränke«, erwiderte sie leichthin. »Ich habe Montag ausgemistet und die Sachen im Rathaus zwischengelagert, damit sie nicht Colin in die Hände fallen. Er hätte sie bestimmt behalten wollen.«

»Oh«, Charles schluckte. Er sackte in sich zusammen. Mit einem Mal zitterte er am ganzen Körper. Seine Füße waren schwer wie Blei. »Montag«, stöhnte er. »Montag, der Tag bevor ich gekommen bin …« Dann wanderte er den Blick auf die Füße gerichtet davon.

Mum sah ihm hinterher. »Was ist nur mit Charles los?«, fragte sie Flame.

»Keine Ahnung, Mum«, erwiderte ihre älteste Tochter. »Sieht aus, als hätte er einen Geist gesehen.«

Flame wandte sich wieder ihren Schwestern zu. Sie bildeten einen engen Kreis um das Kästchen, ihre Gesichter glühten erwartungsvoll.

Flames Herz begann zu rasen. »In dem Kästchen ist etwas, das wir mit unserem Leben beschützen sollen«, flüsterte sie. »Charles muss irgendetwas darüber wissen, warum hätte er sich sonst so seltsam benommen? Habt ihr sein Gesicht gesehen?«

»Ja, er sah plötzlich total gemein aus«, sagte Marina. »Meinst du, er wird versuchen, es uns wegzunehmen?«, fragte Flora und presste das Kästchen enger an sich.

»Ja, vielleicht, aber er darf es nicht bekommen«, sagte Flame. »Wir müssen auf der Hut sein. Flora, wenn er versucht, mit dir zu reden, darfst du ihm nicht in die Augen sehen, verstanden?«

»Was habt ihr denn da?«, fragte Sky, die mit einem Mal hinter ihnen stand. Sie hatte einen Klecks Vanilleeis auf der Nase.

Flame, Marina und Flora öffneten den Kreis für Sky und Flora streckte ihr das Kästchen entgegen.

»Wahnsinn! Einfach irre!«, rief Sky kichernd aus und sah zu ihren Schwestern hoch.

Die vier Mädchen strahlten sich gegenseitig an. »Wir haben es gefunden!«, sagte Marina. »Wir haben das magische Kästchen gefunden!«

»Und heute Nacht werden wir es öffnen«, sagte Flame. Dann verstummte sie und sah sich prüfend um. »Auf keinen Fall jetzt, es sind zu viele Leute hier und Charles ist immer noch in der Nähe.«

Sie sah Skys fragenden Blick und erklärte: »Wir müssen sehr vorsichtig sein. Charles war eben richtig fies und hat versucht, uns das Kästchen wegzunehmen. Wir müssen gut darauf aufpassen.«

Sky legte ihre Hand auf Floras Arm und sagte: »Hab keine Angst. Wir werden dafür sorgen, dass er es nicht bekommt.«

Für den Rest des Tages hielt Flora das Kästchen umklammert, als ginge es um Leben und Tod. Sie gab es nicht einmal aus der Hand, um an einem der Spiele teilzunehmen, es reichte ihr völlig, ihren Schwestern zuzusehen.
»Ist der Stein eigentlich noch in deiner Hosentasche?«, fragte Flame.
»Ja«, bestätigte Flora. »Er ist in Sicherheit.«
»Und ich habe den Brief von Georges samt Schlüssel«, sagte Flame und klopfte auf ihre Hosentasche.

Charles saß am Rand des Dorfplatzes und grübelte vor sich hin.
Das Kästchen. Es war die ganze Zeit über hier gewesen. Was erzähle ich ihr nur, dachte er. Was erzähle ich Glenda? Dass die Cantrip-Schwestern mich ausgetrickst haben? Das kann ich ihr nicht sagen. Sie würde mich über offener Flamme langsam rösten.
Nein, dachte er, ich kann nur eins tun: Ich muss den Mädchen das Kästchen abnehmen.

Dunkle Wolken türmten sich am Himmel, als das Dorffest sich seinem Ende zuneigte.

»Sieht so aus, als hätten wir gerade noch mal Glück mit dem Wetter gehabt«, sagte Brian Blenkinsop zu Mum.

»Dem Himmel sei Dank«, erwiderte sie und warf einen Blick nach oben.

Die Cantrip-Familie versammelte sich gerade um den Flohmarktstand, als Charles auf sie zukam.

»Hallo Charles«, begrüßte ihn Dad. »Tolles Fest, oder?«

»Umwerfend«, sagte Charles mit seinem üblichen strahlenden Lächeln.

»Was hast du da, Flora?«, fragte Dad.

»Ein Kästchen«, erwiderte sie.

Dad lachte. »Das sehe ich, Liebes! Darf ich einen Blick darauf werfen?« Er streckte die Hand aus und ihr blieb nichts anderes übrig, als es ihm zu geben.

Die Schwestern standen nervös da, während Dad das kleine Holzkästchen nach allen Seiten drehte und wendete. Charles lehnte sich vor, das Gesicht angespannt.

»Es ist verschlossen«, sagte Dad. »Aber ich denke, wir finden schon einen Weg es zu öffnen, wenn wir zu

Hause sind.« Er strich mit dem Finger über den Deckel des Kästchens und zog den geschnitzten Kreis nach. »Interessant«, sagte er und hielt es hoch. »Sieh dir das mal an, Ottalie. Das Motiv mit dem Kreuz im Kreis.«

»Tatsächlich!«, bestätigte Mum.

»Hast du das vom Flohmarkt, Flora?«

»Ja«, antwortete sie.

»Dann ist es bestimmt von unserem Stand«, schlussfolgerte Dad. »Da hast du es, Ottalie, wenigstens ein Familienmitglied weiß unser Erbe zu schätzen!«

Mum lachte. »Du hast recht, Liebling«, sagte sie.

»Darf ich es mir mal ansehen?«, fragte Charles. Flora schluckte. Charles lächelte charmant und streckte die Hand aus, als Dad ihm das magische Kästchen reichte. Er betrachtete es von allen Seiten, drehte es um und sagte dann: »Ich würde sagen, es stammt aus dem neunzehnten Jahrhundert.«

»Viktorianisch?«, fragte Dad.

»Ja, wahrscheinlich ist es ungefähr einhundertzwanzig Jahre alt«, erwiderte Charles.

»Ottalie, du verscherbelst einfach unsere Schätze!«, platzte Dad heraus. Er sah sie entrüstet an.

»Das tut mir leid, Colin. Ich werde das nächste Mal besser aufpassen, versprochen«, entschuldigte sich Mum.

»Ist es wertvoll, Charles?«, fragte Dad.

»Ein paar hundert Pfund, vielleicht mehr«, überlegte Charles. »Wir sollten wirklich herausfinden, ob es leer ist oder nicht.«

»Nein!«, rief Flora und riss ihm das Kästchen aus der Hand.

Dad und Mum sahen ihre Tochter verblüfft an. Flora war sonst nie dermaßen unhöflich.

»Kinder, hm?«, sagte Dad.

Charles lächelte gezwungen.

Gott sei Dank kam Grandma in diesem Moment dazu. »Ich denke, wir sollten mit dem Aufräumen beginnen«, sagte sie.

»Ja«, pflichtete Mum ihr bei. Dann sah sie Dad an und sagte: »Ich habe übrigens das Festkomitee auf einen Drink zu uns eingeladen, wenn wir hier fertig sind.«

»Hört sich gut an«, erwiderte Dad.

Marina und Sky halfen ihrer Mutter beim Aufräumen, Flame baute mit Grandma den Kuchenstand ab und Flora begleitete Dad, um ihr Gemüse abzuholen. Das Kästchen hielt sie während der ganzen Zeit fest an sich gedrückt. Charles blieb in der Nähe, er half ein wenig hier und dort, aber er spürte, dass die Mädchen und

Marilyn Cantrip in seiner Gegenwart äußerst wachsam waren.

Schließlich sagte Mum: »Marilyn, fahr doch schon mal mit den Mädchen nach Hause. Ihr könnt meinen Wagen nehmen. Colin und ich haben hier noch eine Weile zu tun. Wir kommen dann bald nach.«

»Ist gut, meine Liebe, ich bereite schon mal den Umtrunk vor«, sagte Grandma zustimmend.

Während Flora ganz allein neben Mums großem rotem Wagen auf die anderen wartete, kam Charles plötzlich auf sie zu.

»Flora«, sagte er und lächelte von oben auf sie hinunter. »Gibst du mir das Kästchen bitte noch einmal? Ich würde es mir gern genauer anschauen.«

Flora sah hoch, direkt in seine Augen, als ihr einfiel, wie gefährlich das sein konnte. Und so hatte sie den Blick wieder abgewandt, bevor Charles seine magischen Kräfte einsetzen konnte.

Mist, dachte Charles. Im nächsten Moment stand Sky neben Flora. »Komm, wir steigen schon mal ein«, sagte sie und zog ihre Schwester am Arm.

Charles trat zurück und lächelte, als Marilyn Cantrip an ihm vorbei auf das Auto zuging. Sie trug einen Karton mit Geschirr.

»Er wollte mir das Kästchen abnehmen«, flüsterte Flora Sky zu, als sie ins Auto stiegen. »Ich habe mich daran erinnert, was du gesagt hast. Dass wir ihm nicht in die Augen gucken sollen.«
»Schon gut«, erwiderte Sky. »Jetzt bist du in Sicherheit.«

Auf dem kurzen Weg nach Hause erzählten die Cantrip-Schwestern Grandma, wie Flora das Kästchen gefunden hatte, und wie Charles versucht hatte, es ihr wegzunehmen.
Grandma hörte aufmerksam zu, während sie den Wagen die kurvenreiche Straße und die Auffahrt von Cantrip Towers entlang lenkte. Die ersten Regentropfen platschten auf die Windschutzscheibe, als sie das Auto vor dem Haus zum Stehen brachte. »Gut, meine Mädchen, ihr bleibt heute Nacht besser drinnen«, sagte Grandma. »Abgesehen davon, dass das Kästchen so sicherer verwahrt ist, wissen wir immer noch nicht, ob der Wohnwagen auch wirklich regendicht ist.«
Dann drehte sie sich auf ihrem Sitz, um ihre Enkelinnen anschauen zu können. »Seid bitte vorsichtig«, sagte sie. »Ihr wisst nicht, was sich in dem Kästchen verbirgt und welche Kräfte es womöglich freisetzt.«

»Wirst du Mum und Dad vor Charles warnen?«, fragte Flame.
Grandma sah nachdenklich aus. »Er wird noch einige Tage hier sein, um die Inventarliste zu vervollständigen. Ich möchte eure Eltern nicht alarmieren, bevor wir nicht wissen, wonach er genau sucht oder warum. Für eure Eltern gehört er zur Familie. Es ist eine kniffige Situation.«
»Grandma«, sagte Flora.
»Ja, Liebes?«
»Vielleicht kennt Charles Glenda ja besser, als er zugibt?«, flüsterte Flora mit weit aufgerissenen Augen.
Flame lehnte sich vor und sagte: »Das würde jedenfalls erklären, weshalb er von dem Kästchen wusste.«
Grandma nickte. »Ja, vielleicht, aber nicht unbedingt. Es gibt womöglich Aufzeichnungen über das Kästchen, irgendwo in den Familienunterlagen. Vielleicht ist es wertvoll.«
Flora runzelte die Stirn. »Als Charles das erste Mal versucht hat, es mir abzunehmen, hat sich sein Gesicht auf einmal verändert, es wurde richtig hässlich. Er sah aus wie Glenda, als sie das Haus angegriffen hat. Du weißt schon, als ihr Gesicht plötzlich ganz verkniffen und böse wurde.«

Grandma war mit einem Mal wie elektrisiert. Sie richtete sich kerzengrade in ihrem Sitz auf.

»Sky glaubt, er hat magische Kräfte in seinen Augen«, fügte Marina hinzu. Sie beugte sich vor und stützte die Ellbogen auf den Fahrersitz.

Marilyn Cantrip holte tief Luft. Ihr Gesicht drückte ernsthafte Besorgnis aus. Sie schwieg eine Zeitlang.

»Also gut, Mädchen«, sagte sie schließlich. »Genau so sieht böse Magie aus. Womöglich ist Charles ein böser Cantrip und es könnte sein, dass er für Glenda arbeitet.«

Auf ihre Worte folgte erschrockenes Schweigen. Dann fragte Flame: »Was tun wir denn jetzt?«

Grandma sah nachdenklich in den Regen hinaus. In ihrem Kopf nahm eine Idee Gestalt an. Endlich wandte sie sich ihren Enkelinnen wieder zu und sagte: »Wir haben drei Möglichkeiten.«

Die Schwestern beugten sich gespannt nach vorn.

»Erstens: wir erzählen euren Eltern, was vor sich geht, und bitten sie, Charles wegzuschicken. Zweitens: Wir verstecken das Kästchen vor ihm, sind äußerst wachsam, bis er von alleine geht und hoffen, dass er euch nichts tun wird.«

»Und drittens?«, fragte Flame.

Grandma sah ihre Enkeltöchter der Reihe nach an. »Drittens: wir halten uns an zweitens, ergreifen aber außerdem die Initiative: Wir legen Charles herein und finden heraus, was er über Glenda weiß.«

»Ich bin für drittens«, sagte Flame sofort.

»Das liegt daran, dass du so risikofreudig bist«, sagte Grandma lächelnd.

Flame sah etwas verschnupft aus. »Nein, es liegt daran, dass ich es für den besten Plan halte«, sagte sie.

Grandma nickte. »Gut.«

»Ich bin auch für Nummer drei«, sagte Marina.

»Ich auch«, sagte Flora.

»Und ich auch«, sagte Sky.

»Es ist ein Risiko«, warnte Grandma. Die Cantrip-Schwestern waren verblüfft von der plötzlichen Schärfe in ihrer Stimme. »Ich meine es ernst. Ihr müsst die ganze Zeit über äußerst wachsam sein.«

Die Mädchen nickten schweigend.

»Lasst nicht zu, dass Charles das Kästchen in die Hände bekommt«, mahnte Grandma. Sie öffnete die Autotür und sagte: »Wir müssen jetzt reingehen, unsere Gäste können jeden Moment eintreffen.«

Das magische Kästchen

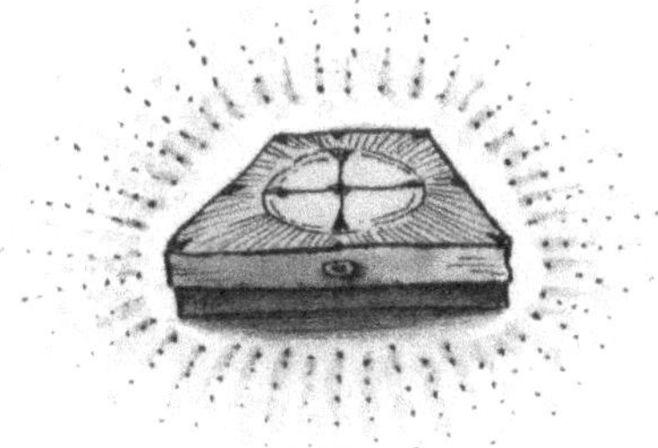

»Hereinspaziert«, sagte Dad, der die Gäste an der Haustür begrüßte.

Brian Blenkinsop und seine Frau Virginia (die die Schwestern untereinander nur den Wasserspeier nannten), Betty Carruthers und die übrigen Mitglieder des Dorffestkomitees betraten, sich den Regen von den Jacken schüttelnd, die große Halle von Cantrip Towers.

»Es ist eine Schande, dass wir heute Abend nicht auf der Terrasse sitzen können«, meinte Dad bedauernd. »Wir gehen einfach ins Wohnzimmer.«

»Was für ein Glück, dass es erst jetzt zu regnen begonnen hat«, sagte Brian.

Die Gäste nahmen im Wohnzimmer Platz und Dad goss allen etwas zu trinken ein.
»Mädchen, kommt doch mal her und sagt hallo«, forderte Mum sie auf, als sie ihnen in der Halle begegnete. In der Hand hielt sie ein Tablett mit Häppchen.
»Hallo, Charles«, begrüßte sie den Kunsthistoriker, der in diesem Moment zur Tür hereinkam. »Setz dich zu uns!«
»Gerne, Ottalie«, erwiderte er. Er wandte sich um und warf den Cantrip-Schwestern einen Blick zu. Dabei fiel ihm auf, dass Flora das Kästchen nicht mehr im Arm hielt. Während er das Festkomitee begrüßte, überschlugen sich die Gedanken in seinem Kopf. Wo konnte das Kästchen nun sein und wie sollte er es finden?
Ich darf nicht zögern, dachte er. Ich muss die erste Gelegenheit ergreifen, die sich mir bietet …
Und die Gelegenheit kam schneller als gedacht. Flora warf ihm einen Blick zu und verließ das Wohnzimmer. Kurz darauf erhob sich Charles und folgte ihr. Er verharrte am Fuß der breiten Mahagonitreppe und fragte sich, ob sie wohl nach oben gegangen war. Er beschloss, sein Glück im zweiten Stock zu versuchen, und ging rasch die Treppe hinauf. Als er die zweite Etage erreichte, kam Flora gerade aus ihrem Zimmer.

»Flora!«, sagte er lächelnd. »Ich würde mir zu gerne das Kästchen genauer ansehen.«

Sie sah mit ihren klaren braunen Augen zu ihm hoch, ohne seinem Blick auszuweichen. Innerhalb von Sekundenbruchteilen ließ seine Magie sie zu einer unbeweglichen Statue gefrieren und sie stand steif und starr im Türrahmen. Charles ging an ihr vorbei in ihr Zimmer, er hielt sich nicht damit auf, ihre Erinnerung auszulöschen.

Einen Moment stand er mitten im Raum, mit dem Rücken zur Tür. Ich frage mich, wo sie es versteckt hat, dachte er.

Plötzlich schienen seine Füße die Bodenhaftung zu verlieren. »Woa!«, schrie er mit wild rudernden Armen. Er hob ab, stieg in die Luft und schwebte schließlich hoch über dem Teppich. Charles sah nach unten. Seine Füße baumelten einen halben Meter über dem Boden.

Dann hörte er eine Kinderstimme hinter sich. »Nimm den Bann von meiner Schwester, Charles, oder ich lasse dich mit dem Kopf an die Decke knallen.«

Seine Arme ruderten in der Luft wie die Flügel einer Windmühle, während er spürte, wie er höher und höher stieg. Dann, als sein Kopf fast an die Decke stieß, fiel er abrupt nach unten, nur um augenblicklich wieder nach oben zu schnellen. Hoch, runter, hoch, runter – Charles fühlte, dass ihm schlecht wurde. Er versuchte, den Kopf zu drehen, und erhaschte einen Blick auf die Person, die hinter ihm stand.

Sky Cantrips hielt ihren rechten Arm ausgestreckt, der Zeigefinger deutete auf ihn. »Sag etwas zu Flora, Charles, sofort!«, befahl sie. »Hol meine Schwester zurück!«

Charles versuchte verzweifelt das Gleichgewicht wiederzugewinnen, aber Sky bewegte ihren Finger und er taumelte erneut durch die Luft, ohne dass seine Füße einen Halt fanden. Nicht mehr lange und er würde sich übergeben müssen.

»Okay, okay!«, rief er.

»Mach schon!«, schrie Sky.

»Flora, wach auf!«, sagte Charles beschwörend.

Flora Cantrip blinzelte. »Was ist passiert?«, fragte sie. Dann entdeckte sie den durch die Luft taumelnden Charles. »Sky!«, rief sie kichernd. »Sky, was tust du da?«

Sky senkte ihre Hand und Charles plumpste zu Boden, wo er wie ein Käfer auf dem Rücken liegenblieb. Während er noch ächzend auf dem Teppich lag, schnappte sich Sky Floras Hand und zog sie den Flur entlang in ihr Zimmer. Die beiden jüngsten Cantrip-Schwestern schlossen die Tür hinter sich und setzten sich auf Skys Bett.

»Alles okay mit dir, Flora?«, fragte Sky.

»Ja, aber was genau ist eigentlich passiert?«

»Es war genau, wie Flame vermutet hat«, erzählte Sky. »Charles hat seine dunkle Magie benutzt, um dich zu hypnotisieren. Du standest da wie festgefroren. Ich bin ihm gefolgt, so wie wir es geplant hatten. Er hat mich nicht gehört, weil ich meine Schuhe ausgezogen hab, als ich die Treppe rauf bin, und ich sehr leise hinter ihm ins Zimmer geschlichen bin.«

»Es war ein guter Plan«, sagte Flora. »Jetzt wissen wir mit Sicherheit, dass Charles magische Kräfte hat und wie er sie benutzt.«

Sky strich ihrer Schwester über das kastanienbraune Haar. »Wie fühlst du dich denn?«

»Mir ist ein bisschen schwindelig, aber ich bin okay.«

»Wir gehen besser wieder nach unten«, sagte Sky. »Flame und Marina machen sich sonst Sorgen. Hoffentlich ist es Mum und Dad nicht aufgefallen, dass wir so lange weg waren. Wir müssen Grandma sobald wie möglich erzählen, was passiert ist.«

Sehr leise öffnete Sky die Tür ihres Zimmers einen

Spalt und spähte auf den Flur hinaus. Er lag ruhig und verlassen da.

»Charles könnte immer noch hier oben sein«, flüsterte Flora, die hinter ihr stand.

»So wie er zu Boden gekracht ist, braucht er jetzt vermutlich eine Kopfschmerztablette und ist nach Hause gegangen.« Sky kicherte.

»Dir ist klar, dass er jetzt weiß, dass du magische Kräfte hast, oder?«, sagte Flora.

»Das wusste er doch eh, Flora. Wir waren uns alle einig, dass es der einzige Weg war, herauszufinden, wie wir uns gegen seine Kräfte schützen können. Er ist ein Cantrip – ein böser Cantrip – und er scheint alles über uns zu wissen. Jetzt müssen wir noch herausfinden, woher er das weiß und was dahintersteckt.«

Sie spähte erneut durch den Türspalt. »Okay, die Luft ist rein, los geht's.«

Die zwei jüngsten Cantrip-Schwestern hasteten durch den Flur und in das Erdgeschoss hinunter. Am Fuß der Treppe zog Sky gerade ihre Schuhe an, als Mum aus dem Wohnzimmer kam.

»Oh, da seid ihr ja! Unsere Gäste werden bald aufbrechen.« Mum lächelte. »Ihr seid bestimmt hungrig.«

»Wo ist Charles?«, fragte Sky.

»Oh, er ist vor ein paar Minuten sehr plötzlich aufgebrochen«, erwiderte Mum. »Er sagte, er habe Kopfschmerzen.«

In dieser Nacht schliefen die Schwestern in ihren Betten auf Cantrip Towers. Mum wünschte ihnen allen eine gute Nacht. »Das Haus war sehr leer ohne euch«, sagte sie, als sie eine nach der anderen umarmte und ihnen einen Gutenachtkuss gab.

Sobald Mum nach unten zurückgekehrt war, schlichen sich Marina, Flora und Sky in Flames Zimmer. Flame kauerte auf dem dunkelblauen Teppich und zog einige große Bücher aus dem untersten Regalbrett. Hinter ihnen versteckt, dicht an der Wand, befand sich das magische Kästchen. Die vier Cantrip-Schwestern kuschelten sich auf Flames leuchtend roter Bettdecke dicht aneinander. Diesen Moment hatten sie herbeigesehnt, seit sie das magische Kästchen auf dem Fest gefunden hatten. Flora stellte es auf das Bett. »Wo ist der Schlüssel?«, fragte sie.

»Hier«, antwortete Flame und zog George Cantrips Brief aus der Tasche ihres Morgenmantels. Sie steckte die Hand in den Umschlag, zog den kleinen Schlüssel hervor und reichte ihn Flora.

Die vier Schwestern platzten schier vor Aufregung.
»Mach schon, Flora!«, sagte Flame.
»Ist ja gut«, erwiderte Flora, während sie den kleinen Schlüssel in das Schlüsselloch steckte.
Die Mädchen hielten die Luft an, als Flora den Schlüssel im Schloss drehte und dann den Deckel des Kästchens anhob. Sie rückten näher und spähten hinein.
»Was ist das da?«, fragte Marina.
Flora nahm eine getrocknete Rosenknospe aus dem Kästchen. Es waren noch drei weitere darin. »Rosen! Sie sind bestimmt von Cantrip Towers«, murmelte Flame. »Eine für jede von uns.«
»George muss das Haus und den Garten sehr geliebt haben«, sagte Flora.
Sie legte die getrockneten Rosenknospen behutsam auf die Bettdecke. Dann warf sie einen weiteren Blick in das Kästchen. »Seht nur«, sagte sie und hielt eine alte Schwarz-Weiß-Fotografie hoch.
Die Schwestern blickten auf das sorgfältig arrangierte Gruppenbild einer Familie. Ein kleines Mädchen schaute den Betrachter mit durchdringendem Blick an. In der Mitte der Gruppe saßen die Eltern. Um sie herum standen sechs Kinder. Alle waren sehr altmo-

disch gekleidet. Im Hintergrund waren ein paar Rosensträucher zu sehen.

»Das sind bestimmt Sidney und Mim mit ihren Kinder«, sagte Flame und betrachtete das Foto prüfend. »Ja, seht mal, das hier muss George sein, er sieht aus wie der junge Mann auf dem Porträt.«

»Auf dem Foto sieht er aus, als sei er ungefähr zwölf«, sagte Marina.

»Wer ist das Mädchen, das einen so durchdringend ansieht?«, fragte Sky.

»Ich habe keine Ahnung«, antwortete Flame. »Aber sie kommt mir irgendwie bekannt vor.«

»Der ältere Junge, der hinter ihnen steht, muss Fred sein, unser Urgroßvater«, sagte Flora.

»Und der andere Junge und die beiden kleinen Mädchen?«, fragte Sky.

»Ich bin mir ziemlich sicher, dass Grandma erzählt hat, Sidney und Mim hätten fünf Kinder gehabt«, sagte Flame.

»Ja«, stimmte Flora ihr zu. Sie drehte sich zu Flame. »Was glaubst du, wann dieses Foto gemacht wurde?«

»In seinem Brief erwähnt George, dass er neunzehn war, als er an die Front zurückmusste. Das war

1917 …«, überlegte Flame laut. Sie rechnete einen Moment im Kopf nach. »Also muss er 1898 geboren sein. Er sieht auf dem Foto aus, als sei er ungefähr zwölf, das heißt es wurde etwa neunzehnhundertzehn aufgenommen.«

»War das nicht die Zeit, in der Cantrip Towers erbaut wurde?«, fragte Marina.

»Du hast recht.« Flame nickte.

»Das Foto muss im Sommer gemacht worden sein, seht euch die Rosensträucher im Hintergrund an«, sagte Flora.

»Im Sommer 1910«, sagte Flame. »Vielleicht waren sie da gerade eingezogen.«

»Da ist noch irgendwas!«, sagte Sky. Die Mädchen waren so damit beschäftigt gewesen, sich das Foto anzuschauen, dass ihnen der kleine zusammengefaltete Zettel nicht aufgefallen war, der auf dem Boden des Kästchens lag.

»Vorsichtig«, warnte Flame, als Flora ihn herausholte. Mit großer Sorgfalt faltete sie das dicke weiße Blatt auseinander und legte es auf das Bett in ihre Mitte. Über das ganze Blatt verteilt fanden sich Zeichen und Kritzeleien aus Tinte. Es gab viele Linien und Zahlen und Symbole, die in alle Richtungen zeigten.

Auch wenn die Handschrift auf dem Blatt nicht so gestochen war wie in dem Brief, wirkte sie doch vertraut.

»Es sieht wie Georges Handschrift aus«, sagte Flame. »Hiermit können wir das Geheimnis der Türme ergründen. Und dieses Geheimnis müssen wir mit unserem Leben beschützen.«

Marina, Flora und Sky rückten näher zu ihrer großen Schwester. »Was ist es denn?«, fragte Sky.

Flame studierte die Zeichnungen. »Es sieht aus, als wären es verschiedene Grundrisse, so wie Architekten sie zeichnen. Ich hab mal einen bei Dad gesehen«, sagte sie. »Ich nehme an, es sind die fünf Stockwerke von Cantrip Towers.«

»Das hier sieht aus wie der Grundriss eines Turmes«, ergänzte Marina und tippte mit ihrem Finger auf die entsprechende Stelle.

»Ja und das hier ist der Dachboden – seht mal, hier sind die Wendeltreppen an den beiden Flurenden, die in die Türme führen«, sagte Flame.

»Das ist der zweite Stock«, sagte Flora und deutete auf einen dritten Grundriss.

»Ja, da sind unsere Zimmer«, sagte Flame zustimmend.

»Dann ist das hier der erste Stock«, rief Marina. »Und das ist das Erdgeschoss.«
»Was hat die gepunktete Linie zu bedeuten?«, fragte Sky und zeigte auf eine Linie, die über den Ostturm lief.
Ihre Schwestern sahen sie sich genauer an.
»Und diese Zahlen und Kringel hier«, fuhr Sky fort. »Was ist damit?«
»Mal sehen, ob irgendetwas auf der Rückseite steht«, sagte Flora und drehte das Blatt um.
Die Cantrip-Schwestern starrten verblüfft auf das Papier.
»Seht nur, da ist schon wieder das Kreuz im Kreis«, sagte Flame. »Wenn wir seine Bedeutung verstehen, finden wir vielleicht das Geheimnis der Türme.«
»Lasst uns die Pläne noch einmal genauer unter die Lupe nehmen«, schlug Flora vor. »Lasst uns einen nach dem anderen anschauen und gucken, ob wir eine Verbindung entdecken.«
»Du meinst, wir sollen nach Dingen suchen, die in allen Grundrissen identisch sind?«, fragte Marina.
»Könnten wir unsere magischen Kräfte benutzen?«, fragte Sky.
Flame grinste. »Nein, ich denke, hier ist eher Köpfchen gefordert.«

»Also gut, was ist in allen Grundrissen gleich?«, fragte Flora.

»Hier ist ein einzelner Buchstabe, ein N … für Norden wahrscheinlich«, sagte Sky und zeigte auf ein winziges *N* innerhalb der Grundmauern des Erdgeschosses.

»Du hast recht«, sagte Flame. »Hier ist auch ein kleines N, im ersten Stock. Was ist mit dem zweiten?«

»Ja, hier ist es, genau in der Mitte des Hauses, an der Vorderseite«, sagte Flora.

»Und hier ist eins auf dem Dachboden«, sagte Marina. »Lasst uns nach dem Zeichen für Süden suchen.«

Und tatsächlich fanden sie ein kleines S in jedem der Grundrisse, das ihnen die Südseite des Hauses anzeigte.

Auch die Buchstaben O und W tauchten auf jedem der fünf Grundrisse auf.

Flame setzte sich auf. »Wisst ihr was? Normalerweise wird auf einer Karte nur das N für Norden eingezeichnet. Es ist sehr ungewöhnlich, dass alle vier Himmelsrichtungen markiert sind. Ich frage mich, ob es eine Bedeutung hat, dass es hier anders ist.«

»Wir könnten uns morgen dahin stellen, wo unsere Himmelsrichtung eingezeichnet ist und sehen, was passiert«, schlug Flora vor.

»Und was tun wir dann?«, fragte Sky.

»Wir könnten uns alle der Hausmitte zuwenden und versuchen, unsere Kräfte zu bündeln«, sagte Flame.

»Das wäre, als bildeten wir den Magischen Kreis, nur weiter entfernt voneinander als sonst«, sagte Marina. »Die Idee gefällt mir!«

»Wenn wir das getan haben, verstehen wir vielleicht auch die Bedeutung des Kreuzes im Kreis«, überlegte Flame.

»Es könnte gefährlich sein, mit dem Plan im Haus herumzulaufen, während Charles noch hier ist«, sagte Marina.

Flora nickte nachdenklich. »Meint ihr, Glenda hat Charles von dem magischen Kästchen erzählt?«, fragte sie.

»Ich habe Sidney danach gefragt«, mischte sich Sky ein.

Die Köpfe ihrer drei Schwestern fuhren herum. »Ich dachte, er hätte gesagt, wir sollten die Lösung selbst herausfinden«, sagte Flora.

»Das hatte ich ja, ich habe ihn nur gefragt, ob ich mit meiner Vermutung recht habe«, sagte Sky, die Stupsnase vorwitzig in die Luft gereckt.

»Und was hat er gesagt?«, fragte Flame.

»Dass ich vollkommen richtig liege«, erklärte Sky.

»Schon klar, Dummerchen, und was hast du ihn sonst noch gefragt?«, sagte Flame.

»Ich habe ihm erzählt, dass Charles anfängt, mir Angst einzujagen, weil er seine magischen Kräfte gegen Flora eingesetzt hat«, berichtete Sky. »Und dass Charles sich wie Glenda benimmt – ihr wisst schon, wie sich ihr Gesicht verändern kann und so. Er hat beim Dorffest genauso böse ausgesehen wie sie, das hast du doch gesagt, Flame, oder? Ich habe Sidney gefragt, was das zu bedeuten hat.«

Ihre Schwestern nickten erwartungsvoll.

»Und dann habe ich plötzlich etwas vor meinem inneren Auge gesehen«, sagte Sky.

»Was?«, riefen die anderen.

»Eine Puppe«, erzählte Sky.

»Eine Puppe?«, fragte Flora grübelnd.

»Hat Sidney sonst noch etwas gesagt?«, fragte Marina.

»Nichts, aber ich hatte das Bild in meinem Kopf. Deshalb habe ich mir gedacht, dass das seine Antwort gewesen sein muss«, sagte Sky.

»Aber ja, natürlich! Charles ist Glendas Marionette«, sagte Flora nickend.

»Und wir sind wahrscheinlich in großer Gefahr«, ergänzte Flame.

Die vier Schwestern dachten eine Weile darüber nach. Dann sagte Flora: »Wir müssen dafür sorgen, dass Georges Plan Charles nicht in die Hände fällt. Er könnte sich jederzeit an uns heranschleichen und seine Kräfte benutzen, um eine von uns zu hypnotisieren. Früher oder später wird er uns überlisten!«

»Wir werden einen Weg finden, das Kästchen von Charles fernzuhalten und das Geheimnis der Türme zu ergründen«, beruhigte Flame sie. »Wir heben das Kästchen weiterhin hinter den Büchern in meinem Zimmer auf, tragen den Plan aber bei uns. Ich kann ihn in meiner Hosentasche aufbewahren. Flora, du behältst den Brief und den Stein in deiner.«

»Ich habe gehört, wie Charles zu Dad gesagt hat, er wäre noch bis Ende nächster Woche hier beschäftigt«, erzählte Marina. »Er hat gemeint, es bräuchte noch so lange, weil er noch alle Bilder fotografieren müsste.«

»Die Australier kommen schon am Freitag«, sagte Flora. »Wenn wir das Geheimnis der Türme vorher herausfinden wollen, müssen wir uns beeilen.«

»Ich frage mich gerade, ob der Brief vielleicht noch einen versteckten Hinweis enthält«, sagte Marina.

Flora zog den Brief aus der Tasche ihres Morgenmantels und legte ihn neben den Plan. Die vier Schwestern sahen gespannt auf ihn hinunter.
Flora las laut vor: »In dem Kästchen ist etwas sehr Wertvolles. Beschützt es mit eurem Leben. Wenn ihr die Magie des Hauses entschlüsselt, werden wir uns vielleicht eines Tages treffen.«
Sie sah ihre Schwestern an. »George hat diesen Brief vor beinah hundert Jahren geschrieben, das ist doch total seltsam! Woher hätte er wissen sollen, dass es uns geben würde?«
»Ja, das ist tatsächlich seltsam«, sagte Flame zustimmend.
»Und er sagt, wenn wir die Magie des Hauses entschlüsselten, würden wir ihn treffen«, ergänzte Marina. »Das ist noch viel seltsamer!«
Sky gähnte und rieb sich die Augen.
»Wir müssen zusehen, dass wir etwas Schlaf bekommen«, sagte Flame. »Morgen früh stellen wir uns in den vier Himmelsrichtungen auf. Wir müssen die Magie des Hauses einfach entdecken!«
Marina, Flora und Sky schlichen sich in ihre Zimmer zurück und legten sich in ihre Betten. Innerhalb von Minuten schliefen drei der vier Cantrip-Schwestern

tief und fest. Flame dagegen lag noch lange wach, sie dachte nach.

* * *

Im Erdgeschoss saßen Mum und Dad nebeneinander auf dem Sofa und sahen sich einen Film an. Grandma hatte sich zu ihnen gesellt. Sie saß in einem Lehnsessel, Bert kuschelte sich an ihre Füße. Doch von dem Film bekam sie kaum etwas mit. Stattdessen war sie tief in Gedanken versunken.

Ich hoffe, es war die richtige Entscheidung, Charles hierzubehalten, um an Informationen über Glenda heranzukommen, dachte sie. Es könnte zu unserem Vorteil sein, aber es ist riskant, und das gefällt mir nicht. Es gefällt mir ganz und gar nicht.

Und die Mädchen, dachte Grandma weiter. Ich wünschte, ich könnte sie beschützen. Aber ich muss sie ihre eigene Schlacht schlagen lassen … das sagt Violet Duggery jedenfalls immer.

Einige Kilometer entfernt saß Charles mit einem Glas Whisky in der Hand im Wohnzimmer von Eichenruh.

Das Telefon konnte jeden Moment klingeln, das wusste er.
Während es allmählich dunkel wurde, stand Charles auf und goss sich einen weiteren Whisky ein. Er rieb sich die Stirn. Die Mädchen werden mich noch kennenlernen, dachte er.
Dabei sind es so nette Kinder. Warum mache ich das alles überhaupt?
Er setzte sich wieder in seinen Sessel und starrte in die Dunkelheit. Geld, dachte er. Ich brauche das Geld.
Das Telefon klingelte. Charles nahm einen großen Schluck Whisky, bevor er zum Hörer griff.

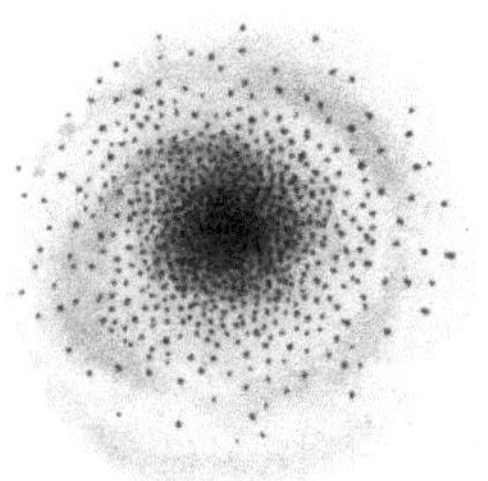

Die vier Himmelsrichtungen

Als Charles am Sonntagmorgen erwachte, gellte Glendas Stimme noch immer in seinen Ohren. Die ganze Nacht über war sie ihm im Traum erschienen. Er hatte sich herumgewälzt und hin- und hergeworfen und war mit dem Gefühl aufgewacht, sein Schädel müsse jeden Moment explodieren. Jetzt saß er in der Küche, trank einen Kaffee und sah hinaus in den Garten. Gewaltige graue Wolken türmten sich am Himmel auf, und von Zeit zu Zeit war ein drohendes Grollen zu vernehmen.

In Gedanken jedoch war er bei Glenda. Als er ihr beschrieben hatte, wie Flora das Kästchen auf dem Dorffest gefunden und ihm in sage und schreibe letzter Sekunde vor der Nase weggeschnappt hatte, hatte sie vor Wut schier geschäumt.

»Du Dummkopf!«, hatte sie ins Telefon gekreischt.

Charles hatte die Zähne zusammengebissen. Glenda akzeptierte keine Entschuldigungen. Es spielte keine Rolle, dass er nicht hatte wissen können, dass das Kästchen dort sein würde. Niemand hätte das vorausahnen können, nicht in einer Million Jahren.

In dem Kästchen war etwas, das Glenda mehr als alles andere auf der Welt haben wollte. Ein Dokument, so hatte sie ihm erzählt, das die uralte Magie der Cantrip-Familie in sich barg.

Glenda hatte ihm stets erzählt, dass ihre Großmutter Margaret dieses Stück Magie von ihrer Mutter Lily hätte erben sollen. Ein Großteil der Magie wurde über die weibliche Linie der Cantrip-Familie von Generation zu Generation weitergegeben. Aber anstatt das uralte Geheimnis Margaret anzuvertrauen, hatte Lily Cantrip es an Sidney weitergegeben, ihr drittes Kind. Er hatte die uralte Magie in seinem Zuhause verankert: Cantrip Towers.

Charles war scharfsinnig genug, um zu erkennen, dass Lily das Wohl der ganzen Familie im Auge gehabt hatte und ihre Entscheidung weise gewesen war. Indem sie das Geheimnis Sidney anvertraute, hatte sie dafür gesorgt, dass dieser sehr mächtige Teil der Cantrip-Magie in den Händen der guten Cantrips blieb. Sidney war ein ausgeglichener und freundlicher Mensch, ihm war bewusst, dass Magie zu besitzen bedeutete, eine große Verantwortung zu tragen, und man sie niemals leichtfertig einsetzen durfte. Von dem, was sowohl Glenda als auch sein Vater Bernard ihm erzählt hatten, wusste Charles, dass Lily schon früh erkannt hatte, wie rücksichtslos und ehrgeizig ihre Tochter war, sosehr sie Margaret auch liebte.

Lilys Urenkelin Glenda schien ähnliche Charakterzüge zu besitzen, dachte Charles.

Sicher war jedenfalls, dass die Entscheidung, Sidney das Geheimnis zu vermachen, zu einem Riss geführt hatte, der mitten durch die Familie hindurchlief. Vielleicht wäre diese Wunde inzwischen verheilt, wäre sie nicht durch Glendas Bemühungen, die uralte Magie der Cantrips für ihre Seite der Familie zurückzuerobern, wieder aufgerissen worden. Glenda würde nicht eher aufgeben, bis ihr genau das gelungen war. Und sie hatte entschieden, dass es sein Job war, die Drecksarbeit zu erledigen.

Charles sah weiter aus dem Fenster, während er seine Situation Stück für Stück im Geiste durchging.
Beruflich könnte es nicht besser laufen, dachte er. Ich verstehe mich gut mit meinem Cousin Stephen, einem Mann, der viele wichtige Leute kennt. Wenn ich mit der Inventarliste für Colin und Ottalie fertig bin, werde ich nach London zurückkehren. Der erste Teil der Arbeit liegt schon hinter mir, in den nächsten fünf Tagen muss ich nur noch die Bilder ablichten.
Das alles ist wunderbar, dachte Charles und nahm einen Schluck Kaffee.
In meinem Privatleben läuft dagegen nicht alles rund, überlegte er. Glenda sitzt mir im Nacken, und ich habe ihr bis jetzt nicht die gewünschten Informationen beschafft. Wenn es mir nicht gelingt, wird sie mich nicht bezahlen und dann stecke ich wirklich in Schwierigkeiten. Dazu kommt, dass ich von ein paar kleinen Mädchen ausgetrickst worden bin und sie nun von meinen Kräften wissen. Sie werden bestimmt etwas aushecken, um das nächste Mal gegen meine Kräfte gewappnet zu sein. Und ich möchte sie nicht mit stärkerer Magie angreifen müssen. Ach, was soll's, darum werde ich mich kümmern, wenn es so weit ist …

Er hatte natürlich von den magischen Fähigkeiten der Cantrip-Schwestern gewusst, bevor er nach Cantrip Towers gekommen war. Glenda hatte ihm von den vier Schwestern erzählt und davon, wie mächtig sie waren, wenn sie zusammenhielten. Sie hatte ihm auch von der bemerkenswerten Mrs Duggery berichtet, Sidney Cantrips Nichte, deren Magie trotz ihres unfassbar hohen Alters noch immer unglaublich stark war.

Er führte seine Tasse zum Mund und nahm einen weiteren Schluck Kaffee. Colin und Ottalie Cantrip sind so reizende Menschen, dachte er. Aber so intelligent und sensibel Colin auch ist, er teilt das magische Familienerbe nicht. Das war mir nach einem Blick in seine warmherzigen Augen sofort klar.

Er dachte an Marilyn Cantrip. Sie hat mich durchschaut, grübelte er. Ich wüsste gern, in welcher Beziehung sie zu Glenda steht. Glenda zumindest scheint Marilyn Cantrip aus tiefstem Herzen zu hassen.

Charles starrte die große Esche am Rand des Gartens an und dachte nach. Glenda hatte gesagt, die Mädchen hätten in einem Kreis gesessen, als sie ihre Kräfte benutzten. Vier Schwestern mit magischen Kräften … Welche Kräfte mochten das sein? Seine Gedanken wanderten zu Sky. Dass ein neun Jahre altes

Mädchen ihn meterhoch durch den Raum schweben lassen konnte, war wirklich bemerkenswert. Wenn Sky Dinge schweben lassen konnte, hatte ihre Magie vielleicht irgendetwas mit der Luft zu tun … Luft war eines der vier Elemente … Luft, Feuer, Wasser und Erde. Hatten die Schwestern womöglich die Kraft der vier Elemente? Dann besaß Flame sicher die Magie des Feuers. Marina war das Kind des Meeres und hatte die Magie des Wassers. Und Flora? Für sie blieb die Erdmagie.

Charles lächelte. Ob Colin und Ottalie wussten, was sie taten, als sie ihren Töchtern sprechende Namen gaben?, überlegte er amüsiert. Sie ahnen nichts von ihren Kräften, das spüre ich, dachte er. Ich habe beobachtet, wie geheimniskrämerisch die Mädchen sich in Gegenwart ihrer Eltern manchmal verhalten. Ihre Großmutter dagegen weiß es. Sie beschützt sie. Sie werden ihr erzählt haben, dass ich Flora meinen Kräften ausgesetzt habe …

Charles atmete geräuschvoll aus. Ich freue mich ganz und gar nicht auf diese Woche, dachte er. Die Cantrip-Schwestern haben mich in die Enge getrieben, und Glenda will endlich Ergebnisse sehen. Sie wird vor nichts und niemandem haltmachen. Jedes Mal, wenn ich Zweifel bekomme, bietet sie mir mehr Geld und erhöht den Druck. Es ist einfach unglaublich, wie unerschöpflich ihre finanziellen Mittel sind, dachte er. So viel Geld … Es muss von ihren vier toten Ehemännern stammen.

Kaum jemand weiß, dass alle vier Ehemänner gestorben sind, überlegte Charles weiter. Sogar ihr Sohn Stephen glaubt, zwei von ihnen wären nach einer Scheidung aus ihrem Leben verschwunden. Glenda hat ihre Spuren gut verwischt, aber ich habe die Wahrheit trotzdem herausgefunden …

Charles runzelte die Augenbrauen und rieb sich mit der Hand über die Stirn. Das alles würde gar keine Rolle spielen, wenn ich nicht so dringend Geld bräuchte … Ich genieße es, in exotische Länder zu reisen, und ich esse für mein Leben gern in teuren Restaurants.

Und diese verflixten Spielschulden! Ich muss sie schleunigst loswerden …

Seine Züge verhärteten sich. Wie nett die Cantrips auch sein mögen, ich darf Glenda nicht enttäuschen. Ich brauche ihr Geld. Außerdem ist sie niemand, den man gern zur Feindin hat …

Charles blickte nachdenklich auf seine leere Kaffeetasse hinunter. Wie gehe ich jetzt am besten vor, überlegte er. Kehre ich auf Cantrip Towers zurück und tue so, als sei nichts geschehen?

Während er die Bäume betrachtete, die sich draußen vor dem Haus im Wind bogen, nahm eine Strategie in seinem Kopf Gestalt an.

Ja, entschied er, ich verhalte mich einfach ganz normal. Die Mädchen haben ihrer Großmutter bestimmt erzählt, was passiert ist, aber ich bezweifle, dass sie Colin und Ottalie eingeweiht haben. Ich werde einfach ins Haus spazieren und mit meiner Arbeit fortfahren. Ich lasse die Mädchen in Ruhe, bis sie denken, ich hätte das Interesse an ihnen verloren und sich in Sicherheit wähnen. So werde ich schon herausbekommen, was sie mit dem Kästchen anstellen.

Und falls ich nichts über die Magie des Hauses herausfinde, bleibt mir immer noch genügend Zeit, das Kästchen an mich zu nehmen und es Glenda zu geben.

Charles lächelte. Das ist ein guter Plan, dachte er.

Ich fange im Erdgeschoss mit meinen Aufnahmen an und arbeite mich dann Stockwerk für Stockwerk nach oben, entschied er. So soll es sein. Irgendetwas sagt mir, dass es gut zu den Plänen der Cantrip-Schwestern passt.

Eine halbe Stunde später betrat Charles Cantrip Towers und lehnte höflich Ottalies Angebot ab, auf eine Tasse Kaffee in die Küche zu kommen. Stattdessen begann er sofort mit seiner Arbeit und stellte im Wohnzimmer Scheinwerfer und Reflexionsschirme auf, wo er mit dem Fotografieren der Porträts beginnen wollte.

In der Küche war die Cantrip-Familie bei einem sonntäglichen Frühstück mit Eiern und Speck in ein Gespräch über den anstehenden Besuch der australischen Verwandtschaft vertieft. Colins jüngere Schwester Anne hatte einen Australier namens Geoff geheiratet und war mit ihm nach Sydney gezogen. In wenigen Tagen würden die beiden mit ihren drei Kindern auf Cantrip Towers eintreffen. Sie planten, zwei Wochen in England zu bleiben. Die Cantrip-Schwestern mochten ihre Cousine Lottie und ihre Cousins Jamie und Daniel sehr gern und beratschlagten aufgeregt, was sie alles mit ihnen unternehmen wollten, das Krickelturnier am kommenden Samstag eingeschlossen.

Schon allein das Wort »Kricket« ließ den sportlichen Ehrgeiz in Colins Augen aufblitzen. Er und sein Schwager Geoff teilten die Leidenschaft für dieses Spiel und über die Jahre war es zu einer festen Tradition geworden, ein Kricketturnier auf Cantrip Towers zu veranstalten, wenn die australischen Verwandten anreisten. Es wurde heiß diskutiert, wen man dazu alles einladen sollte.

Als die Schwestern schließlich aufstanden, um den Frühstückstisch abzuräumen, ermahnte sie Mum: »Mädchen, vergesst bitte nicht, heute mal wieder zu proben. Seit wir aus Frankreich zurück sind, haben wir die Dinge etwas schleifen lassen, aber jetzt ist es an der Zeit, wieder regelmäßig zu üben.«

»Okay, Mum«, sagten ihre vier Töchter im Chor. »Wir proben heute Nachmittag.«

Die Schwestern hätten ihren Plan am liebsten schon am Morgen in die Tat umgesetzt und das Geheimnis des Hauses ergründet, aber Mum und Grandma baten Flame und Marina ihnen in der Küche zur Hand zu gehen. Flora ging wie gewöhnlich mit Dad hinaus in den Gemüsegarten, während Sky damit beschäftigt war, die Käfige der Hamster und Wüstenrennmäuse im Haushaltsraum zu säubern.

Sonntagmorgens backte Mum das Brot für die ganze Woche. An diesem speziellen Morgen wollte sie wegen der zu erwartenden Gäste noch ein paar Brote zusätzlich backen. Marina half ihrer Mutter den Teig für das Brot anzusetzen und zu kneten. Währenddessen back-

ten Grandma und Flame Kuchen und Pasteten, von denen sie einige in der Tiefkühltruhe deponierten.
»Man könnte meinen, wir hätten eine ganze Armee zu versorgen«, amüsierte sich Mum.
»In der Tat.« Grandma lächelte.
»Es gibt eine Sache, die alle Cantrips lieben, und das ist ihr Essen!«, sagte Marina lachend.
Den ganzen Morgen über hoffte Flame auf eine Gelegenheit, ihrer Großmutter erzählen zu können, was sie in dem Kästchen gefunden hatten, aber Mum blieb die ganze Zeit bei ihnen in der Küche. Grandma wusste, dass etwas geschehen sein musste, und Flame wusste, dass sie es wusste, aber worum es sich handelte, würde sie ihr erst später erzählen können.

Um ein Uhr setzten sich alle zum Sonntagsessen an den großen Küchentisch. Es gab gegrilltes Lamm und selbstgezogenes Gemüse, gefolgt von Grandmas Rhabarber-Apfel-Streusel mit Vanillesoße. Charles unterbrach seine Arbeit, um sich zu ihnen zu gesellen und schwärmte von den herrlichen Düften, die den ganzen Morgen über aus der Küche zum ihm herübergeweht waren.
Während des Essens fiel Mum und Dad auf, dass

Grandma und die Mädchen Charles seltsam kühl behandelten. Und auch er verhielt sich ihnen gegenüber sehr viel zurückhaltender, als sie es von ihm gewohnt waren.

Ein- oder zweimal trafen sich Charles' und Marilyns Blicke, während sie gemeinsam am Tisch saßen. Charles lächelte, auch wenn er wusste, dass er sie damit nicht täuschen konnte.

Colin und Ottalie plauderten angeregt mit ihm und stellten viele Fragen über Kunst und Kunsthistorik. Ihr Enthusiasmus verhinderte, dass die Unterhaltung ins Stocken geriet.

Nach dem Essen trug Dad ein Tablett mit Kaffee hinaus auf die Terrasse, damit sie den kurzen Moment genießen konnten, an dem die Sonne an diesem ansonsten recht grauen Tag durch die Wolken brach.

Als sie alle nach draußen gingen, fand Flora sich plötzlich neben Charles wieder. Er wandte sich ihr zu und sagte: »Flora, es tut mir leid, dass ich dir gestern Angst gemacht habe. Es wird nicht wieder vorkommen.« Er sagte es so rasch und so leise, dass es keiner der anderen mitbekam.

Flora nickte und murmelte: »Hm.« Im nächsten Moment waren sie schon auf der Terrasse.

Flora saß in sich gekehrt da. Von Zeit zu Zeit sah sie zu Charles hinüber und fragte sich, was er mit seiner Entschuldigung bezweckte. Wollte er ihr damit sagen, dass er sie und ihre Schwestern ab jetzt in Ruhe lassen würde? Flora misstraute Menschen, die vorgaben, sich von einem Moment auf den anderen geändert zu haben. Sie zog es vor, sie anhand ihrer Taten zu beurteilen, nicht ihrer Worte. Deshalb blieb sie auf der Hut – höflich und freundlich, aber auf der Hut. ›Warten wir es ab‹, sagte sie sich.

Sie betrachtete die Bäume, die sich im Wind wiegten und dachte daran, wie sie das magische Kästchen hinter den Büchern in Flames Zimmer versteckt hatten. Den Plan trug Flame nun mit sich herum. Sie hatte ihn in den Bund ihrer Jeans gesteckt und das T-Shirt darübergezogen.

Ich frage mich, ob Charles weiß, was wir in dem Kästchen gefunden haben, dachte Flora. Sie tastete nach dem magischen Stein. Da war er, sicher verwahrt in ihrer rechten Hosentasche.

Während Flora tief in Gedanken versunken dasaß, wurde Flame allmählich ungeduldig. Der Tag schritt voran, ohne dass sie herausgefunden hätten, wie der magische Plan funktionierte. Da sie sicher war, dass sie das Erdgeschoss eine Weile für sich haben würden, während die Erwachsenen ihren Kaffee tranken, ergriff sie die Gelegenheit beim Schopfe. Sie bedankte sich bei Mum für das leckere Essen und stand vom Tisch auf, um nach drinnen zu gehen. Ihre Schwestern folgten ihr.

Charles Smythson widerstand der Versuchung, ebenfalls aufzustehen. Keine Panik, sagte er sich. Alles wird sich finden.

Als sie in der großen Halle waren, sagte Flame zu ihren Schwestern: »Charles könnte jede Minute beschließen, uns zu folgen. Lasst uns lieber ins Wohnzimmer gehen.«

Im Wohnzimmer schlossen sie die Tür hinter sich und knieten sich auf den Teppich. Flame zog den Plan aus ihrem Hosenbund, faltete ihn auseinander und legte ihn auf den Boden in die Mitte. Die vier Mädchen beugten sich darüber und versuchten etwas zu entdecken, das ihnen weiterhelfen würde.

»Okay, seht genau hin«, sagte Flame. »Letzte Nacht habe ich über den Plan nachgedacht; darüber wie er aufgebaut ist. Ich hatte das Gefühl, George möchte, dass wir Stockwerk für Stockwerk vorgehen. Erinnert ihr euch an den Traum, den ich vor ein paar Tagen hatte? Den mit dem Bogen aus Licht, der aus dem Fußboden des Turms ragte und durch die Wand strömte? Ich habe so ein Gefühl, dass die Türme unser Ziel sind, wir aber im Erdgeschoss anfangen müssen.«

»Ist es eine deiner speziellen Ahnungen?«, fragte Flora.

Flame nickte.

»Also gut, wo möchtest du uns haben?«, fragte Marina.

Flame zeigte auf den Umriss des Erdgeschosses. »Ich muss mitten im Haus stehen, auf der Ostseite. Dem Plan zufolge ist das O für Osten in der hinteren Ecke des Wohnzimmers.«

»Wo soll ich hin?«, fragte Marina. Sie starrte auf den Plan des Erdgeschosses und versuchte das winzige S auszumachen.

»In die rechte Ecke der Bibliothek, wenn es nach dem Plan geht, sieh doch«, sagte Flora.

»Flora, du stehst hier in der Esszimmerecke, auf der Westseite des Hauses«, sagte Flame.

»Ja, ich sehe es«, murmelte Flora.

»Was ist mit mir?«, fragte Sky.

»Du stehst direkt hier, vor der Haustür«, sagte Flame

und zeigte auf die entsprechende Stelle. »Sie teilt die nördliche Wand genau in der Mitte.«

»Ist gut«, sagte Sky nickend. »Aber wie lange müssen wir so stehen bleiben? Und wie sollen wir es schaffen, ohne dass Mum und Dad uns fragen, was wir da tun, und Charles uns hinterherspioniert?«

Flame wollte ihr gerade eine Antwort geben, als Flora herausplatzte: »Charles hat sich bei mir entschuldigt.«

»Was? Wann?«, riefen ihre Schwestern im Chor.

»Als wir zum Kaffeetrinken auf die Terrasse raus sind«, berichtete Flora.

»Was hat er zu dir gesagt?«, fragte Flame.

»Er hat gesagt, es täte ihm leid, dass er mir Angst gemacht hat«, erzählte Flora und zuckte mit den Schultern.

»Er möchte, dass wir denken, alles sei wieder in bester Ordnung und er würde uns in Ruhe lassen«, sagte Flame.

»Er spielt das Unschuldslamm«, empörte sich Marina.

»Ja«, sagte Flame zustimmend. »Aber wir müssen genauso vorsichtig sein wie bisher. Wir haben ihn noch bis zum Ende der Woche am Hals und müssen das

Geheimnis der Türme entschlüsseln, bevor die Australier kommen. Das heißt, wir müssen supervorsichtig sein.«

»Könnte mir bitte irgendwer erklären, was wir tun sollen, wenn wir alle im Haus verteilt herumstehen?«, meldete sich Sky zu Wort.

»Engelchen, du stellst dich einfach vor die Tür und guckst in die große Halle«, sagte Flame. »Dann schickst du deine Magie in die Mitte des Hauses.«

»Soll ich meine Hände ausstrecken?«

»Ich denke, wir werden spüren, was zu tun ist«, sagte Flame. »Es könnte etwas sein, was wir mit unseren Gedanken machen, so wie während des Konzerts – an den Händen fassen können wir uns ja diesmal nicht.«

»Ich finde, wir sollten uns vorstellen, wie sich unsere Kräfte vereinen und das ganze Erdgeschoss mit Licht füllen«, schlug Marina vor.

»Mit blauem Licht, wie beim magischen Kreis?«, ergänzte Flora.

»Geniale Idee!«, sagte Flame und lächelte ihre Schwestern strahlend an. »Genau wie beim magischen Kreis, nur dass wir dieses Mal das Haus mit unserer Magie füllen. Wir schicken unsere Kräfte als blaues Licht durch das ganze Erdgeschoss, dann durch den ersten Stock und so weiter.«

»Und was meinst du, was dann passiert?«, fragte Sky.

Flame setzte sich auf ihre Fersen zurück. »Ich habe so ein Gefühl, dass wir Cantrip Towers mit neuer Energie aufladen können, und etwas in den Türmen passiert, wenn wir vier unsere Magie Stockwerk für Stockwerk in das Haus fließen lassen.«

Sky nickte mit großen Augen.

»Du guckst so ernst«, sagte Flora kichernd.

»Das ist es ja auch«, gab Sky zurück. »Extraenormwichtigernst.«

Alle lachten. Aber dann verfinsterte sich Flames Gesicht. »Wir haben nur ein Problem: Charles fotografiert heute die Bilder im Erdgeschoss. Das heißt, wir können unsere Positionen einnehmen, ohne dass er uns sieht.«

Bevor ihre Schwestern etwas erwidern konnten, zischte Flame plötzlich: »Sch…!« Sie faltete den Plan rasch zusammen und stopfte ihn zurück in ihren Hosenbund. Da öffnete sich auch schon die Tür.

»Ach, hier seid ihr!«, sagte Mum lächelnd.

»Wir wollten gerade zum Camp«, sagte Flame und

stand auf. »Wir müssen nachsehen, ob dort alles in Ordnung ist.«
»Einverstanden«, sagte Mum. »Euer Vater und ich werden Charles beim Fotografieren assistieren. Wir sehen euch dann später.«

Draußen prasselten Regentropfen auf sie nieder und der Wind blies in Böen, während sie zum Wilden Wald rannten. Marina öffnete die Tür des Wohnwagens.
»Fühlt sich an wie eine Ewigkeit, seit wir zuletzt hier waren«, sagte Flora.
»Wir haben nur eine Nacht im Haus übernachtet«, entgegnete Marina. »Aber ich weiß, was du meinst.«
»Es ist heute so kalt hier drin«, sagte Sky fröstelnd.
Flame setzte sich auf ihr Bett und starrte missmutig vor sich hin. Plötzlich explodierte sie. »Es hat alles keinen Sinn!«, sagte sie. »Wir werden das Haus nie im Leben lang genug für uns haben, damit unser Plan funktioniert. Was sollen wir bloß tun?«
Marina, Flora und Sky warteten. Und tatsächlich beantwortete Flame ihre Frage kurz darauf selbst. »Ich glaube, wir sollten versuchen, das Erdgeschoss mit Magie zu füllen, während Mum und Dad schlafen.«
»Wie, wir sollen uns mitten in der Nacht nach unten

schleichen?«, fragte Sky mit weit aufgerissenen Augen.

»Ja«, erwiderte Flame. »Nur dann haben wir das Haus für uns.«

»Okay«, sagte Marina. »Lasst es uns tun. Und zwar direkt heute Nacht! Mum wird sowieso wollen, dass wir drin schlafen, bei diesem Wetter.«

»Und was ist mit den anderen Stockwerken?«, fragte Flora.

»Im ersten Stock können wir es nicht nachts machen, Mum und Dad würden sicher sofort aufwachen«, sagte Flame.

»Wenn wir erst mal wissen, wie es funktioniert, bekommen wir es vielleicht auch tagsüber hin«, überlegte Flora.

»Das hoffe ich auch«, sagte Flame nickend. »Mum und Dad haben in den nächsten Tagen bestimmt mal was außer Haus zu erledigen und dann müssten wir nur noch Charles abwimmeln.«

»Sollen wir Grandma einweihen?«, fragte Flora.

»Ja«, erwiderte Flame.

Am Nachmittag hörte es kurz auf zu regnen und die Cantrip-Schwestern machten das Beste daraus. Sie fuh-

ren mit ihren Rädern, sahen nach den Kaninchen und den Meerschweinchen und räumten ihr Camp auf. Sie sammelten Feuerholz im Wilden Wald, zündeten ein Lagerfeuer an und ließen sich von der steifen Brise ordentlich durchpusten. Sie sangen ein paar Lieder und machten Musik dazu.
Vor dem Abendessen rief Mum sie zur Probe ins Haus und sie übten eine gute Stunde lang sehr konzentriert auf ihren Instrumenten.
In der großen Halle stand Charles mit seiner Kamera und den Scheinwerfern und hörte den Mädchen zu, die im Esszimmer musizierten. Er war beeindruckt. Glenda hatte ihm erzählt, dass sie Talent hatten, aber es überraschte ihn dennoch, wie gut sie spielten. Er blieb sehr lange auf Cantrip Towers und packte erst spät am Abend seine Sachen und fuhr davon.
Während ihre Schwestern duschten, gelang es Flame mit ihrer Großmutter zu sprechen, ohne dass Mum oder Dad in der Nähe waren. Die alte Dame hörte ihr aufmerksam zu und wünschte ihnen viel Glück.
Dann gingen die vier Schwestern ins Bett. Grandma folgte ihnen kurz darauf, und schließlich legten sich auch Mum und Dad schlafen.

Um drei Uhr nachts piepste der Wecker von Flames Handy, das sie auf den Nachttisch gelegt hatte. Sie schrak hoch und war sofort hellwach. Schnell schaltete sie den Alarm aus. Dann stieg sie aus dem Bett, zog ihren Morgenmantel an und schob den Vorhang ein Stück zur Seite. Die Luft war kühl, der Himmel schwarz. Ich hoffe, wir werden uns im Dunkeln zurechtfinden, dachte Flame.

Wenn Bert bloß nicht zu bellen anfängt, überlegte sie, als sie den Flur zu Marinas Zimmer entlangtapste, dann zu Floras und schließlich zu Skys. Kurz darauf schlichen sie zu viert auf Zehenspitzen die Treppe hinunter, Stufe um Stufe, bis sie in der großen Halle angekommen waren.

»Es ist so schrecklich dunkel«, flüsterte Flora, als sie am Fuß der Treppe standen.

»Es ist Neumond, deshalb gibt es heute Nacht kein Mondlicht«, wisperte Flame zurück. »Wir sollten besser dafür sorgen, dass Bert weiß, dass wir es sind, die hier herumschleichen.«

Die vier Schwestern gingen zu Bert in die Küche und streichelten ihn in seinem Körbchen. Als sie in die große Halle zurückkehrten, zogen sie die Küchentür fest hinter sich zu.

»Los geht's!«, flüsterte Flame.
Sky ging zur Eingangstür hinüber und stellte sich unbeweglich wie eine Statue davor.
Flame drückte ganz langsam die Klinke der Wohnzimmertür herunter. Sie quietschte etwas. Sie hielt inne, sah Sky an und verzog das Gesicht zu einer Grimasse. Dann öffnete sie sehr vorsichtig die Tür.
Marina schlich den dunklen Flur bis zur Bibliothek entlang und schlüpfte hinein.
Auch Flora bemühte sich, möglichst leise zu sein. Doch leider quietschte die Tür des Esszimmers nicht weniger laut als die des Wohnzimmers, und sie warf beunruhigt einen Blick Richtung Treppe. Hoffentlich ist Mum davon nicht wach geworden, dachte sie. Ihr Gehör ist so fein wie das einer Fledermaus. Dann huschte sie durch den Türspalt in das stockfinstere Esszimmer.
Die drei älteren Cantrip-Schwestern suchten sich in der Dunkelheit ihren Weg. Sie tasteten sich an den Möbeln entlang und stießen sich die eine oder andere Zehe, bis sie alle ihre Position erreicht hatten.
Jede einzelne der vier Schwestern stand nun der Mitte des Hauses zugewandt. Jede einzelne von ihnen konzentrierte sich darauf, das blaue Licht herbeizurufen,

das sie gesehen hatten, als sie den Magischen Kreis gebildet hatten.

Und als ihre Kräfte erwachten, fühlte jede von ihnen, wie sich das Erdgeschoss des Hauses allmählich mit dem wunderschönen blauen Licht füllte.

Sie hätten nicht sagen können, wie lange sie mit geschlossenen Augen verharrten. Ihre Trance wurde von Mums Stimme unterbrochen, die plötzlich in der großen Halle ertönte. »Sky, was tust du da?«

Sky stand mit geschlossenen Augen und ausgestreckten Armen vor der Haustür. Als sie Mums Stimme hörte, erschrak sie und öffnete ihre Augen.

»Ich habe geträumt!«, sagte sie.

»Ist schon gut, Liebes«, sagte Mum sanft. Sie merkte, dass ihre jüngste Tochter barfuß war und eiskalte Hände hatte. »Komm jetzt ins Bett.«

Mum nahm an, dass Sky schlafgewandelt hatte und sich in einer Art Schock befand, weil sie sie aufgeweckt hatte. Deshalb führte sie sie schweigend die Treppe hinauf und in ihr Zimmer.

Sky traute sich nicht, auch nur einen Mucks von sich zu geben. Dabei platzte sie schier vor unterdrücktem Kichern. Sie riss die Augen weit auf und bemühte sich, an die langweiligste Schulstunde zu denken, die sie je gehabt hatte. Und das war eine Geschichtsstunde gewesen, in der Mrs Crump ihnen eine Jahreszahl nach der anderen vorgebetet hatte. Skys Augen wurden bei dem Gedanken an all die Zahlen ganz glasig.

Mum legte den Arm um ihre Schulter und sah sie besorgt an.

Flame, Marina und Flora schlichen sich in die große Halle und blickten ratlos die Treppe hinauf. »Was jetzt?«, gestikulierten sie stumm, da sie Angst hatten, Mum könnte sie hören.

Flame flüsterte: »Versucht euch in eure Zimmer zu schleichen, Mum wird sicher nach uns sehen, sobald sie Sky ins Bett gebracht hat.«

Die drei älteren Cantrip-Schwestern stiegen langsam hinter ihrer Mutter und ihrer kleinen Schwester die Treppe hoch. Die Stufen knarzten und sie blieben einige Male erschrocken stehen.

Im zweiten Stock öffnete Mum die Tür zu Skys Schlafzimmer und führte ihre ›Schlafwandlerin‹ zum Bett. Während sie damit beschäftigt war, schlichen sich Flame, Marina und Flora in ihre Zimmer. Sie schlossen die Türen, sprangen in ihre Betten und zogen rasch die Bettdecken bis ans Kinn. Als Mum ihre Töchter in ihren Betten liegen sah, war sie beruhigt.

Was sie nicht wusste, war, dass sie hellwach waren und vor unterdrücktem Lachen am ganzen Körper bebten.

Auf der Schwelle von Flames Zimmer blieb Mum kurz stehen und drehte sich noch einmal um. Irgendetwas hatte sie irritiert. Warum lag Flames Morgenmantel so unordentlich auf dem Boden, fragte sie sich. Und warum war der Vorhang einen Spalt offen? Ich erinnere mich gar nicht, dass es so war, als ich ihr vor ein paar Stunden Gute Nacht gesagt habe.

Unten in der großen Halle schlug die Standuhr viermal. Mum unterdrückte ein Gähnen und machte sich auf den Weg zurück ins Schlafzimmer.

»Was war los?«, fragte Dad verschlafen, als sie sich zu ihm ins Bett legte.

»Sky hat schlafgewandelt«, antwortete sie leise.

»Das hat sie doch noch nie gemacht«, sagte er gähnend.

»Nein«, stimmte Mum zu und deckte sich zu. »Sie stand mit ausgestreckten Armen vor der Haustür. Ihr Körper war eiskalt, sie muss eine ganze Weile dort gestanden haben.«

»Mach dir deswegen keine Sorgen, Liebes«, sagte Dad und kuschelte sich an sie.

»Sprich sie besser nicht darauf an«, flüsterte Mum, doch er war bereits eingeschlafen.

Im zweiten Stock übermannte der Schlaf die vier Schwestern trotz aller Aufregung im Nu. Als der Morgen anbrach, wurde das blaue Licht, das das Erdgeschoss erfüllt hatte, allmählich schwächer und erlosch.

Ein Haus voller Magie

Als die Cantrip-Schwestern am Montagmorgen ziemlich spät erwachten, konnten sie gar nicht mehr aufhören zu kichern.

Sie saßen auf Flames Bett, während Sky beschrieb, wie Mum sie die Treppe hinaufgeführt hatte, überzeugt davon, ihre jüngste Tochter habe schlafgewandelt. Sie spielte ihnen vor, wie sie mit weit aufgerissenen Augen zurück in ihr Zimmer gegangen war und die ganze Zeit über krampfhaft das Lachen unterdrückt hatte.

Als Grandma an diesem Morgen beschwingt die Treppe hinunterschritt, spürte sie, dass sich irgendetwas verändert hatte.

Dad war schon früh ins Büro aufgebrochen und Mum wunderte sich darüber, dass ihre Töchter noch nicht zum Frühstück heruntergekommen waren. Sie erzählte Grandma von Skys nächtlicher Wanderung durch das Haus. Ihre Schwiegermutter hörte ihr aufmerksam zu und fragte sich besorgt, ob mit den Mädchen auch alles in Ordnung war.

Als Charles um neun Uhr eintraf, spürte auch er die Veränderung auf Cantrip Towers. Er stand in der großen Halle, sah sich um und grübelte, als Mum aus der Küche kam.

»Guten Morgen, Charles!«, sagte sie fröhlich.

»Morgen, Ottalie«, erwiderte er.

Mum ging an ihm vorbei auf die breite Mahagonitreppe zu. »Ich will nur schnell nach den Mädchen sehen, keins von ihnen ist bisher zum Frühstück erschienen.«

Charles stand in der Mitte der Halle. Was ist hier los?, fragte er sich. Irgendetwas ist geschehen, ich kann es spüren. Ob es etwas mit dem Kästchen zu tun hat?

Mum fand die Schwestern in ihren Zimmern, wo sie sich gerade anzogen.

»Es tut mir leid, Mum, ich habe nicht besonders gut geschlafen«, sagte Flame.
Marina erzählte ihr dasselbe, ebenso wie Flora.
Mum war verwirrt. Hatten sie irgendetwas zu Abend gegessen, das sie wach gehalten hatte?, überlegte sie, als sie Skys Zimmer betrat.
»Morgen, Mum«, sagte Sky strahlend.
»Guten Morgen, Liebes. Hast du gut geschlafen?« Mum hätte eigentlich erwartet, dass Sky müde aussehen würde.
»Ja, sehr gut, danke Mum«, erwiderte ihre kleine blonde Tochter. »Ich wollte gerade nach unten kommen.«
»Schön«, sagte Mum und kehrte in die Küche zurück.
»Alles in Ordnung mit den Mädchen?«, fragte Charles, der noch immer in der Halle stand.
»Ja, danke, Charles, sie werden gleich unten sein«, sagte Mum. »Welche Etage wirst du dir heute vornehmen?«
»Ich muss noch ein Porträt hier in der Halle ablichten, dann mache ich im Treppenhaus weiter und arbeite mich so in den ersten Stock vor«, sagte er.
Flame, die gerade die Treppe herunterkam, hörte seine Antwort. Verflixt, wir müssen uns beeilen, dachte sie. Wir dürfen keine Zeit verlieren! Sie kehrte auf der

Stelle um und rannte zurück nach oben, um ihren Schwestern zu sagen, dass sie sich sputen sollten.
Kurze Zeit später verschwand Mum im Esszimmer, wo sie eine Klavierstunde gab.
Die Schwestern kamen die Treppe hinuntergepoltert und trafen in der großen Halle auf Charles.
»Guten Morgen«, wünschten sie ihm höflich, aber kühl.
»Guten Morgen, Mädchen«, antwortete er und strahlte sie an, als wäre nichts zwischen ihnen vorgefallen. Sie sahen aus, als sei ihre Welt in bester Ordnung. Das war nichts Ungewöhnliches, aber an diesem Morgen schien es ganz besonders augenfällig. Was führten die Vier im Schilde?

In der Küche angekommen, schlangen die Schwestern ihr Frühstück so schnell wie möglich hinunter. Gleichzeitig berichteten sie ihrer Großmutter, was sich in der Nacht ereignet hatte und erzählten ihr, was sie im Laufe des Tages zu tun gedachten.
Marilyn Cantrip hörte ihnen gespannt zu. »Ihr werdet sehr vorsichtig sein müssen, meine Engel«, sagte sie warnend.
»Wie sollen wir an Charles vorbeikommen?«, fragte

Flora. »Er ist in der Halle, also wird er sehen, wenn wir nach oben gehen und uns vielleicht folgen.«
»Wir könnten die Hintertreppe benutzen«, schlug Sky vor. »Dann weiß er nicht, dass wir oben sind.«
»Das ist eine Spitzenidee«, sagte Flame.
Die Cantrip-Schwestern gingen zu der kleinen Holztür, die sich in der hintersten Küchenecke befand. Flame legte den Riegel zurück und öffnete die Tür. Dann stiegen sie hintereinander die schmale Wendeltreppe hinauf, die bis auf den Dachboden führte. Viele Jahre zuvor waren über diese Treppe die Dienstboten – das Personal, das sich um Cantrip Towers und seine Bewohner gekümmert hatte – in ihre Schlafkammern auf dem Dachboden gelangt. Auf jedem Stockwerk gab es eine kleine Tür, die auf den Hauptkorridor des Hauses führte.
Als sie den ersten Stock erreicht hatten, schob Flame vorsichtig den Riegel zurück und öffnete die Tür einen Spalt. Eine Schwester nach der anderen schlüpfte leise hindurch. Einen Moment standen sie einfach nur da und lauschten.
»Wo ist Charles?«, flüsterte Marina.
»Er ist unten in der Halle, ich kann ihn hören«, antwortete Flora.

Die vier Mädchen warteten, dann bedeutete Flame ihnen, die Schuhe auszuziehen. Sobald sie in Socken dastanden, flüsterte sie: »Also gut. Flora, du gehst in das Gästeschlafzimmer an der Westseite des Hauses. Dein Platz ist links neben dem Kamin.«

Flora nickte.

»Ich werde dir gegenüber in der kleinen Abstellkammer auf der Ostseite stehen«, fuhr Flame fort. »Marina, du musst dich neben Grandmas Wohnzimmerfenster stellen, auf der Südseite. Pass auf, dass die Tür nicht quietscht, wenn du sie öffnest.«

»Geht klar«, flüsterte Marina.

»Sky, deine Position ist die schwierigste, weil sie im Flur neben der Treppe ist, direkt über der Haustür auf der Nordseite«, wisperte Flame.

Skys Augen wurden vor Schreck kugelrund. Die vier Schwestern schlichen auf die breite Mahagonitreppe zu. Flame spähte um die Ecke in die große Halle hinunter. Sie erhaschte einen Blick auf Charles, der gerade seine Scheinwerfer für eine Aufnahme ausrichtete. Flame sah zu Sky hinüber und zeigte auf den Treppenabsatz, der von einem elegant geschwungenen Geländer eingerahmt wurde. »Du musst dich da vorn hinstellen, schön mittig«, flüsterte sie.

Sky verzog das Gesicht. »Aber Charles wird mich sehen!«, protestierte sie leise. »Er ist so nah.«

»Nicht, wenn du gut aufpasst«, erwiderte Flame beschwichtigend.

»Und wenn doch?«

»Setz dich auf den Boden, dann sieht man dich von unten nicht direkt. Und wenn er dich doch sieht, erzählst du ihm einfach, du meditierst oder so. Und streck deine Arme dieses Mal nicht aus!«

»Soll ich rüberkriechen?«, flüsterte Sky.

»Ja, und halte dich dicht an der Wand«, antwortete Flame. Sie wandte sich um und sah ihre Schwestern fragend an. »Wisst ihr jetzt alle, wo ihr hin müsst?«

Sie nickten.

»Auf geht's«, sagte Flame leise. »Und nehmt nachher wieder die Hintertreppe! Wir treffen uns in der Küche.«

Flora und Marina schlichen sich auf Zehenspitzen davon. Sky kroch auf die nördlichste Ecke des Treppenabsatzes zu. Sie hielt sich so dicht am Boden, wie sie konnte. Flame wartete, bis sie sicher war, dass Charles außer Sichtweite war. Dann huschte sie schnell an der Treppe vorbei auf die andere Flurseite. Marina und

Flora waren bereits in Position, als Flame den Flur zur Ostseite des Hauses entlangschlich.

Sky saß im Schneidersitz auf dem Boden, sie lehnte an der nördlichen Außenwand von Cantrip Towers. Direkt unter ihr im Erdgeschoss befanden sich die Haustür und der Eingangsbereich. Sie konnte Charles hin- und herlaufen hören. Er suchte noch immer nach der besten Position für einen seiner Scheinwerfer und konnte sie jederzeit entdecken. Sky schloss die Augen und legte ihre Hände auf die Knie.

Als alle vier Schwestern sich auf ihre Kräfte konzentrierten und ihre Magie aussandten, wirbelte mit einem Mal ein blaues Licht durch den ersten Stock von Cantrip Towers! Zuerst war es nur ein schwacher Schimmer, aber schon bald leuchtete es mit aller Macht und erfüllte das ganze Stockwerk mit seinem Glanz.

Unten in der Küche fühlte sich Grandma plötzlich wieder sehr beschwingt. Sie sah zu Bert hinunter und bemerkte, dass seine langen Dackelohren in der Luft schwebten – sie standen waagerecht vom Kopf ab, als seien es Flügel!

Sogar Bert bekommt die Magie der Mädchen zu spüren, dachte Grandma vergnügt.

In der großen Halle stand Charles wie angewurzelt da

und richtete den Blick nach oben. Was geht hier vor?, dachte er, als ihn die Energiewelle erfasste. Er blinzelte überrascht, als er das blaue Licht entdeckte, das auf dem Treppenabsatz im ersten Stock pulsierte. Instinktiv ging er auf die Treppe zu.

»Charles!«, ertönte da eine Stimme hinter ihm.

Er drehte sich um. Marilyn Cantrip schenkte ihm ein knappes Lächeln, dann wandte sie rasch den Blick ab. »Könntest du mir kurz in der Küche zur Hand gehen? Der Küchentisch ist zu schwer für mich, ich bekomme ihn nicht allein von der Stelle.«

Eine Millisekunde lang war Charles versucht, seine magischen Fähigkeiten einzusetzen, aber Marilyn hatte zu schnell weggeschaut. Außerdem war Ottalie im Esszimmer und hätte jede Minute dazukommen können. Ich muss mitspielen, dachte Charles. Die Mädchen führen etwas im Schilde, aber ich muss versuchen Ruhe zu bewahren.

»Natürlich«, sagte er deshalb lächelnd.

Seltsam, überlegte er, als er Marilyn in die Küche folgte. Ich habe die Mädchen gar nicht nach oben gehen sehen oder hören. Ein Blick auf die schmale, angelehnte Holztür in der Küche verriet ihm alles, was er wissen musste. Es gab eine Hintertreppe …

Grandma sah seinen Blick und durchquerte rasch die Küche, um die Tür zu schließen. Verflixt, dachte sie. Ich hoffe, er ist nicht mehr hier, wenn die Mädchen herunterkommen. Dann warf sie Bert einen Blick zu und registrierte erleichtert, dass seine Ohren nicht länger abstanden.

»Ich möchte den Boden unter dem Esstisch putzen«, sagte sie und ging auf den großen Eichentisch zu. Sie packte die Tischplatte an der einen Seite, Charles nahm die andere.

Gemeinsam hoben sie den Tisch an und stellten ihn ein paar Schritte zur Seite. »Das reicht schon, danke Charles. Ich rufe dich dann, wenn ich ihn wieder zurückstellen möchte.«

Charles sah quer durch die Küche zu der kleinen Holztür hinüber. Soll ich hier warten, bis die Mädchen wieder herunterkommen, dachte er, oder soll ich ihnen lieber nach oben folgen und nachsehen, was sie dort treiben?

Bevor er seine Entscheidung treffen konnte, kam Grandma ihm zuvor. »Ich setze gerade einen Kaffee auf«, sagte sie. »Möchtest du vielleicht eine Tasse?«

»Ja, gerne«, erwiderte er, den Blick nach wie vor auf die Tür gerichtet.

»Habe ich da das Wort Kaffee gehört?«, sagte Mum, die in diesem Moment in die Küche kam. »O Charles, das trifft sich ja gut. Ich wollte dich noch nach dem Porträt von William Cantrip fragen. Hast du Zeit, es dir mit mir kurz anzusehen?«

»Selbstverständlich«, antwortete Charles.

»Geht nur«, sagte Grandma. »Der Kaffee braucht noch ein paar Minuten.«

Charles stöhnte innerlich. Es war, als hätten sich die Frauen gegen ihn verschworen. Als er durch die große Halle ins Esszimmer ging, warf er einen Blick die Treppe hoch. Das blaue Licht war verschwunden.

Nachdem Mum und Charles ins Esszimmer gegangen waren, kamen die Cantrip-Schwestern über die Hintertreppe in die Küche zurück. Sie huschten leise durch die schmale Dienstbotentür.

»Schnell, raus mit euch, Charles ist euch auf den Fersen«, sagte Grandma und scheuchte sie aus der Küche. »Lauft zum Wohnwagen.« In letzter Sekunde hielt sie sie auf. »Ach, wartet! Nehmt die hier mit«, sagte sie und drückte Marina Kekse und eine Packung Milch in die Hand.

Die vier Mädchen rasten über den hügeligen Rasen. Bert galoppierte mit wehenden Ohren neben ihnen her.

»Der Wohnwagen sieht ganz verlassen ohne uns aus«, rief Marina, als sie darauf zurannten.

»Lasst uns Feuer machen«, sagte Flame.

Innerhalb kürzester Zeit hatten sie das Holz, das sie im Wilden Wald gesammelt und unter dem Wohnwagen gestapelt hatten, zu einem Lagerfeuer aufgeschichtet. Flame entzündete es und Marina erhitzte die Milch in einer Kasserolle.

Und schon saßen sie alle um das flackernde Lagerfeuer herum, wärmten sich die Hände an ihren Bechern mit heißem Kakao und mampften die Kekse, die Grandma ihnen mitgegeben hatte. Über ihren Köpfen erstreckte sich der graue Himmel und die Luft war immer noch eiskalt. »Ich wünschte, das Wetter wäre besser«, sagte Flame und sah zu den dunklen Wolken hinauf, die sich am Himmel türmten.

»Wie viele Schokoladenkekse Mrs Duggery wohl gegessen hat, seit wir sie das letzte Mal gesehen haben«, kicherte Sky und betrachtete das Plätzchen in ihrer Hand.

»Bestimmt Tausende! Es ist schließlich schon fünf Wochen her«, sagte Marina lachend.

»Ich habe noch nie gesehen, dass jemand so viele Schokoladenkekse gegessen hat!«, sagte Flora.

»Ich frage mich, was sie wohl gerade macht«, überlegte Sky nachdenklich.

»Sie wäre sicher zufrieden mit uns«, sagte Flame. »Wir haben getan, was sie uns geraten hat, und uns in die vier Himmelsrichtungen gewandt, um unsere Magie und das Band zwischen uns zu stärken.«

»Was sie wohl von Charles Smythson halten würde?«, warf Flora ein.

»Nicht viel«, erwiderte Flame grinsend. Sie nahm einen Schluck Kakao. Dann sagte sie: »Wir haben das vorhin echt gut hingekriegt. Es war einfach unglaublich!«

»Es ging so schnell«, sagte Marina. »Es war wie *Peng!*, und schon war es überall um uns herum.«

»Genau.« Flame nickte.

»Also was tun wir jetzt?«, fragte Sky.

»Wir machen mit dem zweiten Stock weiter«, erwiderte Flame. »Das sollte leichter sein, schließlich liegen auf der Etage unsere Zimmer.«

»Und dann den dritten?«, fragte Sky.

»Genau, dann ist der Dachboden dran«, sagte Flame. »Und danach die Türme.«

»Lasst uns jetzt gleich loslegen«, sagte Marina. »Gebt mir eure Tassen, ich spüle sie ab.« Und sie benutzte ihre magischen Kräfte, um die vier Becher auszuwaschen. Anschließend brachte sie sie zurück in den Wohnwagen.

»Lasst uns heute wieder hier draußen schlafen«, schlug Flora vor.

»Ja, dazu hätte ich auch Lust«, sagte Marina zustimmend.

Bert folgte den vier Schwestern, als sie über den Rasen zurück zum Haus liefen und in die Küche stürmten.

Grandma saß im Windsorstuhl neben dem Herd und löste eins ihrer Sudokus. Pudding, die grau getigerte Katze, döste auf ihrem Schoß.

»Wo ist Mum?«, fragte Flame.

»Sie macht ein paar Besorgungen und wird sicher eine Stunde weg sein«, erwiderte Grandma und sah hoch.

»Und Charles?«, fragte Marina.

Grandma deutete Richtung Küchentür. »Er arbeitet sich gerade die Treppe hoch.«

»Wir gehen jetzt in den zweiten Stock, Grandma«, sagte Flame.

»Der Gedanke, Charles in eurer Nähe zu wissen, ohne dass eure Eltern zu Hause sind, gefällt mir ganz und gar nicht«, sagte Grandma besorgt. »Ich werde ein Auge auf ihn haben.«

Die vier Cantrip-Schwestern verließen die Küche durch die kleine Dienstbotentür und stiegen angeführt von Flame die enge Wendeltreppe hinauf. Als sie die Tür erreichte, die auf den Flur der zweiten Etage führte, bemühte sich Flame, den Riegel so leise wie möglich zurückzuschieben. Doch er gab ein schnalzendes Geräusch von sich. Flame drehte sich zu ihren Schwestern um und zog eine Grimasse. »So ein Mist«, sagte sie und drückte die Tür auf. »Ich hoffe, Charles hat das nicht gehört.«

Ein Mädchen nach dem anderen drängte auf den Flur auf der Westseite des Hauses. Wieder zogen sie ihre Schuhe aus. Flame holte den Plan aus ihrer Jeans und breitete ihn auf dem Boden aus. Marina, Flora und Sky beugten sich darüber und Flame zeigte ihnen, wo sie stehen sollten.

»Okay, dieselben Positionen: Osten, Süden, Westen und Norden«, flüsterte sie. »Marina, du bist in deinem eigenen Zimmer. Flora, du ebenfalls, hier hinten in der Ecke. Sky, du musst wieder zur Treppe kriechen und dich so hinsetzen wie im ersten Stock. Und ich gehe in mein Zimmer auf der Ostseite.«

»Wo ist Charles?«, flüsterte Flora. »Ich kann ihn hören.« Sie schlich auf Zehenspitzen den Flur entlang und lugte am Ende des Ganges um die Ecke. Charles kam mit seinen Scheinwerfern die Treppe hinauf und war beinahe auf dem Treppenabsatz im ersten Stock angelangt. Flora schlich zurück zu den anderen.

»Er ist schon ziemlich nah«, flüsterte sie. »Er ist fast im ersten Stock.«

»Dann beeilen wir uns besser«, wisperte Flame. »Sky, kauer dich auf den Boden. Ich komme mit dir und sage dir, wann die Luft rein ist, bevor ich in mein Zimmer gehe.«

Marina und Flora schlichen sich in ihre Zimmer und warteten.

Flame und Sky krochen den Flur entlang auf die Treppe zu. Flame sah nach unten. Charles betrachtete ein großes Porträt an der Wand neben dem Treppenabsatz im ersten Stock. Skys Herz klopfte heftig, während sie auf ein Zeichen von Flame wartete. Dann winkte Flame ihr zu und formte mit den Lippen lautlos die Worte: »Jetzt!«

Sky schob sich auf dem Bauch über den Teppich, bis zur Nordseite des Treppenabsatzes. Als sie dort angekommen war, setzte sie sich mit dem Rücken zur Wand auf den Boden. Flame hielt den Daumen hoch

und kroch dann an der Treppe vorbei zu ihrem Zimmer auf der Ostseite von Cantrip Towers.
Kurz darauf waren alle vier Schwestern an ihrem Platz und konzentrierten sich.
Und es dauerte nicht lange, da füllte sich die zweite Etage des großen, alten Hauses mit dem wunderschönen blauen Licht der Magie.
Charles kniete nur wenige Meter entfernt im ersten Stock und kämpfte mit einem Stecker, der nicht in eine Steckdose passen wollte. Als er aufsah, blinzelte er vor Verblüffung. Was war das für ein Licht?! Er legte den Stecker hin, stand auf und begann sehr leise die Treppe hinaufzusteigen.
In der Küche im Erdgeschoss fühlte Grandma den Energieschub und die Beschwingtheit, die sie bereits am Morgen verspürt hatte. Sie sah Bert an. »Um Himmels willen«, sagte sie, denn sie sah, dass seine Ohren schon wieder wie Flügel von seinem Kopf abstanden.
Einer inneren Eingebung folgend, ging sie zur Küchentür und trat in die große Halle. Am Fuße der Treppe stehend, sah sie Charles, der gerade im zweiten Stock angekommen war.
Schnell stieg Grandma die Stufen hinter ihm her.
Charles guckte links und rechts den Flur entlang.

Dann drehte er sich um und entdeckte Sky, die mit dem Rücken an der Wand lehnend dasaß. Ihre Augen waren geschlossen und sie lächelte.
Überall um ihn herum strömte das blaue Licht durch den Flur.
»Charles!«, rief Grandma vom Treppenabsatz im ersten Stock aus. Er wandte sich um und schaute zu ihr hinunter.
»Könntest du mir bitte helfen, den Tisch zurückzustellen? Ich bin jetzt fertig«, sagte sie mit einem entschuldigenden Lächeln.
»Ich komme sofort«, erwiderte er und blickte wieder zu Sky.
Die jüngste Cantrip-Schwester öffnete überrascht ihre Augen, sah ihn und schnappte erschrocken nach Luft.
Charles lächelte sie siegesgewiss an. Ertappt!, dachte er und machte auf dem Absatz kehrt, um nach unten zurückzukehren.
»Die Mädchen scheinen ein ungewöhnliches Spiel zu spielen«, sagte er zu Grandma, als er zu ihr in die Küche kam.
»Oh, sie haben jede Menge Phantasie«, erwiderte sie, ohne ihm in die Augen zu sehen. »Wenn du mir jetzt helfen würdest, den Tisch zurückzustellen, bitte.«

»Was ist denn mit Berts Ohren?«, fragte Charles, als sie den Tisch anhoben.

»O mein Gott!«, rief Grandma, Überraschung vortäuschend. »Das muss am Wetter liegen. Es geht sicher gleich wieder weg ...«

»Nun, wenn das alles ist, Marilyn ... Ich muss dringend weitermachen, es gibt noch viel zu tun«, sagte Charles.

»Ich danke dir«, erwiderte sie, aber er hatte die Küche bereits verlassen.

Als Charles im zweiten Stock ankam, war Sky verschwunden, ebenso wie das blaue Licht. Er stand ganz still da und lauschte. Wo sind sie alle?, fragte er sich.

In Floras Zimmer warteten die Schwestern mucksmäuschenstill darauf, dass Charles verschwand. Flora hielt die Tür einen Spalt offen und spähte in den Flur hinaus. Sie konnte Charles auf dem Treppenabsatz stehen sehen und hielt den Atem an, als er plötzlich zu ihr herübersah.

Den vier Mädchen kam es wie eine Ewigkeit vor, bis Flora sich schließlich umdrehte und flüsterte: »Er ist weg.« Sie drückte die Klinke so sanft wie möglich herunter und zog die Tür langsam zu. Auf der Treppe hörte Charles das leise Klicken, als das Schloss einrastete.

Sie sind noch immer da oben, dachte er.

Die vier Schwestern saßen in Floras Zimmer mit den grün gestrichenen Wänden und den vielen Pflanzen und Büchern im Schneidersitz auf dem Boden.

Sky war vollkommen aufgelöst. »Er hat mich gesehen!«, flüsterte sie. »Er hat mir zugelächelt und ich hatte das Gefühl, dass er das blaue Licht sehen konnte. Was machen wir denn jetzt?«

Sie sah ihre Schwestern verängstigt an. Marina legte ihr den Arm um die Schulter. »Ist schon gut, Sky, keine Panik. Ich bin sicher, er hat das blaue Licht nicht gesehen«, sagte sie beruhigend.

»Ich hätte gar nicht mitbekommen, dass er da war, wenn Grandma nicht nach ihm gerufen hätte«, fuhr Sky fort. »Er war so leise. Die Art, wie er vollkommen lautlos herumschleicht, ist ganz schön unheimlich.«

Marina, Flora und Sky sahen Flame an. Sie kaute auf ihrer Unterlippe, ein sicheres Zeichen dafür, dass sie intensiv nachdachte.

»Wir müssen entscheiden, wie wir weiter vorgehen sollen«, sagte sie mit gesenkter Stimme. »Die Australier werden bald hier sein, und sie bleiben die ganzen restlichen Sommerferien. Also müssen wir das Geheimnis der Türme jetzt entdecken.« Flames grüne Augen leuchteten strahlend hell. »Andererseits … wenn wir jetzt weitermachen, haben wir Charles im Nacken«, sagte sie nachdenklich.

Sie schwieg erneut. Ihre Schwestern grübelten mit ihr, eine jede versuchte sich eine Lösung für das Problem zu überlegen.

»Ich finde, wir sollten besser weitermachen. Wenn die Australier erst mal hier sind, muss alles andere warten«, sagte Marina.

»Was ist, wenn es Charles gelingt, uns den Plan abzunehmen, bevor wir herausgefunden haben, was das Geheimnis ist?«, flüsterte Flora. »Das wäre schrecklich!«

Sky sah ihre Schwestern mit weit aufgerissenen verängstigten Augen an. »Glenda Glass wird bald zurückkommen. Verenas Besuch bei ihrer Mutter in Buenos Aires dauert schließlich nicht ewig«, sagte sie.

»Glenda Glass«, echote Flame. »Ich frage mich, ob wir sie wohl jemals loswerden. Charles beobachtet uns auf Schritt und Tritt, und ich glaube, es ist Glenda, die hinter allem steckt. Sie muss ihn irgendwie in der Hand haben. Wenn wir herausfinden, womit sie ihn unter Druck setzt, lässt er uns vielleicht in Ruhe.«

Die Schwestern schwiegen einen Moment, während sie darüber nachdachten, dann sagte Flame: »Ihr erinnert euch doch an den Traum, den ich hatte, mit dem Regenbogen aus Licht?«

Marina, Flora und Sky nickten.

»Ich denke, wir sollten uns davon leiten lassen«, sagte Flame ruhig. »Wir müssen dieses Licht finden. Wir dürfen nicht zulassen, dass Charles uns aufhält.«

»Ich glaube, George würde wollen, dass wir weitermachen«, sagte Flora. Sie nahm den Brief und betrachtete ihn eingehend. »Wir müssen das Geheimnis um seinetwillen ergründen.«

»Das finde ich auch«, sagte Marina. »Wir sollten weitermachen.«

»Was ist mit dir, Sky?«, fragte Flame.

Die jüngste Cantrip-Schwester nickte. »Einverstanden, lasst uns weitermachen.«

»Fühlst du dich wieder besser?« Flame sah sie besorgt an.

»Ja, mir ist nur noch ein bisschen komisch«, erwiderte

Sky. »Charles hat mich so erschreckt – und gestern Nacht hatte ich schon das Erlebnis mit Mum!«

Marina umarmte ihre kleine Schwester fest.

»Du hattest die schwierigste Position von allen, Frechdachs«, sagte Flame. »Und du hast es wirklich toll gemacht!«

Floras Kopf schnellte hoch. »Psst, was war das?«

Sie verstummten.

»Es ist Mum, sie ruft uns zum Essen«, sagte Flame. »Wir gehen besser nach unten.« Sie faltete den Plan zusammen und steckte ihn in den Hosenbund ihrer Jeans. Dann zog sie das T-Shirt darüber, um ihn vor unerwünschten Blicken zu schützen.

Flora steckte Georges Brief in ihre Hosentasche zurück. Sie berührte ihre andere Tasche, um sicherzugehen, dass der magische Stein noch da war. Und das war er.

Als sie beim Essen saßen, unterhielt Charles Mum mit der Geschichte von Berts abstehenden Ohren. Mum weigerte sich, ihm Glauben zu schenken. »Red keinen Unsinn, Charles!«, sagte sie lachend. »Berts Ohren sind seidenweich! Sie können auf keinen Fall waagerecht vom Kopf abstehen!«

Charles sah die Schwestern an und hob eine Augenbraue. Er hatte bemerkt, wie unruhig sie auf ihren Stühlen hin und her rutschten.
Sky mischte sich ein: »Was machen wir heute Nachmittag, Mum?«
Charles lächelte vielsagend über dieses Ablenkungsmanöver, während Mum antwortete: »Ich bin froh, dass du fragst, Sky. Ich habe ganz vergessen euch zu erzählen, dass ich heute Morgen die McIvers in der Stadt getroffen habe. Quinn und Janey haben gefragt, ob ihr zu Hause seid. Sie haben vorgeschlagen, ein Tennismatch auszutragen.«
»Und was hast du geantwortet?«, fragte Flame scharf.
»Nun, ich habe gesagt, das wäre schön«, erwiderte Mum, erstaunt über die heftige Reaktion ihrer ältesten Tochter. »Ich dachte Marina und du spielt so gerne Tennis, und du scheinst dich immer zu freuen, Quinn zu sehen.«
Mum sah von Flame zu Marina, die ebenfalls nicht gerade begeistert wirkte.
Damit können wir unsere Pläne für heute Nachmittag vergessen, dachte Flame und wechselte einen Blick mit ihrer Schwester.
Marina schnitt eine Grimasse.

»Hattet ihr schon etwas anderes geplant?«, fragte Mum.

»Nein, Mum«, erwiderte Flame. »Tennis ist wunderbar.«

»Dann ruft ihr die McIvers besser gleich an«, sagte Mum.

»Gehst du mit Sky und mir schwimmen, Mum?«, fragte Flora.

»Gerne, mein Schatz«, sagte Mum. Sie sah Grandma fragend an. »Außer du brauchst mich heute hier im Haus, Marilyn?«

Grandma lächelte. »Nein, geht ihr drei mal«, antwortete sie.

Eine Stunde später kamen Quinn und Janey McIver mit ihren Fahrrädern auf Cantrip Towers an und Mum fuhr mit Flora und Sky zum Freibad. Während Grandma in der Küche werkelte, behielt sie Charles so gut im Auge wie sie konnte.

Er fuhr fort, die Porträts zu fotografieren. Ihm war bewusst, dass Marilyn Cantrip in regelmäßigen Abständen kontrollierte, wo er war und was er tat. Doch trotz ihrer Wachsamkeit gelang es ihm, einen ausgiebigen Blick in die Zimmer der Mädchen zu werfen.

Er war fest entschlossen, das magische Kästchen zu finden.
Und er fand es, versteckt hinter einigen Büchern in Flames Bücherregal. Es war nicht verschlossen. Er öffnete es und stieß die Rosenknospen und die Fotografie beiseite. Verdammt, dachte er. Was haben sie mit dem Plan gemacht?

In der Küche behielt Grandma die Tür der Speisekammer im Auge. Als Flame das Haus verlassen hatte, um Tennis spielen zu gehen, hatte sie ihre Großmutter gebeten, auf Georges Plan aufzupassen, bis sie zurückkam. Grandma hatte den Plan in einer leeren Mehldose im hintersten Winkel der Speisekammer versteckt.
Während sie mit Backen beschäftigt war, lag Bert schnarchend in seinem Körbchen und Pudding zusammengerollt auf dem Windsorstuhl neben dem Ofen.
Ein- oder zweimal kam Charles in die Küche, aber er betrat die Speisekammer nicht.
Sobald die McIvers gegangen waren, liefen Flame und Marina nach oben, um sich umzuziehen. Wenig später kamen sie in die Küche und Grandma gab ihnen

den Plan zurück. Flame steckte ihn zurück in ihren Hosenbund, wo er sicher verwahrt war.

Als Mum, Flora und Sky vom Schwimmen zurückkamen, traf auch Dad zu Hause ein. Die Erwachsenen versammelten sich zum Abendessen in der Küche, während Flame und ihre Schwestern zum Wohnwagen hinausliefen. Dort entfachten sie das Lagerfeuer und kochten sich ihr Abendessen.

»Wir haben noch ein Stockwerk vor uns, bevor die Türme dran sind«, sagte Flame. »Nur noch ein Stockwerk und wir finden das Geheimnis heraus.«

In dieser Nacht versah Flora mit Hilfe ihrer Erdmagie das Gras um den Wohnwagen mit einem bindenden Zauber. Die Cantrip-Schwestern glaubten nicht, dass Charles versuchen würde, ihnen den Plan mitten in der Nacht zu stehlen. Trotzdem würden sie alle besser schlafen, wenn sie wussten, dass er keine Chance hätte, falls er es dennoch versuchte. Seine Füße würden am Boden festkleben, noch ehe er den Wohnwagen erreichte.

Die vier Mädchen schliefen tief und fest. Als die dünne Sichel des zunehmenden Mondes am Himmel hinter dem Wilden Wald aufstieg, träumte Flame erneut von dem Regenbogen aus Licht in den Türmen.

Charles fällt rein

Die Mädchen erwachten am Dienstagmorgen sehr früh. Die Luft war auffallend frisch, als sie von Camp Cantrip über den Rasen zum Haus hochrannten.
»Keine Zeit zu verlieren«, sagte Flame und öffnete die Küchentür. Bert schreckte in seinem Körbchen hoch, als die Mädchen leise durch die Küche schlichen. Flame legte den Riegel der kleinen Tür zurück, die zur Dienstbotentreppe führte. Im Gänsemarsch stiegen sie die enge Wendeltreppe hinauf.
In ihrem Schlafzimmer erwachten Mum und Dad gerade, als ihre Töchter auf Zehenspitzen durch das Haus schlichen. Grandma lag in ihrem Bett und hörte

die Radionachrichten. Sie wusste gerne, was in der Welt alles vor sich ging.

Auf der obersten Stufe der Dienstbotentreppe angekommen, öffnete Flame die Tür, die auf den Dachboden führte. Der Riegel quietschte laut, als sie ihn zurückschob, und sie betete, dass es niemand im Haus gehört hatte. Eine Schwester nach der anderen schlüpfte auf den Flur hinaus. Sie standen schweigend im dritten Stock des Hauses. Alles war still.

Flames Augen strahlten vor Erwartung. »Ich kann fühlen, wie die Magie sich allmählich im Haus ausbreitet«, flüsterte sie.

»Ich auch«, sagte Marina und sah sich auf dem Dachboden um.

Sky nickte.

»Die Magie ist sehr stark hier oben«, ergänzte Flora.

Dann flüsterte Flame: »Okay, legen wir los!«

Die vier Mädchen schlichen den Flur entlang. Dann trennten sie sich. Flame ging in das Ostzimmer, wo sie erst wenige Wochen zuvor mit Magie Dach und Wände repariert hatten. Marina ging in das Eisenbahnzimmer auf der Südseite des Hauses. Dort stand ein riesiger Tisch mit einer Modelleisenbahn, die schon Dad und seine Schwester Anne geliebt hatten, als sie klein gewesen waren. Flora ging zum Zimmer am westlichen Ende des Flures, während Sky durch das Verkleidungszimmer auf der Nordseite des Hauses stolperte. Der Raum hatte ein wunderschönes Rundfenster und die Cantrips bewahrten hier viele Kartons mit abgelegter Kleidung auf.

Die Schwestern setzten sich im Schneidersitz auf den Boden, den Rücken an die Wand gelehnt. Ihre Positionen entsprachen den vier Himmelsrichtungen. Sie schlossen ihre Augen und stellten sich vor, ihre magischen Kräfte träfen in der Mitte des Hauses aufeinander. Als sie sich darauf konzentrierten und ihre Magie miteinander verschmolz, erfüllte das magische blaue Licht auch das dritte Stockwerk des Hauses.

Es fühlte sich so wunderbar friedlich an, dass die Schwestern eine halbe Stunde in ihren Positionen verharrten. Erst, als ihre Mägen zu knurren begannen, lösten sie ihre magische Verbindung und trafen sich im Flur.

Im ersten Stock stand Mum singend unter der Dusche. Grandma bürstete ihren feschen Bob durch und lächelte ihrem Spiegelbild zu.

In der Küche stand Dad in seinem Morgenmantel plötzlich wie angewurzelt da. »Was um alles in der

Welt ist mit deinen Ohren, Bert?«, sagte er. Er ging in die Knie und beugte sich vor, um die waagerecht abstehenden Ohren des kleinen Dackels zu streicheln. Sie geben kein bisschen nach, bemerkte Dad belustigt.

Der Dackel trottete zur Hintertür und wartete. Dad ließ ihn nach draußen und sah zu, wie Bert mit seinen Flügelohren über den Rasen davongaloppierte. Er füllte den großen Teekessel mit Wasser und stellte ihn auf die heiße Herdplatte. Dann ging er nach oben, um zu duschen und sich anzuziehen.

Auf dem Dachboden standen die Cantrip-Schwestern zusammen und sahen zu, wie das magische blaue Licht langsam verblasste.

»Wir nehmen besser wieder die Hintertreppe«, sagte Flame. Sie zog die kleine Tür hinter sich zu, legte den Riegel wieder vor und folgte ihren Schwestern die schmale Wendeltreppe hinunter in die Küche und hinaus in den Garten. Die vier Mädchen schlenderten über den weiten Rasen zurück zu Camp Cantrip.

»Oh, seht nur«, schrie Sky. »Seht euch mal Bert an!«

Der kleine Hund rannte auf sie zu.

Sky streckte ihre Arme aus und tat, als wäre sie ein Flugzeug, das gerade abhob. »Komm schon, Bert,

du schaffst es!«, rief sie lachend und ahmte das Geräusch eines Flugzeugmotors nach. »Wir heben ab – brrrrrrmm!«
Bert lief neben ihr her, als sie mit weit ausgestreckten Armen über das Gras sauste. Ihre Schwestern sahen ihr lachend dabei zu.
»Er muss etwas von der Magie im Haus abgekriegt haben«, überlegte Flame.
»Ja, wir können nur hoffen, dass er nicht wirklich abhebt!« Marina grinste.
»Kommt schon, ich habe einen Mordskohldampf. Lasst uns das Feuer in Gang bringen«, sagte Flora.
»Eibrot oder Spiegeleier und Speck?«, fragte Flame.
»Wie wäre Eibrot mit Speck?«, schlug Flora vor.
»Lecker«, sagte Marina begeistert. »Das hört sich gut an.«
Es dauerte nicht lange und sie hatten ihr Frühstück zubereitet. Die vier Schwestern setzten sich auf ihre Campingstühle um das Lagerfeuer und ließen es sich schmecken. Bert saß neben ihnen, wie immer hoffte er, dass ein Stück Speck für ihn abfallen würde. Seine Ohren berührten inzwischen fast wieder den Boden.
»Heute ist also der Tag der Türme«, sagte Flora zwischen zwei Bissen.

»Ja, heute ist es so weit«, bestätigte Flame.

»War das blaue Licht eben nicht unglaublich?«, fragte Marina. »Ich hatte das Gefühl, gleich hebe ich ab!«

»Die Magie wird immer stärker, während wir uns von Stockwerk zu Stockwerk arbeiten«, sagte Flame und verteilte großzügig Tomatenketchup auf ihrem Eibrot.

»Aloa, ihr Landratten!«, rief Dad, der plötzlich an der Lagergrenze auftauchte. »Darf ich eintreten?«

»Entledige dich deiner Waffen und der Eintritt sei dir gewährt!«, rief Sky zurück.

»Ich habe doch gar keine Waffen!«, protestierte Dad.

»Dann halte deine Hände hoch, damit wir sehen können, dass du unbewaffnet bist!«, schrie Sky.

Dad trat grinsend und mit erhobenen Armen über die Grenze.

»Guten Morgen, meine Mädchen«, sagte er. »Das riecht aber gut.« Er schnupperte an dem bisschen Eibrot, das noch in der Pfanne vor sich hin brutzelte. Dann lehnte er sich vor, um Berts Ohren zu streicheln. »Schön, dass es dir so gutgeht, kleiner Racker.« Er richtete sich wieder auf und fragte: »Hat eine von euch gesehen, wie Berts Ohren abgestanden haben?«

Die Cantrip-Schwestern schüttelten heftig den Kopf

und gaben Dad damit zu verstehen, dass sie ihm nicht antworten konnten, weil sie den Mund voll hatten. Dad betrachtete den kleinen Dackel noch einmal prüfend. »Hm«, sagte er. »Wirklich sehr komisch.«

»Also, was ist los, Dad?«, fragte Flame schließlich.

»Los?«

»Können wir dir bei irgendetwas helfen?«

Dad kratzte sich am Kopf. »Helfen? Ach ja … was war es noch gleich?« Er starrte einen kurzen Moment abwesend ins Leere. Dann sagte er: »Es geht um das Kricketturnier. Ja genau, das war es. Flame, wir brauchen deinen Freund Quinn und Pias Bruder Vivek am Samstag für unsere Mannschaft. Ich möchte die beiden unbedingt in meinem Team haben. Wir *müssen* Geoffs Mannschaft schlagen. Es geht darum, unsere Nationalehre zu verteidigen.«

»Es ist ein Familienmatch, Dad!«, sagte Marina lachend.

Dad schüttelte seinen Kopf. »Trotzdem brauche ich die besten Spieler, die ich finden kann«, sagte er.

»Weißt du, Dad, für einen so ruhigen, friedliebenden Kerl besitzt du eine gewaltige Portion sportlichen Ehrgeiz«, sagte Flame grinsend.

»Und du nicht, was?«, spottete er. »Außerdem, wann hätte ich je übertriebenen sportlichen Ehrgeiz an den Tag gelegt?«

»Wenn du Tennis spielst«, erwiderte Flame.

»Wenn irgendwer Kricket erwähnt«, sagte Marina kichernd.

»Und wenn wir unser Gemüse bei der Gartenschau einreichen«, sagte Flora lächelnd und biss sich auf die Lippe.

»Hmpf«, machte Dad und kratzte sich am Kinn.

»Aber wir lieben dich trotzdem«, sagte Sky.

»Vielen Dank auch!«, gluckste ihr Vater.

»Und ja, ich werde Quinn und Vivek anrufen«, sagte Flame. »Egal welches Team gewinnt, es wird ein toller Nachmittag werden.«

»Da hast du absolut recht!«, sagte Dad und wandte sich zum Gehen. Doch er drehte sich noch einmal um und fragte: »Was habt ihr eigentlich heute vor?«

Die vier Mädchen hielten kurz die Luft an. Dann sagte Flame schnell: »Wir gehen auf Abenteuersuche. Wir werden Dinge auf Cantrip Towers entdecken, die noch kein Mensch vor uns gesehen hat!«

Dad lachte. »Passt nur gut auf, dass ihr dabei nicht verloren geht. Ich brauche euch am Samstag für das

Kricketmatch!« Mit Bert an seiner Seite ging er zum Haus zurück.

Nachdem sie Camp Cantrip auf Vordermann gebracht hatten, saßen die Schwestern auf ihren Stühlen am prasselnden Lagerfeuer.

»Ist allen klar, was wir zu tun haben?«, fragte Flame.

»Ja.« Ihre Schwestern nickten.

»Dann lasst uns das Geheimnis der Türme lösen. Und keine Rumschleicherei mehr, heute machen wir richtig Krach. Heute führen wir Charles Smythson an der Nase herum!«

Und sie rannten zum Haus zurück.

»Habt ihr schon gefrühstückt?«, fragte Mum, als sie in die Küche stürmten.

»Ja, danke Mum«, beantwortete Flora die Frage ihrer Mutter.

»Gut, dann springt schnell unter die Dusche, bevor ihr irgendetwas anderes anfangt«, rief sie ihnen hinterher.

Grandma kam gerade die Treppe herunter. Marina, Flora und Sky wünschten ihr einen guten Morgen, als sie an ihr vorbeijagten, Flame blieb kurz stehen, um mit ihr zu reden.

»Wir haben das dritte Stockwerk geschafft«, sagte sie leise.

»Ja, ich fühle es«, erwiderte ihre Großmutter. »Und da scheine ich nicht die Einzige zu sein! Euer Vater hat erzählt, Berts Ohren standen von seinem Kopf ab wie die Tragflächen eines Flugzeugs. Armer Kerl!«

Flame lächelte. »Das blaue Licht war sehr stark.«

Marilyn Cantrip nickte, dann ließ sie ihren Blick schweifen. »Was werdet ihr als Nächstes tun?«

»Heute sind die Türme dran«, sagte Flame. Grandma sah ihrer ältesten Enkelin tief in die Augen und sagte: »Gut, aber seid bitte vorsichtig.«

Flame nickte. »Das sind wir, ich verspreche es.«

»Was ist mit Charles? Er wird jede Minute eintreffen.«

»Wir haben einen unschlagbaren Plan«, sagte Flame lächelnd. »Du wirst schon sehen.«

In diesem Moment öffnete sich die Tür von Cantrip Towers. Charles rief »Hallo!« und kam hereinspaziert, sein schwarzes Notizbuch in der Hand.

»Guten Morgen, meine Damen«, begrüßte er sie mit seinem charmanten Lächeln.

»Guten Morgen, Charles«, erwiderte Grandma ein wenig schroff.

»Morgen«, sagte Flame, aber das hörte er schon nicht

mehr. Charles stand in der großen Halle und wandte mit hochkonzentriertem Blick den Kopf nach allen Seiten. Grandma und Flame sahen sich vielsagend an. Beiden war klar, dass er spürte, dass die Magie im Haus stärker geworden war.

»Tschüs«, sagte Flame. Sie rannte die Treppe hinauf, um sich zu ihren Schwestern zu gesellen und unter die Dusche zu springen.

An diesem Morgen machten die Cantrip-Schwestern eine Menge Lärm. Sie jagten sich die Treppe hoch und runter – so ausgelassen, dass Charles Angst bekam, sie würden seine Kamera umstoßen. Er arbeitete inzwischen an den Porträts im zweiten Stock und hörte die Mädchen über sich auf dem Dachboden. So einen Mordskrach zu machen, war doch sonst nicht ihre Art! Irgendeine von ihnen schrie irgendetwas von einem »Stück«.

Was führen sie nur im Schilde?, fragte er sich.

Als er am Morgen das Haus betreten hatte, war ihm sofort klar gewesen, dass sie wieder Magie angewandt hatten. Cantrip Towers war mit so viel Energie aufgeladen, dass er dachte, das Dach müsse jeden Moment abheben. Er hatte erwartet, dass die Mädchen

wie üblich irgendwo im Haus herumschleichen würden. Stattdessen lieferten sie sich wilde Kämpfe.
Im Verkleidungszimmer waren die vier Schwestern damit beschäftigt, Kartons und Truhen zu durchwühlen und Kleider und Hüte anzuprobieren.
»Ich verkleide mich als Musketier«, sagte Sky. Sie stülpte sich einen riesigen Hut mit breiter Krempe auf den Kopf, der mit langen Federn geschmückt war.
»Dann brauchst du noch hohe Stiefel«, sagte Flame.
»Und ein Schwert«, ergänzte Flora.
»Und den silbernen Umhang«, fügte Flame hinzu.
Sky begann mit der Suche nach den passenden Accessoires.
Marina hielt ein langes Kleid hoch, das mit schimmernden silbernen Perlen bestickt war. »Hey, das ist cool! Ich gehe als Zwanziger-Jahre-Star.«
»Such dir doch noch ein Stirnband und eine Federboa«, schlug Flame vor.
»Wem dieses Kleid wohl mal gehört hat?«, fragte Marina und betrachtete es nachdenklich.
»Hier ist eine pinke Boa – fang!«, rief Sky und warf sie Marina zu, die sie sich um den Hals legte.
»Wo sind bloß die Stiefel?«, fragte Sky.
»In der Truhe da drüben«, beantwortete Flora die Fra-

ge ihrer kleinen Schwester und zeigte auf eine große Korbtruhe an der Längsseite des Raumes. »Was ist das?«, sagte sie dann. Sie schob sich seitwärts in einen Spalt zwischen Schrank und Wand, streckte den Arm aus und griff nach einer langen Stange mit großen Kugeln an beiden Enden.

»Das sind Dads Styroporgewichte, du weißt schon, von dem Mal, als Mum und er auf diese schicke Kostümparty eingeladen waren, und er als Muskelpaket gegangen ist«, erklärte Marina, die sich gerade das schimmernde Kleid über den Kopf zog.

Flora fischte das Gewicht hinter dem Schrank hervor und stemmte es hoch über ihren Kopf. »Gut, dass das Ding aus Styropor ist!«, sagte sie lachend.

»Warum verkleidest du dich nicht als Gewichtheberin?«, schlug Sky vor, die auf dem Fußboden saß und gerade ein Paar Lederstiefel mit enormen Stulpen anzog.

»Ja!«, rief Flora begeistert.

»Hier ist ein blau-weiß gestreifter Gymnastikanzug«, sagte Flame und schleuderte ihn quer durch den Raum zu Flora.

»Und die hier musst du auch noch anziehen!«, sagte Sky und warf Flora eine blonde Perücke zu.

»Was ist mit dir, Flame?«, fragte Flora.

»Ich brauche irgendetwas, das ich über meine Jeans ziehen kann, weil ich immer noch den Plan mit mir herumtrage«, erwiderte sie und klopfte auf ihren Bauch.

»Kannst du Georges Brief auch noch nehmen?«, fragte Flora und gab ihn ihr. Flame warf einen Blick auf den Umschlag. Sie bemerkte, dass er inzwischen Eselsohren bekommen hatte und etwas verknittert aussah. Dann steckte sie ihn in die Hosentasche ihrer Jeans.

»Flame, wie wäre es, wenn du als Maharadscha gingest?«, schlug Marina vor, die kopfüber in einer riesigen Truhe steckte und nach einem Paar Schuhe aus den zwanziger Jahren suchte. »Du könntest dir einen tollen Turban aufsetzen und dich in weite, bunte Gewänder hüllen.«

»Wahnsinn! Jetzt müssen wir uns ein Stück über einen Musketier, eine Gewichtheberin, einen Star aus den Zwanzigern und einen Maharadscha ausdenken! Wie soll das gehen?« Flame lachte.

»Uns fällt schon etwas ein!«, sagte Marina.

Die Cantrip-Schwestern brauchten nicht lange und sie waren so weit. Flame sah phantastisch aus. Sie hatte ihr Haar hochgesteckt und trug nun einen riesigen farbenfrohen Turban und einen langen künstlichen Bart. Über ihre Jeans hatte sie eine weite smaragdgrüne Pluderhose aus Seide gezogen. Mehrere fließende Roben reichten ihr bis auf den Oberschenkel, darunter auch ein grün-goldener Brokatmantel. Ihre Hände waren über und über mit Ringen bedeckt. In der rechten Hand hielt sie einen großen silbernen Krummsäbel. Eine weitere von Dads Kostümpartykreationen. In ihrer Linken ruhte ein kleines, juwelenbesetztes Kästchen.

»Ich bin der Maharadscha von Kanschascharripalli!«, sagte sie stolz und verbeugte sich tief vor ihren Schwestern.

Marina trippelte in ihrem schimmernden Perlenkleid vor. Ihre dicken dunklen Locken waren im Nacken zu einem Dutt zusammengefasst. Um ihre Stirn trug sie ein Band aus Silberperlen, aus dem drei türkisfarbenen Straußenfedern hervorragten. Elfenbeinfarbene Seidenhandschuhe bedeckten ihre nackten Arme. Ein Paar Original Zwanziger-Jahre-Pumps vervollständigte ihre Verkleidung.

»Ich bin Loulou de Sylvester aus Chicago«, hauchte sie mit rauchiger Stimme und klapperte verführerisch mit den Wimpern. »Und ich kann den Charleston tanzen.« Sie streckte ihre Hände aus und ließ sie blitzschnell kreisen, gleichzeitig warf sie die Beine bis zum Po.

»Ich bin die Mächtige Masitschka, die stärrrkste Frau derrr Welt!«, rief Flora mit russischem Akzent. Ihre riesige blonde Perücke verrutschte, als sie die gewaltige Langhantel über dem Kopf kreisen ließ. Unter dem blau-weiß gestreiften Gymnastikanzug trug sie ein rotes T-Shirt und knallrote Strumpfhosen. Sie hatte mehrere Oberteile zusammengeknüllt und sich unter T-Shirt und Strumpfhose gesteckt, um Muskeln vorzutäuschen, die sich nun an ihren Armen, Beinen und der Brust wölbten. Ein Paar weißer Tennissocken hatte sie bis zu den Waden hochgezogen und an den Füßen trug sie klobige braune Schnürschuhe aus Leder.

»Haha! Habe ich dich!«, schrie Sky und griff ihre Schwester mit einem schmalen silbernen Plastikschwert an.

Flora parierte den Angriff mit ihrer Hantel und hätte dabei beinahe Flame umgestoßen.

»Menschenskind, ihr zwei, passt ein bisschen besser auf!«, sagte Flame. Dann sah sie Sky an. »Und wer bist du?«

Sky nahm ihren großen Hut ab, machte einen Kratzfuß

und verbeugte sich tief. »Ich bin Lord von Zahnweiß. Ich habe sehr saubere Zähne!«

Ihre großen Schwestern lachten schallend. »Guck dir mal deine Stiefel an, Sky! Die sind doch viel zu groß für dich. Wie um alles in der Welt willst du damit laufen?«

»Ein zu vernachlässigendes Problem für einen tapferen Musketier seiner Majestät, das versichere ich euch!«, sagte Sky mit einer weiteren tiefen Verbeugung, bei der sie fast das Gleichgewicht verlor.

Es dauerte eine Weile, bis die vier Mädchen aufhören konnten, über ihre Verkleidungen zu kichern. Endlich sagte Flame: »Kann es losgehen?«

Marina, Flora und Sky nickten.

Flame lächelte. »Okay, dann lasst uns Charles Smythson an der Nase herumführen!«

Die Cantrip-Schwestern marschierten eine gute Stunde lang durch das Haus. Sky stolperte in ihren Riesenstiefeln durch die Gegend und Flora schwang ihre Hantel mit so viel Enthusiasmus, dass einige Lampen nur knapp einem Zusammenstoß mit den Styroporkugeln entgingen. Hoch und runter, rein in die Zimmer und wieder raus aus den Zimmern, manchmal einzeln, dann wieder gemeinsam, zur Hintertreppe rauf, die große Mahagonitreppe wieder hinunter – sie drehten Runde um Runde um Runde. Jedes Mal, wenn sie im zweiten Stock an Charles vorbeikamen, schnappte der sich seine Kamera, weil er befürchtete, sie könnten sie umstoßen.

»Unhold!«, ertönte eine laute Stimme.

Charles fuhr herum und beugte sich über das Treppengeländer, um einen Blick in die große Halle zu werfen.

»Ich befehle dir«, sagte der Maharadscha, der an der Eingangstür stand, zu Loulou de Sylvester, »ich befehle dir, mir zu sagen, wo der Schatz verborgen ist!«

Daraufhin trat Loulou einen Schritt zurück, hob die Hände abwehrend hoch und schrie: »Wenn du mich tötest, wird das Geheimnis mit mir sterben! Ich sehe vielleicht aus wie ein kleines Dummchen, aber mein Herz ist eine uneinnehmbare Festung! Ich werde es nie, niemals verraten!« Mit diesen Worten ließ sie sich ohnmächtig zu Boden sinken.

Dann stimmte die Mächtige Masitschka lautes Gebrüll an und ließ ihre Hantel auf dem Treppenabsatz im dritten Stock über ihrem Kopf kreisen. Gleichzeitig sagte Lord von Zahnweiß: »Welche Sorte Kompost würden Sie für Dahlien empfehlen?«, stolperte über seine Füße und fiel um.

Charles verzog genervt das Gesicht. Was zum Teufel soll das Ganze?, fragte er sich. Sie reden kompletten Unsinn. Er seufzte. Es wäre schön, zur Abwechslung mal meine Ruhe zu haben, dachte er. Die Zeit wurde knapp und er wollte endlich mit seiner Arbeit fertig werden.

Als nächstes polterten die Mächtige Masitschka und Loulou de Sylvester die Stufen hinunter und diskutierten dabei lauthals die Vorzüge von glitzerndem lila Lidschatten, während der Maharadscha von Kanschascharripalli und Lord von Zahnweiß sich einen erbitterten Schwertkampf auf dem Treppenabsatz im ersten Stock lieferten.

»Was tut ihr da?«, fragte Charles als der Lord an ihm vorbeipreschte.

»Ein Stück aufführen, natürlich! Was dachtest du denn?«

Charles biss die Zähne zusammen. Ottalie und Colin waren nicht zu Hause. Marilyn Cantrip schien keine Notiz von dem Tohuwabohu zu nehmen. Sie war bisher nicht aus der Küche gekommen, um ihre Enkelinnen zu bitten, etwas leiser zu sein oder auf seine Ausrüstung achtzugeben. Dabei versuchte er gerade, eine besonders heikle Aufnahme zu machen, von einem Porträt, das man nicht einfach von der Wand nehmen konnte, weil es dafür zu schwer war und es ziemlich weit oben hing.

Während die Mädchen weiter lärmend durch das Haus zogen, versuchte Charles sich zu konzentrieren. Ich muss heute mit diesem Stockwerk fertig werden, dachte er. Ich muss dieses Geschrei so gut wie möglich ignorieren und darf die Schwestern nicht länger beachten.

Die Schwestern verschwanden nicht alle auf einmal. Sie machten sich eine nach der anderen auf den Weg in den Westturm. Lord von Zahnweiß ging als erster, während der Maharadscha und die Mächtige Masitschka im Wohnzimmer darüber stritten, wem die Ehre gebühre, den Heißluftballon erfunden zu haben. Unterdessen tanzte Loulou im dritten Stock den Charleston.

Bevor sie zum Westturm aufbrach, gab die Mächtige Masitschka eine letzte Vorstellung in der großen Halle. Sie stand vor der Haustür und gab vor, ein Gewicht zu heben, das so schwer war, dass sie darunter zusammenbrach. Als sie zu Boden sank, verlor sie ihre blonde Perücke. Sie lag so lange reglos da, dass Charles schon dachte, sie habe sich ernsthaft verletzt. Aber als er sich das nächste Mal nach ihr umdrehte, waren die Mächtige Masitschka und ihre Perücke verschwunden.

Von oben ertönte mit einem Mal ein unglaubliches Getöse, als der Maharadscha den Flur im zweiten Stock entlangstapfte und dabei Rudyard Kiplings berühmte Ballade »Die Bürde des Weißen Mannes« vortrug. Und das nicht gerade leise.

»Ergreift die Bürde des Weißen Mannes«, tönte der Maharadscha.

»die wüsten Kriege des Friedens –
füllt den Mund des Hungers …«

Das ist ja grauenvoll, dachte Charles. Ich wünschte, diese verdammten Gören würden endlich die Klappe halten!

Er versuchte sich wieder auf seine Arbeit zu konzentrieren. Wie leuchte ich dieses Bild hier am besten aus, überlegte er und betrachtete das riesige Porträt von Arthur Cantrip prüfend.

Er nahm die rezitierende Stimme des Maharadschas, die vom dritten Stock zu ihm herunterdrang, kaum noch wahr.

»und wenn euer Ziel ganz nah ist …«
Als das Getöse allmählich leiser wurde, war Charles richtiggehend überrascht. Die wundervolle Stille, die endlich im Haus herrschte, versetzte ihn in Hochstimmung. Schnell schnappte er sich einen der Scheinwerfer, brachte ihn in Position und steckte den Stecker in die Steckdose. Keine Sekunde zu verlieren, dachte er. Diese grässlichen Mädchen könnten jederzeit wiederkommen …

Hoch oben im Westturm hatten sich die Cantrip-Schwestern so aufgestellt, wie es ihren magischen Kräften und der dazugehörigen Himmelsrichtung entsprach. Sie trugen noch immer ihre Verkleidungen.
Flame stand im Osten. Neben ihr auf den Holzdielen lag der Plan, den sie die ganze Zeit in ihrem Hosenbund versteckt hatte.
Zu ihrer Linken, an der Südseite des Turms, stand Marina.
Gegenüber von Flame, auf der Westseite, wartete Flora darauf, dass es losging. Ihre Langhantel hatte sie beiseite gelegt.
Sky an der nördlichen Wand konzentrierte sich bereits

auf die Aufgabe, die vor ihnen lag. Sie hob ihre Arme und richtete den Blick in die Mitte des Raumes.
Die vier Schwestern schlossen ihre Augen und sammelten ihre Kräfte.
Und noch während sie das taten, erstrahlte der Westturm mit einem Mal in einem blendend hellen blauen Licht. Der Boden unter ihren Füßen bebte leicht und die Mädchen taumelten. Das blaue Licht veränderte seine Farbe – von Blau über Pink zu Weiß.
»Wahnsinn!«, quietschte Sky, die ihre Augen geöffnet hatte.
»Bleibt ruhig und haltet die Magie! Bewegt eure Hände nicht!«, sagte Flame.
Und da, in der Mitte des Raumes, erschien plötzlich etwas, das wie das Ende eines Regenbogens aussah. Alle Farben des Spektrums strömten in einem schmalen Bogen aus Licht aus den nackten Holzdielen.
Die vier Schwestern starrten den Regenbogen mit offenen Mündern an.
»Es ist genau wie in meinem Traum!«, sagte Flame, die Augen weit aufgerissen vor Erstaunen.
Innerhalb des Regenbogens nahmen Treppenstufen Form an.
»Was passiert da gerade?«, fragte Flora.

»Ich weiß es nicht!«, erwiderte Flame. »Haltet die Magie!«
»Da sind Stufen …«, keuchte Marina. »Stufen, die nach oben führen …«
»Haltet die Magie, jede Einzelne von euch!«, rief Flame.
»Der Bogen geht bis zum Ostturm«, sagte Marina.
»Er sieht wie eine Brücke aus!«, kommentierte Sky, mit Augen so groß wie Untertassen. »Es ist eine Brücke, die zum anderen Turm führt!«
Die Cantrip-Schwestern betrachteten das Spektakel aus Licht fasziniert.
Genau in diesem Moment rief Mum von der anderen Seite der geschlossenen Tür nach ihnen. »Wo seid ihr, Mädchen?«
Die Schwestern erschraken und ließen ihre Hände sinken. Als die Tür zum Turm sich öffnete, war das helle Licht erloschen und der Regenbogen fort.
Mum steckte den Kopf durch den Spalt der geöffneten Tür. »Ach, da seid ihr ja, ich habe schon nach euch gesucht.«
Hinter ihr stand Charles. Als ihm bewusst geworden war, dass irgendetwas im Gange sein musste, hatte er ihr seine Hilfe bei der Suche nach den Mädchen

angeboten. Seine Augen blitzten wütend, als ihm klarwurde, dass die vier Mädchen ihn wieder einmal reingelegt hatten. Er blickte über Mums Kopf hinweg in den Raum.

Ich fühle die Magie, dachte er. Was geht hier vor?

Mum betrat das Turmzimmer und stellte sich in die Mitte des Raumes, genau dorthin, wo nur wenige Augenblicke zuvor noch der Bogen aus Licht gefunkelt hatte. Charles wartete in der Tür. Ihre Töchter sahen ein wenig benommen aus. »Alles in Ordnung mit euch?«, fragte Mum besorgt. »Ihr seht aus, als hätte man euch eins übergebraten.«

»Ja«, murmelte Flame leise. Die Cantrip-Schwestern blinzelten, sie alle spürten, wie das Licht aus ihren Körpern strömte.

»Irgendwas hier oben fühlt sich komisch an«, sagte Mum und sah sich fragend um. »Was habt ihr nur getrieben?«

Flame fiel plötzlich auf, dass der Plan immer noch auf dem Boden lag – und noch dazu in Charles' Blickfeld. Sie trat einen Schritt zur Seite, so dass ihr langes Gewand ihn verdeckte. Aber es war bereits zu spät. Als Flame hochsah, erkannte sie, dass er das Blatt entdeckt hatte. Ihre Blicke trafen sich.

Mist, dachte sie.
Mum fragte erneut: »Also, was habt ihr hier getrieben?«
Marina trat vor und breitete theatralisch die Arme aus. »Wir haben ein Stück geprobt, Mum! Ich bin Loulou de Sylvester, ein Zwanziger-Jahre-Star aus Chicago. Zu meiner Linken haben wir die Mächtige Masitschka, wenn auch ohne ihre Gewichte. Sie ist die stärkste Frau der Welt, aber heute hat sie ihren freien Tag. Und dieser hinterhältige Schurke ist Lord von Zahnweiß, ein treuer Gefolgsmann von König Charles II.!«
Mum lächelte, als Sky ihren Hut zog, vortrat und sich tief vor ihr verbeugte.
»Und wie heißt euer Stück?«, fragte Mum hellauf begeistert.
»Es hat bis jetzt noch keinen Titel«, sagte Marina lächelnd. »Aber er wird schon bald offenbart werden!«
»Wann bekommen wir es zu sehen?«, fragte Mum. Marina holte Luft – Charles' hämisches Grinsen war ihr nicht entgangen – und erwiderte: »Später!«
»Großartig«, sagte Mum. »Ich freue mich schon darauf! Kommt jetzt mit nach unten, es ist Zeit für das Mittagessen.« Sie drehte sich um und verließ das Zimmer. Charles trat zur Seite, um sie vorbeizulassen, dann

wandte er sich wieder den Mädchen zu. Eine Millisekunde hielt er Flames Blick fest. Sein Mund verzog sich zu einem schmallippigen Grinsen und seine linke Augenbraue hob sich vielsagend.
»Ich freue mich schon sehr auf euer *Stück*«, sagte er. »Und ich hoffe wirklich, dass sehr bald alles offenbart wird.«
Damit drehte er sich um und ging zur Tür hinaus.
»Arrgh, was für ein grässlicher Mann!«, sagte Flame und ließ ihre rechte Faust in die linke Hand sausen.
Die Cantrip-Schwestern waren am Ende ihrer Kräfte.
»Ich kann meine Arme kaum heben«, klagte Flora.
»Geht mir ganz genauso«, sagte Marina nickend.
»Es ist, als hätte das Licht uns unsere ganze Energie geraubt«, sagte Sky.
»Ich glaube, es war nicht vorgesehen, dass es so endet«, überlegte Flame und blickte nachdenklich in die Mitte des Raumes. »Dass Mum so hereingeplatzt ist, hat den Fluss der Magie unterbrochen.«
Sie richtete sich auf und drückte die Schultern entschlossen zurück. »Holt einmal ganz tief Luft«, riet sie ihren Schwestern. Dann hob sie den Plan vom Boden auf, faltete ihn zusammen und steckte ihn zurück in den Hosenbund ihrer Jeans.

Es war nicht das erste Mal, dass die Mädchen verkleidet am Küchentisch saßen. Während des Essens gelang es ihnen größtenteils, Charles' Bemerkungen und Fragen zu parieren. Ein paar Mal kam Grandma ihnen zu Hilfe und lenkte das Gespräch auf unverfängliche Themen. Zum Beispiel, als Mum darauf zu sprechen kam, wie seltsam die Atmosphäre im Turm gewesen war.

Eine Abendvorstellung des Theaterstücks wurde versprochen. Charles lächelte und sagte: »Nun, ihr habt heute Morgen auf jeden Fall sehr lebendig geprobt. Es scheint eine vielschichtige Geschichte zu sein.« Er wandte sich Flame zu und sagte: »Gibt es einen Text?«

»Nein, Charles«, sagte sie kühl. »Es ist alles in unseren Köpfen. Wenn man etwas aufschreibt, wird es einem womöglich gestohlen.«

»Da hast du absolut recht!«, erwiderte Charles und ließ seine weißen Zähne aufblitzen. Dann fügte er mit einem Glitzern in den Augen hinzu: »Ich bin jedenfalls sehr beeindruckt. Ich finde, das habt ihr euch wirklich sehr schlau ausgedacht.«

»Ja«, sagte Flame lächelnd. »Das haben wir.«

Nach dem Essen zogen die Schwestern ihre Kostüme aus und räumten das Verkleidungszimmer auf. Dann gingen sie zu ihrem Wohnwagen, wo sie vollkommen erschöpft auf ihre Betten fielen.

»Was ist jetzt mit diesem Regenbogen?«, fragte Sky. »Da waren Stufen, erinnert ihr euch? Wo führen sie hin?«

Niemand erwiderte etwas.

Flora starrte zur Decke hoch. Schließlich sagte sie: »Ich frage mich, ob es wohl eine Art Portal ist?«

Flames, Marinas und Skys Köpfe fuhren herum. Ihre Gesichter leuchteten vor Aufregung und sie richteten sich in ihren Betten auf.

»Ein Portal?«, sagte Flame.

»Ja, ihr wisst schon, eine Pforte in eine andere Welt oder Zeit«, sagte Flora und stützte sich auf ihren Ellbogen.

»Gigantastisch!«, rief Sky. »Ein Portal! Wow!«

»Ein Portal …«, wiederholte Flame grübelnd.

»Könnte das das Geheimnis von Cantrip Towers sein?«, sagte Marina mit ungläubigem Gesichtsausdruck. »Ein Portal in eine andere Zeit?«

Sie sah ihre Schwestern an. »Wenn es ein Tor in die Zukunft oder die Vergangenheit wäre, würde das erklären, wie George uns aus der Vergangenheit schreiben konnte.«

»Wie denn?«, fragte Flame, die immer alles genau wissen wollte. »Und weshalb?«

»Hm, vielleicht kann George ja durch die Zeit reisen«, sagte Marina. Sie schwieg kurz, dann fügte sie hinzu: »Vielleicht will er uns treffen.«

Skys Mund stand vor Verblüffung offen. »So wie ein *Geist?*«

»Er wäre kein Geist, wenn ihn das Portal in unsere Zeit bringen würde«, sagte Flame nachdenklich. »Er sähe wahrscheinlich so aus, wie er damals eben aussah.«

Sky wirkte sehr erleichtert, als sie das hörte. Dann sagte Flora: »In seinem Brief hat George etwas über andere Leute geschrieben, die versucht haben, das Geheimnis an sich zu bringen, und dass er und sein Vater sie aufgehalten haben. Ob das Portal nur von uns geöffnet werden kann, weil wir über die Magie der vier Himmelsrichtungen verfügen?«

Flame nickte Flora zu. »Genau das habe ich auch gerade gedacht.«

»Und was tun wir jetzt?«, fragte Sky, die vor Aufregung begonnen hatte, auf dem Bett auf und ab zu hüpfen.

»Sky, setz dich wieder!«, ermahnte Flame sie. »Hör zu, wir dürfen keinen Unfug damit treiben. Es stimmt, was Grandma sagt: Wir müssen sehr vorsichtig sein. Im Moment haben wir noch keine Ahnung, was das alles zu bedeuten hat.«

Sky setzte sich wieder auf ihr Bett. Gleichzeitig gab Marina zu bedenken: »Trotzdem dürfen wir keine Zeit verlieren, schließlich werden die Australier in ein paar Tagen hier sein.«

»Wie sollen wir es anstellen, längere Zeit ungestört im Turm zu verbringen, wo Charles uns ständig hinterherschnüffelt?«, sagte Flora. »Es ist schon kompliziert genug, Mum und Dad abzulenken!«

»Und Charles weiß, was wir vorhaben, er wird uns genau beobachten und aufpassen, ob wir in die Türme gehen«, fügte Flame hinzu. »Wir können ihn nicht noch einmal mit dem Stück an der Nase herumführen.«

»Wir könnten es nachts machen«, schlug Sky vor.

»Das ist eine gute Idee!«, sagte Marina. »Charles wird nicht hier sein und Mum und Dad werden schlafen. Wir könnten zur Küchentür reinschleichen oder drinnen schlafen. Das wäre wahrscheinlich einfacher. Lasst es uns heute Nacht tun.«

Flame atmete langsam aus. »Puh … ich weiß nicht …«, sagte sie.

»Es gibt keinen Grund, warum es nachts gefährlicher sein sollte als tagsüber«, sagte Flora. »Ich glaube nicht, dass sich das Portal um die Uhrzeit schert. Aber wir hätten den Turm ganz für uns, wie Sky gesagt hat, und das ist eine gute Sache.«

Flame kaute auf ihrer Unterlippe. »Wir müssen es nicht tun«, sagte sie.

»Doch, müssen wir!«, erwiderten ihre drei Schwestern im Chor.

»Komm schon, Flame! Wir dürfen George nicht im Stich lassen«, sagte Flora.

»Was ist los?«, fragte Marina. »Du bist doch sonst nicht so.«

Flame schüttelte den Kopf. »Ich weiß es auch nicht. Ich habe so ein dummes Gefühl deswegen.«

»Aber tagsüber haben wir keine Minute unsere Ruhe!«, sagte Marina.

Flame nickte zögernd. »Ja.«

»Also machen wir es heute Nacht?«, fragte Sky.

Marina, Flora und Sky sahen Flame an.

Sie biss sich auf die Lippe, dann nickte sie. »Gut, heute Nacht.«

»Wir müssen nach dem Abendessen auch noch unser Stück aufführen«, erinnerte Flora die anderen.
»Mist, das hatte ich ganz vergessen«, entgegnete Flame. »Wir müssen uns heute Nachmittag etwas ausdenken. Aber jetzt ruhen wir uns besser aus. Heute Nacht werden wir unsere ganze Kraft brauchen.«
Und die Cantrip-Schwestern schliefen eine ganze Stunde friedlich in ihren Betten im Campingwagen, während der Wind durch die Äste der Bäume im Wilden Wald fuhr.

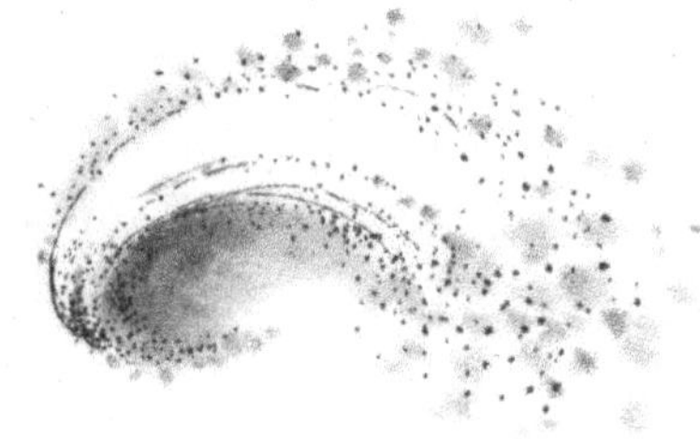

Hilfe!

An diesem Dienstagabend führten die Schwestern ihr Theaterstück im Wohnzimmer auf. *Der Fluch des Lavendeldiamanten* war eine eindrucksvolle Darbietung. Sein labyrinthischer Plot spielte auf verschiedenen Zeitebenen und Kontinenten und verband die unterschiedlichsten Figuren miteinander. Es gab einen Musketier aus dem siebzehnten und einen indischen Maharadscha aus dem achtzehnten Jahrhundert, neben einem amerikanischen Zwanziger-Jahre-Star, der versuchte, einer aufgebrachten Menge zu entkommen. Eine russische Schwergewichtheberin mit einer verrückten blonden Perücke eilte zur

Rettung herbei und brachte den Lavendeldiamanten in Sicherheit.
Alle lachten und amüsierten sich königlich.
Mum und Dad äußerten sich im Laufe des Abends mehrfach begeistert über die beschwingte Stimmung, die alle erfasst zu haben schien. Aber da keiner von ihnen etwas von der Magie ahnte, die dafür verantwortlich war, führten sie dieses Gefühl einfach auf die Freude über ihr Beisammensein zurück.
Als der Abend sich seinem Ende zuneigte, gingen die vier Schwestern auf ihre Zimmer und legten sich schlafen. Charles Smythson wünschte allen eine Gute Nacht. Nachdem Mum, Dad und Grandma ihn verabschiedet hatten, saßen sie noch eine Weile zusammen und unterhielten sich.

Charles saß im Wohnzimmer von Eichenruh und goss sich ein Glas Whisky ein. Er setzte sich in einen bequemen cremefarbenen Sessel. Während er einen Schluck des bernsteinfarbenen Getränks nahm, das in seiner Kehle wie Feuer brannte, starrte er abwesend ins Leere. Es war ein langer, anstrengender Tag für ihn gewesen, an dem er trotz der vielen Unterbrechungen durch die Cantrip-Schwestern einen großen Schritt mit seiner Arbeit vorangekommen war.

Dann hatte er das Theaterstück der Mädchen über sich ergehen lassen müssen. Jetzt wollte er einfach den Abend ausklingen lassen, ins Bett fallen und seinen wohlverdienten Schlaf genießen.

Doch da klingelte das Telefon. Er wusste, dass es Glenda sein würde, die von ihm über die neuesten Entwicklungen informiert werden wollte. Da ihm nichts anderes übrigblieb, nahm er das Gespräch an und beschrieb ihr, was er an diesem Morgen gesehen hatte, und wie die Magie auf Cantrip Towers allmählich stärker wurde.

»Die Magie der Mädchen ist unglaublich mächtig«, sagte er. »Es fühlte sich an, als würde das Dach jeden Moment abheben!«

Dann erzählte er Glenda, was er gesehen hatte, als er an Mum vorbei in das Turmzimmer geguckt hatte. »Ich bin mir sicher, dass sie ihre Kräfte ausbalancieren, indem sie die vier Himmelsrichtungen für sich nutzen. Die Mädchen lehnten an der Turmwand. Flame im Osten, Flora im Westen, Marina im Süden und Sky im Norden.«

Als Glenda das hörte, fluchte sie und setzte Charles unter Druck. »Die Mädchen werden bestimmt so schnell wie möglich weitermachen«, sagte sie. »Sie haben ihr Ziel fast erreicht. Du musst unbedingt heute Nacht nach Cantrip Towers. Ich bin sicher, sie wollen es angehen, während du weg bist.«

»Aber Glenda, ich kann doch nicht auf Cantrip Towers einbrechen!«, protestierte er. »Es ist eine Sache, tagsüber dort herumzuschnüffeln, aber eine ganz andere, mich nachts ins Haus zu schleichen, während alle schlafen!«

»Charles, ich will das Geheimnis der Türme für mich«, sagte Glenda kalt. »Also gehe dorthin zurück und hol es mir, oder ich werde dich nicht bezahlen.«

Die Leitung war plötzlich tot.

Charles schüttelte abwehrend den Kopf. Verflixt und zugenäht, dachte er. Wie soll ich denn ins Haus kommen? Und was ist mit dem verdammten Köter? Er bellt womöglich … Wie bin ich bloß in diesen Schlamassel geraten …

Er sah auf seine Uhr. Elf. Okay, ich lege mich jetzt drei Stunden aufs Ohr und fahre dann zurück. Falls die Mädchen tatsächlich in den Turm steigen, werden sie damit warten, bis ihre Eltern schlafen.

Dann stellte er den Wecker seines Handys, lehnte sich im Sessel zurück und schloss die Augen.

Um zwei Uhr früh am Mittwochmorgen, während Mum, Dad und Grandma tief und fest in ihren Betten schliefen, trafen sich die Cantrip-Schwestern in Flames Zimmer. Trotz der späten Stunde waren sie vor Aufregung hellwach. Sky hüpfte unruhig auf und ab.

»Sch...!«, machte Flame. »Krieg dich wieder ein, Sky! Wir wollen doch nicht entdeckt werden. Nicht jetzt, wo wir so nah dran sind ...«

Während die schmale Sichel des Mondes über den Himmel wanderte, stiegen die vier Schwestern die Stufen zum Dachboden hinauf und öffneten die Tür zum Westturm.

Zur selben Zeit parkte Charles Smythson seinen Wagen an der Einfahrt zu Cantrip Towers und ging auf das Haus zu.

Als die Mädchen die Tür des Westturms hinter sich schlossen und im Schneidersitz auf dem Boden Platz nahmen, erreichte Charles gerade die Hintertür.

Wie komme ich jetzt hinein und was mache ich mit dem Hund, fragte er sich.

Aber er hatte Glück. Dad hatte sich so daran gewöhnt, die Hintertür für die Mädchen offen zu lassen, wenn sie im Campingwagen schliefen, dass er sie auch an diesem Abend nicht abgeschlossen hatte. Charles drückte die Türklinke hinunter und öffnete die Tür. Als Bert aufwachte und sich anschickte zu bellen, benutzte Charles seine magischen Kräfte, um ihn zum Schweigen zu bringen. Der kleine Hund kehrte in sein Körbchen zurück und schlief wieder ein. Die Erinnerung an den Eindringling war aus seinem Gedächtnis gelöscht.

Charles öffnete die Tür zur Dienstbotentreppe und schloss sie sorgfältig hinter sich. Auf Zehenspitzen schlich er sich die enge Wendeltreppe hinauf, sein schwarzes Notizbuch unter dem Arm.

Der Westturm erstrahlte in blendendem Licht. Alle Farben des Regenbogens pulsierten in Wellen durch den Raum. Erst Rot, dann Orange, dann Gelb, dann Grün, dann Blau und Lila. Die Schwestern saßen reglos in ihren Positionen, die Beine gekreuzt, den Rücken gegen die Wand gepresst. Sie waren vollkommen überwältigt von der Intensität des Lichts und den wunderschönen Farben, die um sie herum leuchteten. Das Geräusch des Windes, der draußen durch die Bäume fuhr, ließ langsam nach, bis es schließlich gar nicht mehr zu hören war. Im Turm wurde es vollkommen still.

Als ihre Kräfte sich schließlich miteinander verbunden hatten, entstand aus den Farben des Regenbogens ein Band aus blendend weißem Licht. Es floss in einem Bogen aus der Mitte des Dielenbodens durch die Wand des Westturms auf den Ostturm zu.

Die Cantrip-Schwestern erhoben sich und gingen auf das Licht zu. Vor ihnen begannen sich Treppenstufen in dem Lichtbogen abzuzeichnen, die hinaus aus dem Turm und durch die Wand zu führen schienen. Weitere Stufen wurden sichtbar, höher und höher führten sie. Sie wurden immer deutlicher, bis sie so echt aussahen, dass die Mädchen sich fragten, ob sie sie wohl tragen würden.

»Es ist eine Brücke zum Ostturm«, sagte Flame.

Allen Vieren stand vor Staunen über dieses Wunder der Mund offen.

Flora betrachtete die Brücke. Der magische Stein in ihrer Hand piepste plötzlich laut, einmal, zweimal. Sie fühlte, dass er sehr stark vibrierte und sah, dass er ein hellblaues Licht ausstrahlte.

»Der Stein!«, rief Flora. »Er will uns etwas sagen!«

Flame und Marina sahen das blaue Licht ebenfalls, aber Sky war wie hypnotisiert. Sie nahm nichts wahr, außer der Brücke aus Licht vor sich. Mit verzücktem

Gesichtsausdruck ging sie einen Schritt auf das helle Licht zu.

»Es ist ein Portal!«, sagte sie, ohne sich zu ihren Schwestern umzudrehen.

»Woher willst du das wissen?«, fragte Flame, die hinter ihr stand.

»Ich kann es sehen!«, sagte Sky mit weit aufgerissenen Augen. »Es führt nicht nur zum Ostturm, es ist ein Zeitreiseportal. Ich kann es von hier aus genau erkennen.«

Sie machte noch einen Schritt vorwärts, den Blick auf die Treppenstufen gerichtet. Deshalb bemerkte sie auch nicht, dass ihre Füße bereits mit dem Licht der Brücke in Berührung kamen. Sie machte noch einen kleinen Schritt, angezogen vom Licht.

»Sei vorsichtig!«, schrie Flora, die spürte, dass Sky der Lichtbrücke zu nah gekommen war und streckte den Arm aus, um ihre Schwester zu packen.

Aber es war bereits zu spät.

Sky war verschwunden.

Eine Schrecksekunde lang schwiegen Flame, Marina und Flora. Sie verstanden einfach nicht, was da gerade passiert war, und standen wie erstarrt mit rasenden Herzen da. Der Schock hatte sie ihrer Stimmen beraubt.

Im nächsten Moment jedoch schrien sie alle durcheinander.
»Sky ist verschwunden«, kreischte Marina. »Sie ist nicht mehr da!«
Die drei Cantrip-Schwestern starrten die Brücke aus Licht voller Verzweiflung an.
»Wo ist sie? Was ist passiert?«, schrie Flora.
»Ich glaube, sie ist durch das Portal gegangen«, keuchte Flame.
»Wir müssen sie finden!«, rief Marina.
»Aber wie?«, fragte Flame.
»Sollen wir ihr folgen?«, schlug Flora vor. Ihr Gesicht hatte jegliche Farbe verloren.
»Sie könnte überall in Zeit und Raum sein«, gab Flame zu bedenken.
Und dann stand plötzlich Charles neben ihnen, der sich unbemerkt in den Raum geschlichen hatte.
Flame, Marina und Flora fielen fast in Ohnmacht vor Schreck.
Charles betrachtete verblüfft die Brücke aus gleißendem Licht, dann wandte er sich den Mädchen zu und sah ihre entsetzten Gesichter.
Sie weinten und riefen: »Tu doch etwas! Tu bitte etwas!«

»Was ist passiert?«, fragte er.

»Sky ist durch das Portal gegangen«, rief Flame weinend. Sie zeigte auf den Bogen aus Licht. »Sie ist plötzlich verschwunden! Wir müssen sie zurückholen!«

Charles stand vollkommen überrascht da. War das das Geheimnis der Türme? Ein Portal? Ein Portal, das wohin führte?

Er bewegte sich zaghaft vorwärts, den Blick auf die Stufen gerichtet, die vor ihm in die Höhe ragten und auf den Ostturm zuführten.

Es ist eine Brücke, die zum zweiten Turm führt, dachte er, während sein Blick die Stufen hochwanderte. Er konnte das Weinen der Mädchen hören und wunderte sich, warum niemand sonst kam, um nach ihnen zu sehen. Aber er war so fasziniert, dass alles außer der Brücke aus Licht plötzlich keine Rolle mehr spielte. Die Geräusche um ihn herum verstummten. Alles, was er wahrnahm, war das Licht.

Er trat einen Schritt vor und streckte die Hand aus. Wie sich das Licht wohl anfühlt?, dachte er. Es ist so wunderschön. Er hob seine Hand, als wolle er es berühren, und machte noch einen Schritt darauf zu. Die Schwestern sahen atemlos zu.

»Sei vorsichtig!«, rief Flame. »Charles, nein!«
Aber es war ein zweites Mal zu spät. Charles war zu nahe an das Portal herangetreten, und auch er war plötzlich verschwunden.
Flame, Marina und Flora schrien und klammerten sich verzweifelt aneinander.
Flora spürte den Stein in ihrer Hand. Er vibrierte erneut. Sie dachte, wie seltsam es war, dass Mum und Dad noch nicht in den Raum gestürzt waren. Sie müssen uns doch gehört haben, überlegte sie und drehte sich zur Tür um.
Sie sah wieder nach unten auf den Stein in ihrer Hand. Was geschieht hier gerade?, fragte sie sich. Der Stein … der Stein versucht uns etwas zu sagen …
Flora schnappte nach Luft, das Herz schlug ihr bis zum Hals. »Wartet!«, rief sie und streckte ihre Hand aus. Flame und Marina fuhren herum.
»Was?«, schrie Flame. Marina an ihrer Seite schluchzte.
»Wartet!«, sagte Flora. »Wartete einfach ab …«
Dann sagte sie: »Lasst uns ein paar Schritte zurücktreten. Zurück an die Wand.«
Die drei Schwestern gingen langsam rückwärts.
»Wartet einfach ab«, sagte Flora – sanft, aber be-

stimmt. Flame und Marina schluckten und atmeten hörbar aus.
Wie lange sie so dastanden und warteten, hätten sie nicht sagen können. Es fühlte sich wie eine Ewigkeit an.
Dann sah Flame zu der Stelle hoch, wo die Brücke aus Licht die Wand durchbrach.
»Da!«, rief sie und streckte den Finger aus. »Guckt doch! Guckt mal da oben!«
Marina und Flora schnappten verwundert nach Luft.
Eine Gestalt bewegte sich über die Stufen auf sie zu. In den Armen hielt sie eine kleine, in sich zusammengesackte Person.
Die Schwestern starrten mit offenem Mund.
Ein junger Mann – ein großer, junger Mann mit dunkelblondem Haar, der eine Soldatenuniform trug – kam die Stufen hinunter auf sie zu. Er trug Sky. Hinter ihm stolperte Charles die Stufen hinab.
Flame, Marina und Flora verschlug es die Sprache.
Als er die unterste Treppenstufe erreicht hatte, verharrte der junge Mann schweigend. Sky lag regungslos in seinen Armen, als würde sie schlafen.
»George!«, flüsterte Flame. »Es ist George Cantrip!«
»Tatsächlich!« Flora erkannte den Mann, dessen Brief

sie in ihrer Hosentasche mit sich herumgetragen hatte, sofort.
George Cantrip strahlte sie alle an. Die Schwestern erwiderten sein Lächeln.
Dann stellte George Sky auf ihre Füße. Sie schwankte und er stützte sie, bis sie ihr Gleichgewicht wiedergefunden hatte. Sky drehte sich, um ihn anzusehen, und er lächelte ihr aufmunternd zu. Dann schob er sie sanft nach vorn, so dass sie den Bogen aus Licht nicht länger berührte.
Als Sky die Dielenbretter des Westturms betrat, trat George zur Seite, um Charles vorbeizulassen, dann wandte er sich um und ging die Treppe wieder hinauf, zurück in seine eigene Zeit.
Flame, Marina und Flora umarmten ihre kleine Schwester, strichen ihr über das Haar und lachten vor Freude. Sie sah verwirrt aus, als wäre sie noch nicht wieder im Hier und Jetzt angekommen.
Charles Smythson lehnte sich haltsuchend und völlig benommen an die Turmwand.
Das Regenbogenlicht wurde schwächer. Als die Cantrip-Schwestern erneut zur Brücke aus Licht hinübersahen, war die Gestalt des jungen Mannes verschwunden.

»George ist weg!«, sagte Flora. »Und wir haben uns nicht mal bei ihm bedankt!«

»Seht doch! Die Brücke verblasst!«, sagte Marina.

Die Schwestern beobachteten, wie das Licht schwächer wurde, bis sie vollkommen im Dunklen standen. Mit einem Mal waren alle Geräusche wieder deutlich zu hören: der Wind, der draußen durch die Bäume fuhr und das Ächzen und Stöhnen des Hauses. »Sch…!«, warnte Flame. Ihr war plötzlich wieder bewusst geworden, wo sie sich befanden und was gerade geschehen war. »Seid ganz leise!«

Sie zog ihre kleine Schwester in ihre Arme und flüsterte: »Gott sei Dank ist dir nichts passiert, Sky!«

Sky lächelte verträumt.

Die vier Schwestern umarmten sich fest. Als ihre Augen sich an die Dunkelheit gewöhnt hatten, sahen sie sich um.

»Wo ist Charles?«, fragte Marina.

»Er ist weg, seht doch, die Tür steht offen!«, flüsterte Flame.

Der Gedanke, dass Charles Smythson gesehen hatte, was sie gesehen hatten, erfahren hatte, was sie erfahren hatten, machte ihr Angst. Er kennt jetzt unser Geheimnis, dachte sie. Er weiß alles …

Würde er ihren Eltern erzählen, was vorgefallen war?, fragte sie sich. Und was würde er Glenda verraten?

Mit einem Mal spürten die Schwestern die Kälte des Turmzimmers bis in die Knochen und ihnen wurde klar, wie spät es sein musste. Von draußen drang das Heulen des Windes an ihre Ohren.

»Wir müssen zurück ins Bett, schnell!« Flame stieß Marina und Sky Richtung Tür.

»Wie kommt es, dass Mum und Dad uns nicht gehört haben?«, flüsterte Marina.

»Keine Ahnung, wir reden morgen darüber«, erwiderte Flame. »Seid ganz, ganz leise«, beschwor sie ihre Schwestern und half Sky die schmale, wackelige Treppe zum Dachboden hinunter.

Flora wollte ihren Schwestern gerade folgen, als sie den Stein piepsen hörte. Sie blieb allein im Turmzimmer stehen. Der Stein in ihrer Hand erstrahlte in einem blauen Licht und erhellte den ganzen Raum. Flora benutzte ihn wie eine Taschenlampe und sah sich aufmerksam um.

Hier muss noch irgendetwas sein, dachte sie. Ich fühle es. Sie ging einmal durch den Raum, bis sie wieder bei der Tür ankam.

Und da war es, es lag auf dem Boden hinter der Tür: Charles Smythsons schwarzes Notizbuch.
Nachdem Flame ihre jüngste Schwester ins Bett gebracht hatte, schlich sie in ihr eigenes Zimmer. Wie Marina schlief sie ein, sobald ihr Kopf das Kopfkissen berührte.
Flora nahm den magischen Stein und Charles' Notizbuch mit in ihr Zimmer. Sie legte den Stein unter ihr Kopfkissen und das Notizbuch unter ihr Bett. Dann kuschelte sie sich unter ihre Bettdecke und war innerhalb von Sekunden eingeschlafen.

* * *

Charles stolperte die Auffahrt von Cantrip Towers entlang. Wenn jemand ihn gesehen hätte, hätte er ihn für betrunken gehalten, so sehr schwankte er hin und her.
Nach einer gefühlten Ewigkeit erreichte er endlich sein Auto. Er öffnete die Tür, stieg ein und brach über dem Lenkrad zusammen. Alles, was er wollte, war schlafen. Er war vollkommen ausgelaugt und durcheinander.
Wo bin ich gewesen, fragte er sich. Was ist überhaupt

passiert? Der Mann, der mich zurückgeführt hat, kam mir so vertraut vor. Wo habe ich sein Gesicht schon mal gesehen?

Ich darf hier nicht einschlafen, dachte er und versuchte sich zusammenzureißen.

Er schaltete die Innenbeleuchtung ein und sah auf die Uhr. Es war fast vier Uhr morgens. Dann fummelte er den Schlüssel in die Zündung.

Als er sieben Stunden später erwachte – angezogen auf dem Bett liegend – war die Erinnerung, wie er dorthin gekommen war, sehr verschwommen.

O nein, dachte er nach einem Blick auf die Uhr neben dem Bett. Er hätte bereits vor Stunden auf Cantrip Towers sein sollen. Schnell stand er auf, sprang unter die Dusche und ging nach unten. In der Küche blinkte ihm schon der Anrufbeantworter entgegen.

Verdammt, dachte er. Ich wette, es ist Ottalie, die sich wundert, wo ich bleibe. Und sie hatte tatsächlich angerufen, ebenso wie Glenda Glass, die verlangte, er solle sich bei ihr melden, sowie er zu Hause wäre.

Ich muss so schnell wie möglich los, dachte er, während er den Wasserkessel aufsetzte. Es gibt noch eine Menge auf Cantrip Towers zu erledigen.

Eine Viertelstunde später fühlte er sich wieder wie ein

Mensch. Starker Kaffee und ein ordentliches Frühstück halfen ihm dabei, wach zu werden und einen klaren Gedanken zu fassen. Er rief auf Cantrip Towers an und sagte Grandma, er würde bald eintreffen.

Dann sammelte er seine Sachen vom Küchentisch ein. Handy: Er ignorierte die Nachricht von Glenda und schaltete es aus. Schlüssel: Ja, eingesteckt. Notizbuch: Weg! Wo hatte er es gestern Abend hingelegt?

Er kratzte sich am Kopf. Wo hatte er es zuletzt gesehen? Charles versuchte sich zu erinnern. Er rannte in sein Schlafzimmer. Dort war es nicht. Er ging nach draußen und sah im Auto nach. Doch dort war es auch nicht.

Dann stand er im Flur und fühlte, wie sich eine leichte Panik in ihm ausbreitete.

Habe ich es letzte Nacht mit nach Cantrip Towers genommen?

O nein, ich hoffe, ich habe es nicht im Turm liegen lassen …

Verdammt, verdammt, verdammt, dachte er, als er realisierte, dass es genau dort sein musste.

Ich muss ruhig bleiben, sagte er sich. Es gibt keinen Grund anzunehmen, dass es nicht mehr da ist. Es war dunkel. Die Mädchen haben es in all der Aufregung bestimmt nicht gefunden. Es wird noch da sein. Er schloss die Haustür von Eichenruh ab und ging zu seinem Wagen.

Auf Cantrip Towers schliefen die Mädchen immer noch wie die Murmeltiere.

»Was ist nur mit ihnen los?« Mum sah besorgt aus. »Sie schlafen doch sonst nie so lang.«

Grandma wanderte unruhig in der Küche auf und ab. Sie wusste, dass ihre Enkelinnen sicher in ihren Betten lagen, schließlich hatte sie nach ihnen gesehen, sobald sie aufgewacht war. Trotzdem wollte sie unbedingt wissen, was in der letzten Nacht geschehen war. Zu Mum jedoch sagte sie: »Ich denke, sie sind einfach nur todmüde, nach all den Nächten im Campingwagen. Dort haben sie bestimmt nicht viel Schlaf bekommen. Den holen sie jetzt nach. Mach dir keine Sorgen, Ottalie. Hier, trink erst mal einen Kaffee.« Sie reichte Mum eine Tasse.

»Wo Charles nur bleibt«, sagte Mum und setzte sich an den Küchentisch.

»Charles rief eben an, um zu sagen, dass er unterwegs ist. Er muss auch ziemlich erschöpft sein«, sagte Grandma. »Er arbeitet sehr hart.«

»Er muss noch einige Bilder fotografieren«, meinte Mum. »Und es wäre schön, wenn er bis Freitag fertig wäre, wenn Anne und ihre Familie kommen.«

»Das wird er bestimmt schaffen«, erwiderte Grandma beruhigend. »Alles wird gut, du wirst schon sehen.« Trotzdem wanderte sie weiter ruhelos durch den Raum.

Das schwarze Notizbuch

Charles Smythson fuhr so schnell es ging nach Cantrip Towers zurück.

Ich muss mein Notizbuch unbedingt wiederhaben, dachte er, schaltete zurück und nahm eine enge Biegung der kurvenreichen Landstraße. Was habe ich mir nur dabei gedacht, es überhaupt mitzunehmen? Sie dürfen es nicht finden. Sie dürfen einfach nicht …

Er bretterte die Auffahrt von Cantrip Towers hinauf und kam mit quietschenden Reifen vor dem Haus zum Stehen.

Dad öffnete gerade die Haustür, als er aus dem Wagen stieg. »Charles!«, rief er ihm gutgelaunt zu. »Wie geht's? Was macht die Kunst?«

»Guten Morgen, Colin«, erwiderte Charles mit zusammengebissenen Zähnen. Das Letzte, was er jetzt gebrauchen konnte, war ein Schwätzchen, das ihn aufhielt. Die Schwestern konnten das Notizbuch jede Minute entdecken …

Dad sah Charles prüfend an. »Alles okay, alter Freund? Du siehst etwas blass aus.«

»Hatte eine unruhige Nacht«, sagte Charles und lächelte schwach.

»Du kannst es sicher kaum erwarten, deine Arbeit endlich abzuschließen«, vermutete Dad. »Beinahe am Ziel, he?«

»Ja«, stimmte Charles zu. »Beinah.«

»Nun, es ist schön, dass du bei uns bist«, sagte Dad. »Wir alle genießen die Zeit mit dir sehr. Seit du hier bist, sehen wir unser altes Haus mit ganz neuen Augen. Ich hoffe wirklich, die Arbeit hier wird deine Karriere voranbringen.«

Charles blickte in Dads freundliche braune Augen und einen Moment lang fragte er sich, wie er sich diesem Mann und seiner Familie gegenüber dermaßen gemein verhalten konnte. Colin Cantrip war einer der nettesten, anständigsten Männer, denen er je begegnet war. Und er, Charles, hatte ihn hintergangen, hatte versucht, seinen Töchtern zu schaden, hatte sogar seine Magie gegen sie eingesetzt und gegen Colins Mutter. Er war mitten in der Nacht in sein Haus eingebrochen. Er hatte versucht, das Familiengeheimnis zu lüften, und – und das war das Schlimmste von allem – er hatte Glenda Glass jedes noch so kleine Detail brühwarm weitererzählt. Was sie mit diesen Informationen anstellen würde, konnte er nur mutmaßen, aber sie würde auf jeden Fall ihre eigenen heimtückischen Interessen wahren.

Charles sah erneut Dad an. Colin war als Cantrip das genaue Gegenteil von Glenda. Sie trug keinen Funken Freundlichkeit oder Anstand in sich. Er besaß beides im Überfluss.

Charles sah die Besorgnis in Dads Augen. Vielleicht sollte ich reinen Tisch machen und ihm alles erzählen, dachte er. Vielleicht sollte ich ihm von der Magie im Haus erzählen. Vielleicht sollte ich ihm erzählen, wie außergewöhnlich seine Töchter sind. Vielleicht sollte ich ihn vor Glenda warnen …

Er wollte etwas sagen – gestehen, sich entschuldigen –, aber die Worte blieben ihm im Halse stecken.

Es war Glendas Stimme, die sich in seinem Hinterkopf Gehör verschaffte. Ihre Drohungen ließen ihn davon Abstand nehmen, sich Colin anzuvertrauen.
»Danke, Colin«, sagte er deshalb nur und senkte den Blick, weil er sich außerstande fühlte, ihm in die Augen zu sehen.
Dad wartete einen Moment ab. Dann sagte er: »Gut, wenn du meinst, dass wirklich alles in Ordnung ist.«
»Ja, ja«, erwiderte Charles und riss sich zusammen. Er lächelte sein strahlendes Lächeln. »Alles bestens.«
»Wir sehen uns dann nachher, ich bin eine Weile in der Stadt, um mich mit ein paar Geschäftspartnern zu treffen«, sagte Dad und ging zu seinem Wagen.
Charles betrat das Haus durch die Vordertür. Sein erster Impuls war, die Treppe hinauf ins Turmzimmer zu laufen, aber er wusste, dass Ottalie ihn erwartete. Er widerstand deshalb der Versuchung und ging durch die große Halle in die Küche.
»Guten Morgen«, wünschte er, als er durch die Tür trat.
»Guten Morgen, Charles!«, sagte Mum erfreut. »Kaffee?«
»Ja, bitte«, antwortete er.

»Setz dich doch«, sagte Mum und stand auf, um ihm einen Becher Kaffee einzugießen.

»Guten Morgen, Marilyn«, sagte Charles zu Grandma, als er sich an den Tisch setzte.

»Guten Morgen, Charles«, erwiderte sie und warf ihm einen prüfenden Blick zu. »Du siehst aus, als hättest du nicht viel geschlafen.«

Charles lächelte. »Das hat Colin auch gesagt. Ich hatte eine unruhige Nacht.«

»Ach ja?« Grandma hob fragend eine Augenbraue.

Bevor er antworten konnte, drückte Mum ihm den Kaffeebecher in die Hand.

»Danke, Ottalie«, sagte er. Dann sah er sich in der Küche um. »Es ist so still heute. Wo sind die Mädchen?«

»Die schlafen noch«, sagte Mum und strich sich das feine, blonde Haar aus ihrem hübschen Gesicht.

»Tatsächlich?«, erwiderte Charles. Er trank seinen Kaffee in schnellen Schlucken.

»Ja, ich wollte sie schon wecken, aber Marilyn meint, sie bräuchten ihren Schlaf.« Mum lächelte ihrer Schwiegermutter zu.

»Kinder, hm?«, kommentierte Charles.

»Genau«, erwiderte Mum. »Also Charles, du bist fast fertig?«

»Ja, ja«, sagte er. »Ich bin verschwunden, bevor euer Besuch eintrifft, keine Bange.«

»Was hast du heute vor?«, fragte Mum.

»Ich werde die Bilder im dritten Stock fotografieren und die vom obersten Treppenabsatz«, erklärte Charles. »Ich fange am besten gleich an.«

»Und wenn du hier fertig bist, fährst du weiter zur National Porträt Gallery, um deine Recherchen abzuschließen?«, fragte Mum.

»Ja, dorthin und zum Witt Library Archive am Courtauld Institut«, erzählte Charles und trank den letzten Schluck Kaffee aus. »Ich werde die Fotos und Notizen, die ich hier gemacht habe, mit anderen Porträts in den Archiven vergleichen. Es ist eine übliche Vorgehensweise, um die Information besser gewichten und interpretieren zu können. Es gibt vielleicht von denselben Künstlern noch andere Porträts, oder es wurden dieselben Personen von verschiedenen Malern porträtiert. Ich analysiere das alles und schreibe dann die Inventarliste.«

»Wie viele Porträts haben wir hier auf Cantrip Towers, Charles?«, fragte Mum.

»Sechsundvierzig«, erwiderte er. »Ich habe von jedem eine Gesamtaufnahme gemacht und dann noch De-

tailaufnahmen, die meine Aufzeichnungen über Malweise und den Zustand der Bilder dokumentieren.«
Mum lächelte Grandma an. »Sechsundvierzig Porträts!«
»Das ist eine ganz schöne Menge«, sagte Grandma und erwiderte das Lächeln.
»Wann wird die Inventarliste denn fertig sein?«, fragte Mum.
»Das hängt davon ab, wie ich mit meinen Recherchen vorankomme, aber ich denke, es wird nicht länger als ein paar Wochen dauern«, sagte Charles und sah sich unruhig um.
»Phantastisch!«, rief Mum. »Wir freuen uns schon sehr darauf.«
Charles stand auf. »Verzeiht, wenn ich euch jetzt allein lasse, ich muss leider weitermachen. Und vielen Dank für den Kaffee.«
»Gern geschehen«, sagte Mum.

Charles rannte, mehrere Stufen auf einmal nehmend, die breite Mahagonitreppe hinauf, bis er auf dem Dachboden stand. Dort blieb er stehen, wartete und spitzte die Ohren. Alles war ruhig.
Die Mädchen schliefen anscheinend noch. Er wandte

sich der schmalen Holztür zu, die hinauf in den Westturm führte und öffnete sie. Dann stieg er die wackligen Stufen hinauf. Als er oben angekommen war, öffnete er die Tür zum Turm und betrat den Raum.
Doch sosehr er auch suchte, das Turmzimmer war leer. Kein schwarzes Notizbuch weit und breit.
Verdammt nochmal! Er stand einen Moment lang fluchend da.
Was jetzt?, fragte er sich dann. Wo kann es sein?
Charles dachte an seinen nächtlichen Besuch zurück.
Ja, ich erinnere mich, ich hatte es unter meinem linken Arm, als ich die Treppe hinaufging. Also, wo ist es jetzt?
Die Schwestern müssen es gefunden haben, dachte er.
O nein … o nein …
Charles seufzte schwer und lehnte sich an die Wand.
Ist das alles wirklich passiert?, grübelte er, während er sich im Raum umsah. War da drüben wirklich eine Treppe aus Licht? Bin ich tatsächlich durch das Portal gegangen? Und wie bin ich hierher zurückgelangt?
Was Sky wohl alles erlebt hat?

Etwa zur gleichen Zeit saßen Flame, Marina und Flora auf Skys Bett.

»Erzähl es uns! Erzähl uns, was du gesehen hast!«, sagten sie aufgeregt.
Ihre kleine Schwester holte tief Luft.
»Also«, setzte sie an. »Es war so …«
Sie warteten.
»Wie war es?«, fragte Marina.
Sky kicherte.
»Was ist passiert, nachdem du das Licht berührt hast?«, fragte Flame, die allmählich ungeduldig wurde.
Sky runzelte konzentriert die Stirn. Sie kaute auf ihrer Lippe und stützte das Kinn in die Hand. »Hm, es war ziemlich komisch … ich erinnere mich daran, die Stufen der Brücke hochgegangen zu sein …«
»Das haben wir nicht mehr gesehen, du warst plötzlich verschwunden«, erzählte Flame.
»Wirklich?«
»Ja. Im einen Moment warst du noch mit uns im Raum und im nächsten warst du verschwunden«, sagte Flame. »Wir hatten schreckliche Angst um dich!«
Sky nickte, sie starrte immer noch ins Leere.
»Also was ist passiert?«, hakte Flame nach.
»George war da!« Sky lächelte und sah ihre Schwestern an.
»Wo?«

»Er stand direkt vor mir«, sagte Sky. »Auf der Brücke aus Licht.«

»Was hat er gesagt?«, wollte Flame wissen.

»Gesagt? Oh, er hat nichts gesagt!«

»Woher wusstest du dann, dass es George war?«

»Weil er genauso aussah wie auf dem Porträt natürlich!«

»Und dann?«

Sky stützte ihren Kopf in beide Hände. »Hm«, sagte sie. »Da war … Licht. Ihr wisst schon, wie das bunte Licht, das ihr gesehen habt.«

»War da noch jemand außer George?«, fragte Flame.

»Da war … da war ein Garten«, sagte Sky. Sie blickte konzentriert auf die Bettdecke vor sich und versuchte, sich das Bild ins Gedächtnis zurückzurufen.

»Ein Garten?«, fragte Marina. »Unser Garten?«

»Das weiß ich nicht«, sagte Sky. »Da war ein alter Torbogen, er war Teil einer Ruine. Und Rosen, sie überwucherten die ganze Ruine …«

Sie schwieg einen Moment, dann sagte sie sehnsüchtig: »Ich konnte sie riechen. Es war wundervoll.«

Flame, Marina und Flora saßen mit offenen Mündern da.

»Hast du sonst noch was gesehen?«, fragte Flame.

Sky stutzte. »Charles.« Sie zog die Augenbrauen zusammen. »Ich hatte Angst, als ich ihn sah. Ich dachte, er sei hinter mir her.«

»Bist du deshalb in Ohnmacht gefallen?«, fragte Flame.

»Ich war ohnmächtig? Echt?«

»Nun, George hat dich getragen«, sagte Flame.

»Ich schätze, dann bin ich wohl in Ohnmacht gefallen«, überlegte Sky und schürzte nachdenklich die Lippen. »Das tue ich sonst nie.«

»Nein, aber du gehst sonst auch nicht durch irgendwelche Portale!« Flame lachte.

»Stimmt.« Sky kicherte.

»Was hat Charles gemacht?«, fragte Flora. »Hat er mit George geredet?«

»Ich erinnere mich nicht«, erwiderte Sky. »Ich erinnere mich nur daran, George gesehen zu haben, dann entdeckte ich Charles hinter mir, und irgendwann hat George mich auf dem Boden abgesetzt, und dann habe ich euch gesehen.« Sie sah ihre Schwestern fragend an. »Warum? Was hat Charles getan?«

»Ich weiß es nicht«, sagte Flame. »Er ist dir gefolgt und kam hinter dir und George die Stufen hinunter.«

»Er sah ganz benommen und verwirrt aus«, fügte Flora hinzu.
»Ich glaube, ihr beide wart nur eine Minute weg, aber es hat sich angefühlt wie eine Ewigkeit. Wir haben uns solche Sorgen gemacht«, erzählte Flame.
»Warum war Charles überhaupt im Turm – um diese Uhrzeit?«, fragte Sky. »Gute Frage«, sagte Flame. »Er muss sich gedacht haben, dass wir etwas Magisches vorhatten und dass wir es nachts tun würden.«
»Es war ganz schön unheimlich, wie er da auf einmal stand«, sagte Marina. Sie schauderte. »Er jagt mir eine Heidenangst ein. Es ist, als wäre Glenda mitten unter uns.«
Flame sah nachdenklich aus. »Grandma sagt immer, nichts geschieht ohne Grund, und dass alles miteinander verbunden ist. Wenn das stimmt, warum ist Charles dann durch das Portal gegangen und nicht wir?«
»Weil er genauso neugierig und furchtlos ist wie Sky natürlich!«, gab Marina zurück.
»Ja, aber was bedeutet das?«, fragte Flora.
»Dass er unser Geheimnis kennt, und auch Glenda es schon bald erfahren wird, falls er es ihr noch nicht erzählt hat«, sagte Flame düster.

»Wenn Grandma recht hat, war es ihm bestimmt, das Geheimnis mit uns zu teilen«, sagte Marina. »Ich verstehe es nicht. Es bringt uns nur noch mehr in Gefahr …«

»Wir verstehen im Moment noch nicht, was es zu bedeuten hat, aber ich bin sicher, wir werden es bald erfahren«, versicherte ihr Flame. »Jedenfalls wissen wir, dass Glenda Glass nicht vorhat, uns in Ruhe zu lassen. Wir haben gedacht, wir wären sie den Sommer über los, aber sie ist uns durch ihren Spion Charles noch immer auf den Fersen.«

Sky zog ihre Nase kraus. »Ich würde Charles gern fragen, was er gesehen hat«, sagte sie.

Flame holte scharf Luft. »Ich bin nicht sicher, ob das eine gute Idee ist, Sky.«

»Aber er fragt mich vielleicht danach«, erwiderte Sky.

»Du musst ihm ja nicht antworten«, sagte Flame. »Irgendwie müssen wir das Ganze zu unserem Vorteil nutzen und zusehen, dass wir Informationen von Charles bekommen, ohne selbst welche preiszugeben.«

»Findet ihr es nicht auch seltsam, dass Mum und Dad nichts mitbekommen haben?«, fragte Marina. »Wir haben so laut geschrien und gebrüllt, das müssen sie doch gehört haben!«

»Ist euch aufgefallen, dass alle äußeren Geräusche verstummten, als das Licht kam?«, fragte Flame.
Ihre Schwestern nickten.
Flame fuhr fort. »Es war, als wären wir von der Außenwelt abgeschnitten. Vielleicht ist auch kein Geräusch aus dem Turmzimmer herausgedrungen, und deshalb haben Mum und Dad nichts gehört.«
Flora fuhr plötzlich hoch. »Mir ist gerade etwas eingefallen!«, sagte sie. Sie sprang von Skys Bett, öffnete die Tür und rannte über den Flur in ihr eigenes Zimmer. Dort kniete sie sich auf den Boden und zog Charles' schwarzes Notizbuch unter dem Bett hervor. Mit ihm in der Hand rannte sie in Skys Zimmer zurück.
»Guckt mal!«, rief sie.
»Was ist das?«, fragte Sky.
»Es ist Charles' Notizbuch«, sagte Flora. »Er hat es gestern Nacht im Turm liegenlassen.«
Sie gab es Flame, die es öffnete und in ihren Schoß legte. Marina, Flora und Sky rückten näher. Flame blätterte die Seiten durch, ab und zu sah sie sich etwas genauer an.
»Wahnsinn! Ich fass es nicht!«, sagte sie aufgeregt. Ihr Blick war auf eine Seite gerichtet, die mit Charles' Handschrift bedeckt war.

»Was denn?«, fragte Flora.

»Das ist genau das, was wir brauchen!«, sagte Flame. »Jetzt haben wir ein Druckmittel, mit dem wir verhandeln können. Ich bin mir sicher, Charles wird total panisch, wenn er bemerkt, dass sein Notizbuch weg ist. Hier sind seine ganzen Recherchen drin.«

Marina, Flora und Sky warteten, während Flame das Notizbuch durchforstete. Sie kommentierte alles, was sie entdeckte.

»Notizen über die Bilder … noch mehr Notizen über die Bilder …«

Dann stutzte sie. »Hey, seht euch das mal an«, sagte sie.

Marina, Flora und Sky starrten auf die Seite. Dort standen die Initialen GG, gefolgt von einer langen Nummer.

»Es ist eine französische Telefonnummer«, sagte Flame. »0033 ist die französische Landesvorwahl. GG heißt bestimmt Glenda Glass und wir wissen, dass sie in Frankreich ist. Es beweist, dass Charles gelogen hat, als er behauptet hat, er kenne sie kaum.«

»Sollen wir die Nummer mal ausprobieren?«, schlug Flora vor.

»Nein!«, wehrte Flame schnell ab. »Es ist besser, wenn

Glenda nicht weiß, dass wir ihr auf die Schliche gekommen sind. Aber wir können Charles zu verstehen geben, dass wir Bescheid wissen – und wir schreiben uns die Nummer ab.«

Marina lächelte bitter. »Diese grässliche Frau gibt wahrscheinlich gerade irgendwo das Geld aus, das sie Grandma gestohlen hat.«

Flame fuhr mit ihrer Lektüre fort. »Charles hat beschrieben, wie es sich anfühlte, als wir das Haus mit Energie und Licht aufgeladen haben. Hört zu: ›Die Magie wächst. Die Mädchen kamen heute in aller Früh ins Haus und haben sich im dritten Stock ans Werk gemacht. Als ich ankam, war das Haus von einem starken blauen Licht erfüllt.‹«

Flame blätterte zu den letzten Eintragungen und zeigte darauf. »Und hier hat er ein Kreuz in einem Kreis gemalt, die Linien zeigen in die vier Himmelsrichtungen. Seht her, er hat unsere Positionen eingetragen, und zwar vollkommen korrekt. Hier sind so kleine Kreise und in ihnen die Buchstaben Fla, M, Flo und S. Er weiß also, wo wir stehen, wenn wir die Magie im Haus verstärken und dass das Zeichen des Kreuzes im Kreis dafür steht.«

Flame verengte die Augen zu schmalen Schlitzen.

Sie sah ihre Schwestern besorgt an. »Das ist gar nicht gut.«
»Warum?«, fragte Marina verwirrt.
»Es bedeutet, dass Charles weiß, wie wir zusammenarbeiten, und dass er die Dynamik unserer magischen Kräfte versteht«, sagte Flame. »Er weiß jetzt, dass wir als Team arbeiten und unsere Stärke darin liegt, unsere Kräfte im Gleichgewicht zu halten. Er kann ableiten, dass ich die Kraft des Feuers habe, Marina die des Wassers, Flora die der Erde und Sky die der Luft.«
»Aber das hat Glenda doch bestimmt längst herausgefunden, sie hat es beim Konzert beobachtet«, sagte Marina.
Flame nickte. »Vielleicht, aber jetzt wird Charles es ihr bestätigen. Je mehr er über unsere Magie weiß, desto leichter kann er sie gegen uns wenden.«
»Aber wir haben sein Notizbuch«, erinnerte Marina sie.
Flame grinste. »Genau!«
»Glaubst du, dass dieses Kreuz im Kreis, das im ganzen Haus auftaucht, für uns bestimmt ist?«, fragte Flora plötzlich. »Oder hat es vor uns schon vier andere Cantrips gegeben, die ihre Magie so gebündelt haben wie wir?«

»Das weiß ich nicht, Flora«, erwiderte Flame. Sie blickte nachdenklich drein, dann wandte sie sich wieder dem Notizbuch zu. Sie blätterte eine Seite zurück und begann Charles' Handschrift zu entziffern. »Hey, das ist interessant: *Higgens – £5000 bis zum 25. – 993 4517. Standford – £3500 bis zum 26. – 331 9021*. Wer sind Higgens und Standford?« Sie starrte grübelnd auf die Seite, dann sagte sie: »Vielleicht handelt es sich um Schulden, die er hat. Und wie es aussieht, sind sie bald fällig. Heute ist schon der fünfzehnte.«

Während die Cantrip-Schwestern sich das durch den Kopf gehen ließen, sah Marina zur Tür hinüber und sagte plötzlich: »Schnell! Mum steht draußen und unterhält sich mit Charles!«

Sie sprangen alle vom Bett. Flame schnappte sich das schwarze Notizbuch und versteckte es in letzter Sekunde hinter ihrem Rücken, als Mum das Zimmer betrat.

»Oh, ihr seid endlich wach!«, sagte sie. »Ich hatte schon angefangen mich zu fragen, was mit euch los ist.«

»Hallo, Mum«, sagten die Mädchen. Sky, Flora und Marina umarmten sie. Flame hielt lieber Abstand.

»Jetzt springt rasch unter die Dusche, alle miteinan-

der«, sagte Mum. »Und anschließend kommt ihr nach unten, es ist schon fast Mittagszeit.«
Grandma war Mum die Treppe hinauf gefolgt und tauchte nun in der Zimmertür auf. Sie fing Flames flehenden Blick auf.
Hinter ihr drückte sich Charles im Flur herum.
Als Mum aus dem Zimmer trat, sagte sie: »Charles, die Mädchen ziehen sich jetzt an. Wärst du bitte so nett, für zehn Minuten nach unten zu gehen?«
»Aber natürlich, Ottalie.« Er lächelte sein strahlendes Lächeln, dann winkte er kurz ins Zimmer hinein. Flames Gesicht lief rot an, weil sie noch immer sein Notizbuch hinter dem Rücken versteckt hielt.
Sie hat es, dachte Charles. Flame hat mein verdammtes Notizbuch! Er drehte sich um und stürmte die Treppe hinunter.
Sobald Mum ihr den Rücken zuwandte, gab Flame das Notizbuch an Grandma weiter. »Bitte pass gut darauf auf, es wird sehr nützlich sein«, flüsterte sie. »Und sieh Charles nicht in die Augen, er ist hinter ihm her.«
Grandma betrachtete das Notizbuch fragend. »Ich werde gut darauf Acht geben, Liebes«, versprach sie.
In der Halle klingelte das Telefon. Charles ging dran und rief nach oben: »Ottalie, es ist für dich!«

»Ich komme«, antwortete sie und verließ den Raum.

Flora schloss die Zimmertür. Die Cantrip-Schwestern drängten sich um ihre Großmutter, die sich auf Skys Bettende gesetzt hatte und das schwarze Notizbuch aufschlug.

»Husch, husch, ab mit euch!«, sagte sie. »Springt unter die Dusche und zieht euch an, bevor eure Mutter zurückkommt. Macht die Tür hinter euch zu und lasst mich das hier in Ruhe lesen.«

Dann las Marilyn Cantrip das Notizbuch. Sie erfuhr eine Menge und traf ein paar wohlüberlegte Entscheidungen, was Charles Smythson anging.

Als die Mädchen angezogen waren und ihre Betten gemacht hatten, gingen sie mit ihrer Großmutter ins Erdgeschoss. Grandma trug das Notizbuch eng an den Körper gepresst. Charles wartete mit versteinerter Miene am Fuß der Treppe auf sie. Sein Blick drückte Entschlossenheit aus und seine Augen blitzten auf, als er das Notizbuch entdeckte.

Aus dem Wohnzimmer drang Mums Stimme zu ihnen. Sie telefonierte immer noch.

»Ich hätte gern mein Notizbuch zurück, Marilyn«, sagte Charles. Er sah ihr in die Augen und streckte die Hand aus. Dieses Mal erwiderte sie seinen Blick.

»Alles zu seiner Zeit, Charles«, sagte sie. »Ich denke, wir sollten uns zuerst einmal unterhalten.«

Nach dem Mittagessen fuhr Mum in den Supermarkt und bat Marina und Sky, sie zu begleiten.

Das schwarze Notizbuch war in Sicherheit, und Dad immer noch in seinem Büro in der Stadt, als Grandma, Flame, Flora und Charles auf die Terrasse gingen und sich an den großen Holztisch setzten.

Charles nahm an einem Ende Platz und lehnte sich in seinem Stuhl zurück. Er verschränkte die Arme vor der Brust. Er kochte vor Wut, denn er sah, dass keine von ihnen das Notizbuch dabei hatte.

Grandma setzte sich an die lange Seite des Tisches, Flame und Flora nahmen gegenüber von ihr Platz.

Grandma lehnte sich vor und stützte die Unterarme auf die Tischplatte. Sie sah Charles direkt an. »Ich würde gerne offen mit dir reden, ohne dass irgendwelche dummen Tricks passieren«, sagte sie.

Charles hob eine Augenbraue. »Tricks?«

»Keine magischen Kräfte bitte, Charles. Kein Auslöschen von Erinnerung. Lass uns verhandeln.«

»Warum?«

»Weil ich dein Notizbuch habe, und du es zurück möchtest«, sagte sie mit einem knappen Lächeln.

»Wo ist es?«, fragte er scharf.

»Marina hat es in dem kleinen Rucksack, den sie immer mitnimmt, wenn sie das Haus verlässt«, sagte Grandma. »Es ist als Paket verschnürt, mit Briefmarken versehen. Falls ich ihr innerhalb der nächsten zwanzig Minuten nicht eine SMS schicke, wird sie es in den Briefkasten neben dem Supermarkt werfen.«

Charles schluckte. »Und an wen ist es adressiert?«

»Stephen Glass«, sagte Grandma knapp.

Halb lächelte Charles, halb fletschte er die Zähne. Einen kurzen Moment schwieg er. Dann knurrte er: »Einverstanden. Lass es uns hinter uns bringen.«

Er warf Grandma einen bitterbösen Blick zu, den sie gelassen erwiderte. Nach wie vor auf der Hut, begann sie, ihr Angebot zu schildern. »Charles, du besitzt die magischen Kräfte der Cantrips. Unglücklicherweise hast du dich entschlossen, sie zum Schaden deiner Mitmenschen einzusetzen. Du hast meiner Familie wehgetan und dich entschieden, ihr durch deine Verbindung zu Glenda Glass weiteren Schaden zuzufügen. Du hast uns etwas genommen, und nun nehmen wir dir etwas. Gesetzt den Fall jedoch, dass du uns einige Fragen beantwortest, werden wir dir dein Notizbuch zurückgeben.«

»Und die wären?«
»Die wären: Wie gut kennst du Glenda Glass?«
Charles atmete hörbar aus und starrte schweigend zu Boden.
»Die wären: Bezahlt Glenda dich dafür, dass du Informationen über die Kräfte der Mädchen für sie sammelst und an sie weitergibst?«, sagte Grandma.
Charles fuhr sich mit der Hand über den Mund und rutschte unruhig auf seinem Stuhl hin und her, aber er starrte weiter auf den Boden.
Grandma wandte sich an Flame. »Wie viel Zeit bleibt uns noch, bevor Marina das Notizbuch einwirft?«, fragte sie.
Flame sah auf ihre Uhr. »Achtzehn Minuten«, antwortete sie.
Charles warf ihr einen kurzen Blick zu, dann sah er wieder zu Grandma.
»Deine Zeit wird knapp, Charles«, sagte diese. Sie wartete ein paar Sekunden, dann fuhr sie fort: »Bezahlt Glenda dich?«
Charles verschränkte sein Arme, löste sie wieder, verschränkte sie erneut und drehte sich von ihr weg. »Ja«, erwiderte er aufgebracht. »Ja, sie gibt mir Geld.«
»Hast du Spielschulden?«, fragte Grandma.

Charles fuhr verblüfft zu ihr herum. »Wie bitte? Woher weißt du das?«
Grandma hob ihre linke Augenbraue. »Die Aufzeichnungen in deinem Notizbuch lassen vermuten, dass du Schulden hast, was du hiermit bestätigt hast. Dass es Spielschulden sind, war eine Annahme, die auf Intuition basierte. Und spielst du?«
»Ja«, erwiderte Charles.
»Und hast du Spielschulden?«
»Ja …« Seine Stimme verlor sich und er rutschte unbehaglich auf seinem Stuhl hin und her.
»Ich würde meinen, du brauchst die Namen und Telefonnummern, die in deinem Notizbuch stehen.«
Charles schwieg, sein Gesicht rötete sich.
»Weiß Glenda davon?«, fragte Grandma.
Charles sah sie scharf an. »Ja, sie weiß es.«
»Und reicht das Geld, das sie dir für deinen Auftrag bezahlt, aus, um dich von deinen Schulden zu befreien?«, fragte Grandma.
Charles sackte leicht in seinem Stuhl zusammen und starrte erneut zu Boden. Einen Moment schwieg er. Dann sagte er leise: »Ja.«
»Also wirst du schon bald frei von Glenda sein und ein unabhängiges Leben führen können?«

Charles' sah sie grübelnd an. »Ja, ich schätze schon«, sagte er dann zustimmend.

»Falls du stark genug bist«, sagte Grandma.

»Ja«, entgegnete er. »Falls ich stark genug bin.«

»Nun, das überlasse ich dir, Charles. Es ist deine Entscheidung, wie du dein Leben führen willst.«

Charles Gesicht war nachdenklich. Er rieb sich mit der Hand über das Kinn.

Grandma wechselte abrupt das Thema. »Wie viele Ehemänner hat Glenda gehabt, Charles?«

Er sah sie überrascht an. »Ähm, vier glaube ich. Warum?«

»Was ist mit ihnen geschehen?«

Charles zögerte.

»Sind einige von ihnen vielleicht ... gestorben?«, fragte Grandma.

Charles holte tief Luft.

»Fünfzehn Minuten«, sagte Flame nach einem Blick auf ihre Uhr.

»Sind einige von Glendas Ehemännern gestorben, Charles?«

»Ja«, erwiderte er.

»Alle vier?«, fragte Grandma.

Charles sah sie perplex an. Grandma wartete, ihre

grünen Augen erwiderten seinen Blick wach und entschlossen. Charles zuckte mit den Schultern und sagte: »Ja, ich glaube es zumindest. Ich weiß es nicht mit Sicherheit, das tut keiner, aber ich habe so einen Verdacht.«

»Kennst du den Namen ihres letzten Ehemanns?«

»Ich glaube, er hieß Pierre«, erwiderte Charles, dem auffiel, dass Marilyn Cantrip zusammenzuckte, als sie den Namen hörte.

»Woher weißt du das?«

Charles zuckte erneut mit den Schultern. »Manchmal redet Glenda gern. Ich habe sie den Namen Pierre erwähnen hören.«

»Hast du ihn jemals getroffen?«

»Himmel, nein!«, erwiderte Charles. »Ich sehe Glenda nur sehr selten, und ich habe noch nie einen ihrer Ehemänner getroffen.«

»Steht dein Vater in Kontakt zu Glenda?«, fragte Grandma.

Charles schüttelte den Kopf. »Soweit ich weiß nicht«, sagte er.

»Was meinst du? Woher kommt Glendas Vermögen?«

Charles richtete sich auf und sah Grandma aufmerksam an. »Ich nehme an, es ist von ihren Ehemännern«,

sagte er ruhig. Ihm fiel auf, dass ein Schatten über Marilyns Gesicht huschte.
»Ist dir bewusst, dass ihr letzter Ehemann, Pierre, der Anwalt meines Mannes war?«, fragte sie.
Charles' Augen weiteten sich erstaunt. »Nein!« Wieder sah er den Schatten auf ihrem Gesicht und bemerkte, dass Flame und Flora sie besorgt ansahen. »Warum? Was ist passiert? Worum geht es hier überhaupt?«
Marilyn betrachtete ihn schweigend und erschöpft. Dann sprach sie mit bedächtiger Stimme. »Als mein Mann Sheldon vor fünf Jahren in Südfrankreich starb, verschwand sein Anwalt mit seinem Geld über alle Berge. Ich habe guten Grund zu der Annahme, dass Glenda mit diesem Anwalt verheiratet war und hinter dem Diebstahl steckt. Der Anwalt selbst starb unter mysteriösen Umständen, nur wenige Tage nach der Testamentsvollstreckung. Unglücklicherweise war zu diesem Zeitpunkt das Geld bereits von seinem Konto verschwunden. Es ist nie gefunden worden, trotz einer großangelegten polizeilichen Ermittlung.«
Charles schien aus allen Wolken zu fallen. »Nicht möglich!« Er sah ehrlich erstaunt aus.
Grandma beobachtete ihn wie ein Falke.
»Glenda hat dich bestohlen?«, sagte Charles.

Grandma strich sich gedankenverloren durch das Haar und sagte knapp: »Ich bin davon überzeugt. Es scheint dich zu überraschen. Ein Cantrip, der einem anderen Cantrip etwas wegnimmt.«

Sie schwiegen alle. Flame warf erneut einen Blick auf die Uhr. »Noch zwölf Minuten«, sagte sie. Charles war die Anspannung deutlich anzumerken, er rieb sich mit der Hand über das Gesicht.

»Wirst du Glenda erzählen, was dir in der vergangenen Nacht widerfahren ist, Charles?«, fragte Grandma.

Charles breitete ratlos die Arme aus. »Was soll ich machen?«, sagte er flehentlich. »Sie erwartet, dass ich ihr alles erzähle!«

»Und das wäre?« Grandma sah aus, als wäre sie mit ihrer Geduld am Ende und Charles spürte das.

»Das wäre, dass es im Westturm ein Portal gibt, das von deinen Enkelinnen mit Hilfe der Magie der vier Himmelsrichtungen geöffnet werden kann.«

Grandma sah ihm fest in die Augen. »Und wohin führt das Portal?«

Charles zuckte die Achseln. »Ich glaube, es führt zurück in die Familiengeschichte der Cantrips … Wir haben George Cantrip dort getroffen. Er hat uns den Weg zurück gezeigt.«

»Welches Interesse hat Glenda an diesem Portal?«, fragte Grandma.

»Vielleicht denkt sie, damit könnte sie das Schicksal der Cantrip-Familie kontrollieren«, sagte Charles. »Wer weiß? Ich weiß, dass sie Cantrip Towers um jeden Preis besitzen will, und dass sie glaubt, Sidney Cantrip hätte den geheimen Plan niemals bekommen dürfen. Glenda glaubt, ihre Urgroßmutter Lily hätte ihn Margaret, also ihrer Großmutter, geben sollen.«

Grandma lächelte. »Und, stimmst du ihr zu?«

»Ich?«, Charles zuckte erneut mit den Schultern. »Ich weiß es nicht. Es kümmert mich auch nicht.«

»Zehn Minuten«, sagte Flame.

Charles warf Flame einen Blick zu, dann sah er Grandma an. In seinen Augen lag plötzlich ein Flehen.

»Hör zu, Marilyn. Ich habe vielleicht ein paar üble Dinge getan, aber ich bin kein schlechter Mensch«, sagte er. »Mehr als alles andere möchte ich meine Karriere als Kunsthistoriker vorantreiben. Aber das Spielen ist eine Schwäche von mir, und ich bin in Glendas Spinnennetz gelandet. Bisher habe ich noch keinen Weg aus diesem Schlamassel gefunden.«

»Vergiss nicht, wie sehr du den Wohlstand liebst«, erinnerte ihn Grandma. »Du bist ein Mann mit erlesenem Geschmack.«

»Ja«, seufzte er. »Ich mag es, nicht aufs Geld achten zu müssen.«

»Und welche Rolle spielt Stephen Glass in dieser ganzen Geschichte?«, fragte Grandma. »Weiß er von den magischen Kräften seiner Mutter und ihren teuflischen Plänen?«

Charles schüttelte seinen Kopf. »Das glaube ich nicht. Stephen ist ein anständiger Kerl. Soweit ich es beurteilen kann, hat er keine magischen Kräfte. Und ich denke, er wäre entsetzt, wenn er ahnte, was seine Mutter im Schilde führt.« Er seufzte. »Stephen wäre sehr aufgebracht, wenn er annehmen müsste, dass ich euch in irgendeiner Weise geschadet habe. Eure Familie liegt ihm sehr am Herzen und seiner Tochter Verena ebenso.«

Einen kurzen Augenblick sah es aus, als bedauere Charles sein Verhalten aufrichtig.

»Acht Minuten«, sagte Flame nach einem Blick auf ihre Uhr.

»Wie ist Glendas Verhältnis zu ihrem Sohn?«, fragte Grandma.

»Das ist interessant«, sagte Charles. Er sah sie nachdenklich an. »Ich frage mich manchmal, ob Stephen Glendas schwache Stelle in ihrem Panzer ist. Ich glaube, es könnte sein, dass er die einzige Person ist, die sie jemals geliebt hat.«

Grandma lächelte ironisch, dann sagte sie: »Sie hat ihn ziemlich vernachlässigt, sie hatten viele Jahre keinen Kontakt.«

»Ja«, sagte Charles zustimmend.

»Hast du Angst vor Glenda?«, fragte Grandma und sah ihm prüfend in die Augen.

Er nickte. »Ja. Sie ist besessen – zum Beispiel von Cantrip Towers. Sie macht vor nichts Halt. Sie ist eine furchteinflößende Frau. Und es ist … als sähe sie durch alles hindurch. Man kann sie nicht täuschen …«

»Fünf Minuten«, schaltete sich Flame ein.

»Bitte, Marilyn!«, sagte Charles eindringlich.

Sie schenkte ihm einen kalten Blick. »In Ordnung, Charles. Du bekommst dein Notizbuch wieder. Ich habe jedoch Kopien davon angefertigt. Wenn ich herausfinde, dass du uns in irgendeiner Weise geschadet hast, werde ich sie Stephen zukommen lassen. Da er als dein Förderer eine immense Rolle für deine Karriere spielt, wäre das ein schlimmer Schlag für dich. Ich habe mir außerdem die Nummern der Leute notiert, denen du Geld schuldest. Und ich habe Glendas Nummer. Sie wäre sicher überrascht, von mir zu hören …«

Charles schluckte. »Ich verstehe.«

»Solltest du jemals wieder versuchen, meinen Enkelinnen wehzutun, wirst du dir wünschen, du hättest nie magische Kräfte gehabt. Das schwöre ich.«

Charles' Augen verdunkelten sich einen Moment. »Ich verstehe«, wiederholte er und neigte den Kopf leicht.

»Aber ich lasse dich natürlich nicht vollständig vom Haken«, sagte Grandma. »Ich benötige in den nächsten Monaten vielleicht selbst Informationen von dir. Das ist der Preis, den du dafür zahlen musst, dich in ein Netz aus Verrat und Lügen verstrickt zu haben. Ich empfehle dir sehr, deine Karriere künftig offen und ehrlich zu bestreiten.«

»Drei Minuten«, sagte Flame. Charles drehte sich zu ihr um, Schweißperlen auf der Stirn.

»Marilyn!«, flehte er.

»Gut«, sagte sie. Sie sah Flora an. »Bitte schreibe deiner Schwester und erinnere sie daran, zu bestätigen, dass sie die SMS bekommen hat.«

Charles atmete erleichtert aus und beugte sich vor, den Kopf in die Hände gestützt, während Flora ihre SMS an Marina tippte.

Grandma beobachtete ihn und sagte schließlich: »Du bist in vielerlei Hinsicht ein Glückspilz, Charles. Du besitzt so viel: Intelligenz, gutes Aussehen, Charme, Talent. Wirf das nicht alles weg. Finde zu innerer Stärke und werde ein rechtschaffener Mensch. Im Moment befindest du dich in einer Einbahnstraße. Wir alle sind gezwungen, Entscheidungen im Leben zu treffen. Die Kunst dabei ist, die richtigen zu treffen.«

Das Motorengeräusch von Dads Auto in der Auffahrt überraschte sie. Floras Kopf fuhr herum. »Dad ist zurück!«

Die beiden Schwestern standen auf und liefen zur Vorderseite des Hauses, um ihren Vater an der Tür zu begrüßen. Grandma und Charles gingen langsam auf die Küchentür zu.

Als Grandma die Tür öffnete, drehte sie sich zu Charles um und sagte: »Lass nicht zu, dass Glenda über dein Leben bestimmt und es womöglich ruiniert. Du bist mehr wert als das.«

Er nickte mit traurigen Augen. »Danke, Marilyn«, sagte er. Zum zweiten Mal an diesem Tag fühlte er sich wie ein erbärmlicher Wicht.

»Wirst du Glenda von dieser Unterhaltung erzählen?«, fragte Grandma.

Charles schürzte die Lippen und starrte in die Luft. »Ich weiß es nicht«, erwiderte er.

»Wenn ich du wäre, würde ich es für mich behalten«, riet Grandma ihm.

Charles nickte. »Ja, du hast recht«, sagte er. Dann fragte er seinerseits: »Wirst du es Ottalie und Colin erzählen?«

»Nicht, wenn du deinen Teil der Abmachung einhältst.« Sie fügte sanft hinzu: »Es fällt dir doch sicher nicht leicht, uns so zu verletzen?«

»Nein«, sagte Charles. »Aber ich habe keine Wahl.«

»Man hat immer die Wahl, Charles«, sagte Grandma. Ihre grünen Augen glitzerten. »Sieh zu, dass du dein Leben auf die Reihe bekommst und verfolge deine vielversprechende Karriere. Das ist das, was ich an deiner Stelle tun würde.«

Charles biss sich auf die Lippe und nickte.

»Also gut«, sagte Grandma. »Lass uns weiterarbeiten, sollen wir?«

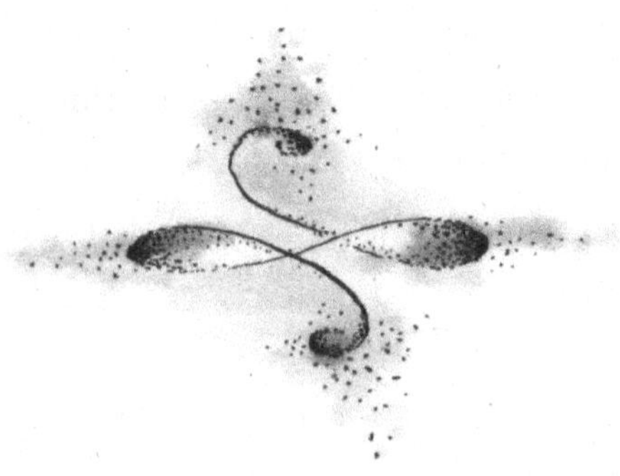

Ein Kricketmatch auf Cantrip Towers

Am Freitagmorgen, nach Tagen, an denen sich das Wetter von seiner grauen und trüben Seite gezeigt hatte, riss der Himmel auf und die Sonne schien strahlend auf sie herunter. Während Charles die letzten Fotos machte, liefen die Cantrips geschäftig hin und her. Anne, Geoff und ihre drei Kinder würden nach dem Mittagessen eintreffen.

Wie immer waren Mum, Dad und Grandma gut organisiert. Am Donnerstag hatten sie das Haus von oben bis unten blitzblank geputzt. Die Gästezimmer waren hergerichtet und Essen und Getränke eingekauft worden. Aber auf Cantrip Towers gab es immer etwas zu tun.

Obst und Gemüse mussten geerntet werden, die Mahlzeiten wollten vorbereitet und der Kuchen für das Kricketmatch am nächsten Tag gebacken werden. Mum bestand darauf, dass die vier Mädchen den Wohnwagen putzten und ihre Schlafsäcke zum Lüften in die Sonne hingen. Flame und Flora bauten ein neues Lagerfeuer für den Abend, um das sich die ganze Familie versammeln würde.

Das Wichtigste von allem jedoch – in Dads Augen zumindest – war das Herrichten des Kricketfelds. Er war schon in der Morgendämmerung aufgestanden, um den Rasen zu mähen und die ovale Begrenzung auf dem Gras zu markieren.

Das Spiel würde um zehn Uhr beginnen. Zwei Unterbrechungen waren vorgesehen: Eine Mittagspause und eine Teepause um sechzehn Uhr. Die Mannschaften würden spielen, bis alle Spieler ausgeschieden waren. Nach dem Match planten die Cantrips ein großes Barbecue mit vielen Nachbarn und Freunden. Anne und Geoff lebten zwar in Australien, aber sie reisten viel und gerne und hielten den Kontakt zu ihren britischen Freunden. Einige dieser Freunde waren zum Spiel eingeladen worden, andere zur Grillparty im Anschluss.

Für alle Cantrips würde der Samstag ein langer und aufregender Tag werden.

Unterdessen zog Charles noch immer mit seinen Lichtern, Kabeln und Reflexionsschirmen durch die Flure und arbeitete so schnell er konnte, um mit dem Ablichten der Bilder fertig zu werden. Leider hatte er es nicht wie geplant bis Donnerstag geschafft. Er entschuldigte sich mehrfach, aber er hätte sich keine Sorgen zu machen brauchen. Mum und Dad nahmen es gelassen.

»Mach dir deswegen keine Gedanken, Charles!«, sagte Dad, als er an ihm vorbeitrottete. »Ich habe vier Töchter und bin daran gewöhnt, dass auf Cantrip Towers alles drunter und drüber geht!«

Dann drehte er sich noch einmal um und sagte: »Du bleibst doch zum Kricketmatch und zur Party morgen, oder?«

»Äh, nun ja, ich hatte geplant, heute noch nach London zurückzufahren«, erwiderte Charles.

»Unsinn!«, sagte Dad. »Du kannst dir doch das Cantrip Towers Kricketmatch nicht entgehen lassen! Es ist der größte Spaß der Welt. Es wird ein toller Tag werden. Du musst bleiben, ich bestehe darauf!«

Charles war peinlich berührt. Er wollte so schnell wie

möglich abreisen. Da fragte Dad: »Du bist ein Schlagmann, oder? Ich erinnere mich, dass wir letzte Woche darüber gesprochen haben.«

Charles lächelte. »Ja«, erwiderte er. »Ich habe während meiner Studienzeit gespielt.«

»Phantastisch!«, sagte Dad begeistert. Im Davongehen rief er Charles zu: »Du musst einfach bleiben, Charles! Wir brauchen dich!«

Charles sackte in sich zusammen. Nie zuvor in seinem Leben hatte er sich so willkommen gefühlt wie auf Cantrip Towers. Ottalie und Colin Cantrip hatten dafür gesorgt und doch hatte er sie hintergangen. Je glücklicher die Familie schien, desto schrecklicher fühlte er sich. Er war erleichtert, dass die Mädchen kaum ein paar Worte mit ihm gewechselt hatten, seit sie ihm das Notizbuch zurückgegeben hatten.

Er war am Mittwochabend in dem Bewusstsein nach Eichenruh zurückgekehrt, dass sein nächstes Telefonat mit Glenda ein regelrechtes Verhör werden würde. Und seine Befürchtung bewahrheitete sich. Es wurde jedoch noch viel schrecklicher, als er erwartet hatte.

Sie wollte absolut alles wissen.

Was war passiert, als er das Portal betreten hatte? Wie hatten die Mädchen reagiert? Was hatte er außer George

noch sehen können? Was, glaubte er, hatte es alles zu bedeuten? Was war das für ein Licht gewesen?
Glendas Fragen nahmen kein Ende, bis Charles vollkommen erschöpft war. Schließlich gelang es ihm, Glenda abzuwimmeln. Dann ging er ins Bett, das schwarze Notizbuch legte er auf den kleinen Nachttisch neben sich – Marina hatte es ihm wiedergegeben, als sie vom Supermarkt zurückkam –, und fiel in einen tiefen Schlaf.

Als die Australier auf Cantrip Towers eintrafen, gab es ein lautes Hallo. Alle fielen sich in die Arme und schrien durcheinander. Die Männer schüttelten einander die Hände und klopften sich gegenseitig auf die Schultern. Die Cousinen küssten sich ungelenk auf die Wangen. Die Frauen küssten jeden in Reichweite. Mum und Anne weinten. Die Erwachsenen erzählten den Kindern, wie groß sie geworden waren.
Anne und Geoff sahen glücklich und zufrieden aus. Jamie, der fünfzehn war, gerne surfen ging und lockiges, sonnengebleichtes Haar und ein breites Lächeln hatte, war wieder ein ganzes Stück gewachsen. Lottie war vierzehn und trug eine Zahnspange. Sie hatte kastanienbraunes Haar und warme, braune Augen.

»Hey, was für bildhübsche Mädchen! Ihr zwei seht euch so ähnlich!«, sagte Mum zu Lottie und Flora, die nebeneinanderstanden.

»Genau wie Anne und Colin früher!«, meinte Grandma und musterte ihre Familie stolz.

Dann gab es noch Daniel, der zwölf war. Ein breitschultriger Junge mit sandfarbenem Haar. Er stand mit den Händen in den Hosentaschen da und kickte Steinchen über die Auffahrt. Er sah aus wie sein Vater Geoff und hatte ein ansteckendes Lachen, wenn er erst mal aufgetaut war.

Während Charles Smythson versuchte, seine Arbeit im Haus zu beenden, saß der Rest der Cantrip-Familie auf der Terrasse. Es gab viel zu erzählen und es entspann sich ein lebhaftes Gespräch.

Die Cantrip-Schwestern standen schon bald vom Tisch auf, um Lottie, Jamie und Daniel den Wohnwagen zu zeigen. In Camp Cantrip angekommen verteilte Flame an alle eiskalte Limonadendosen.

»Cool«, sagte Jamie und zwängte seinen langen Körper durch die Tür des Wohnwagens.

Daniel folgte ihm auf dem Fuße. Er öffnete die Türen sämtlicher Schränke. »*Echt* cool!«, sagte er.

»Wow!« Lottie stand noch draußen und sah sich um.

»Ihr habt wirklich Glück, so ein tolles Camp zu haben!«
»Ja, es macht Riesenspaß«, sagte Flame.
Daniel steckte seinen Kopf zur Wohnwagentür raus. »Können wir nicht alle hier draußen schlafen?«, fragte er.
Flame lächelte. »Ja, wir werden ein paar Zelte aufstellen, aber Mum hat gesagt, nicht heute Nacht. Sie meint, wir müssen damit bis nach dem Spiel morgen warten. Heute Abend werden wir mit allen am Lagerfeuer sitzen.«
»Klasse«, sagte Daniel begeistert.
Auf der Terrasse legten Dad und Geoff gerade ihre Mannschaften fest. Geoff hatte einige seiner australischen Freunde, die in Großbritannien lebten, gebeten zu kommen. Sie reisten mit ihren Familien an und würden in der Umgebung übernachten. Außerdem gehörten Jamie, Daniel und Lottie zu seinem Team.
Dad hatte einige seiner Freunde und deren Kinder eingeladen in seiner Mannschaft zu spielen, ebenso wie Vivek und Quinn, die mit den Schwestern auf die Drysdale gingen. Auch Flame und Marina spielten im Team ihres Vaters, da sie beide gut werfen konnten. Brian Blenkinsop würde der Schiedsrichter sein.

Mum, Anne und Grandma hörten den Männern belustigt zu. »Wie kommt es, dass unsere Männer sich in Gladiatoren verwandeln, wenn sie Kricket spielen?«, fragte Anne. Grandma und Mum lachten.
Dann spielten die Cantrips Tennis und Boule, Daniel, Flora und Sky fuhren mit den Rädern Slalom zwischen den Bäumen, die die Auffahrt säumten – kurz, alle hatten eine Menge Spaß.
Am späten Nachmittag machte Charles das letzte Foto auf Cantrip Towers und packte seine Ausrüstung zusammen. Mum und Dad begleiteten ihn zum Wagen.
»Nun ist es tatsächlich geschafft«, sagte Dad. »Vielen Dank für deinen unermüdlichen Einsatz, Charles. Wir wissen es wirklich zu schätzen.«
»Ich danke euch beiden für eure Gastfreundschaft«, erwiderte Charles. Er schüttelte Colin die Hand und küsste Ottalie auf die Wange.
»Wir sehen dich dann morgen!«, sagte Dad. »Wir spielen die Aussies in Grund und Boden!«

Nach dem Abendessen, als der Mond seine Wanderung über den Nachthimmel begann, setzte sich die Cantrip-Familie um das Lagerfeuer am Wilden Wald.

Jamie spielte auf seiner Gitarre und Flame auf ihrer Geige. Flora, Marina und Lottie trommelten auf einer wilden Auswahl von Töpfen und Blechdosen, während Sky sie auf ihrer Querflöte begleitete und Daniel in Skys Mundharmonika blies. Alle anderen klatschten mit.

Sie fielen in den Refrain ein, als Geoff mit lauter Stimme *Yellow Submarine* sang. Damit brachte er alle zum Lachen.

Dann stimmte Dad einen Song an und alle sangen im Chor mit.

Mum und Anne gaben mit viel Gefühl *My Bonnie is over the ocean* zum Besten. Als sie schließlich sechs weitere Lieder gesungen hatten, fielen allen fast die Augen zu, so müde waren sie nach dem langen Tag. Passend dazu stimmten Dad und Geoff *Take me home, Countryroads* an.

Die Cantrip-Schwestern löschten das Lagerfeuer und schlossen die Tür des Wohnwagens ab.

»Morgen müssen wir alle früh raus«, sagte Mum, als sie über den Rasen zum Haus zurückgingen.

»Es ist so schön, hier zu sein«, sagte Anne.

Mum legte ihr einen Arm um die Schulter. »Es ist etwas ganz Besonderes, euch hier zu haben«, sagte sie

lächelnd. »Wir vermissen euch alle schrecklich, ihr wohnt so weit weg.«
»Ja«, erwiderte Anne nickend. »Ich liebe Australien sehr und lebe wirklich gern dort, aber es ist immer wieder schön, zu Besuch bei euch auf Cantrip Towers zu sein.«

Der Samstagmorgen zeigte sich von seiner sonnigsten und wärmsten Seite.
»Gott sei Dank«, sagte Dad und sah zufrieden zum strahlend blauen Himmel hinauf.
»Und es geht ein leichter Wind«, sagte Geoff. »Das wird uns helfen, keinen Hitzschlag zu bekommen.«
Die ganze Familie setzte sich zum Frühstück auf die Terrasse. Dad, Geoff, Jamie und Daniel trugen ihre Krickettrikots. Flame, Marina und Lottie hatten weiße T-Shirts und Shorts angezogen und ihre Haare zu Pferdeschwänzen zusammengebunden. Mum, Grandma und Anne trugen ebenso wie Flora und Sky hübsche Sommerkleider.
Mum machte Fotos von den Teams und den Gästen. »Ihr seht großartig aus!«, sagte sie lachend.
Brian Blenkinsop traf als Erster ein. Er trug seine weiße Schiedsrichterkluft und einen Panamahut. Nach

einer schnellen Tasse Kaffee inspizierte er mit Dad und Geoff das Kricketfeld.
»Der Rasen sieht prima aus, Colin«, sagte er anerkennend. »Das war bestimmt viel Arbeit.«
In der Küche legte sich die übrige Familie enorm ins Zeug. Mit dem Mittagsimbiss, dem Tee und dem Barbecue gab es viel zu tun.
Die Helfer trugen Tische und Stühle an den Rand des Kricketfeldes. Die Tische wurden mit farbenfrohen Decken dekoriert. Tabletts mit Gläsern standen bereit, ebenso wie große Kannen mit eisgekühlter, selbstgemachter Limonade und Holundersaft.
Schon bald trafen die Spieler und ihre Familien ein. Um Punkt zehn Uhr warf Brian Blenkinsop die Münze. Geoffs Mannschaft gewann und die Australier durften als Erste ans Schlagmal. Ihr Schlagmann Scottie machte seine Sache mehr als gut und schon war das Spiel in vollem Gange. Geoff, der als zweiter Spieler ans Schlagmal trat, gelang es, das Spielfeld dreißigmal zu umrunden und seinem Team wurden die entsprechenden Punkte gutgeschrieben.
Alle gaben ihr Bestes. Das englische Team rannte wie der Teufel, sprang und hechtete den Bällen hinterher. Die Australier schlugen die Bälle hart und weit ins

Spielfeld. Am Rand des Feldes standen die Zuschauer und klatschten und schrien.
Bis zur Mittagspause erzielten die Australier hundertachtzehn Punkte, doch es waren auch vier ihrer Spieler ausgeschieden. Nach dem Mittagessen kehrte das englische Team hochmotiviert auf das Feld zurück. Und Dads Spielern gelang es mit vereinten Kräften tatsächlich, auch die übrigen Australier ins Aus zu schicken. Um vierzehn Uhr dreißig wechselten sie ans Schlagmal. Es galt die hundertneunundfünfzig Punkte der Australier zu übertreffen.
Charles war als dritter Spieler von Dads Mannschaft mit Schlagen an der Reihe. Er zeigte großes Talent und erzielte einen Punkt nach dem anderen. Doch dann stieg ihm der Erfolg dermaßen zu Kopf, dass er übermütig wurde und den Ball nicht richtig traf. Er landete in den Armen eines australischen Spielers und Charles musste vom Platz.
Während der nächste Spieler ans Schlagmal trat, schlurfte Charles davon, zog seine Knieschoner aus und setzte sich in einen Korbstuhl am Rand des Spielfelds, ein Stück abseits vom Rest der Zuschauer. Er verfolgte das Spiel missmutig und ärgerte sich darüber, dass er sich so verschätzt hatte.

Was für ein dämlicher Schlag, dachte er, als Sky sich neben ihm ins Gras fallen ließ.
»Hallo«, sagte sie und sah ihn mit ihren großen grauen Augen an.
»Hallo«, erwiderte er, ohne den Blick vom Spiel abzuwenden.
Sky zog die Beine an und schlang die Arme um die Knie. Eine Weile sah sie den Spielern zu. Dann sagte sie aus heiterem Himmel: »Du brauchst kein böser Cantrip zu sein, Charles.«
»Oh!«, sagte er. Er blinzelte und sah zu ihr hinunter, überrascht von so viel Offenheit.
Sky dachte kurz nach. Schließlich fragte sie: »Was hast du auf der Brücke gesehen? Hast du den Torbogen hinter George gesehen?«
Charles lächelte. »Ja, habe ich«, erwiderte er, als Sky zu ihm hochsah.
»Und hast du die Rosen gerochen?«
»Ja«, sagte er. »Ich habe die Rosen gerochen.«
Sie saßen eine Weile schweigend nebeneinander.
Dann fragte Sky: »Was bedeutet das Portal?«
Charles verzog das Gesicht und sagte: »Ich bin nicht sicher, was es bedeutet. Ich nehme an, es könnte ein Weg zurück in die Familiengeschichte sein.«

»George hat uns reingelassen ...«, sagte Sky.

»Ja, es hat sich so angefühlt«, stimmte Charles zu. »Und wieder hinaus!«

Sky lachte, dann sagte sie: »Wozu ist das Portal gut? Es ist superspannend und so, aber was sollen wir damit anfangen?«

»Nun, wenn man in die Vergangenheit zurückgehen könnte, hätten die Menschen die Chance, ihre Fehler wiedergutzumachen«, schlug Charles vor. »Böse Dinge ungeschehen machen und so ...«

»Ich würde wahrscheinlich alles nur noch schlimmer machen!«, sagte Sky grinsend.

Charles lachte. »Ja, das könnte durchaus sein!«

»Meinst du, wir könnten aus Glenda einen guten Menschen machen?«, fragte Sky und hielt seinen Blick fest.

»Hm, schwere Frage«, sagte Charles. »Wenn ihr das schafft, könntet ihr wahrscheinlich die Welt verändern. Sie ist eine ziemlich fiese Person.«

»Ja, ich weiß«, sagt Sky. »Sie versucht ständig, uns wehzutun.«

Charles senkte den Blick. »Das tut mir leid«, sagte er.

»Flame sagt, du bist ein Bauer in Glendas Spiel«, erzählte Sky.

»Tut sie das?« Charles biss sich auf die Unterlippe.

»Hm.«

»Sie meint, du solltest ein Springer sein, kein Bauer«, fuhr Sky fort. »Bauern könnten nur vorwärts ziehen, Springer dagegen in alle Richtungen. Ich weiß nicht, ob sie recht hat. Ich spiele kein Schach.«

Charles lächelte. »Der Springer ist so was wie ein Ritter. Und als Ritter muss man tapfer sein.«

»Und das bist du nicht?«

»Nein, ich bin eher schwach«, gab Charles zu und zog eine Grimasse.

»Ich glaube, niemand weiß, ob er tapfer ist«, sagte Sky.

»Wie meinst du das?«

»Es ist eins von den Dingen, die man erst herausfindet, wenn man es sein muss. Tapfer, meine ich.«

»Bist du denn tapfer?«, fragte er.

Sie nickte. »Ich war es. Ich war tapfer, als Glenda uns während des Konzertes angegriffen hat und dann noch mal vor ein paar Wochen, als sie versucht hat, das Dach zu zerstören. Wir waren alle sehr tapfer.«

»Was ist passiert?«, fragte Charles und beugte sich gespannt vor.

»Sie hat das Haus angegriffen, als Mum und Dad weg

waren«, berichtete Sky. »Das Dach und die Türme wären fast eingestürzt. Grandma hat sich wehgetan und Floras Kaninchen ist getötet worden. Wir hatten furchtbar große Angst.«

»Grundgütiger«, sagte Charles leise. »Das wusste ich nicht.«

»Die Sache ist die: Ich wusste nicht, dass ich tapfer war, bis Glenda auftauchte«, fuhr Sky fort. »Vorher hatte ich noch nie tapfer sein müssen. Möglicherweise ist das bei dir auch so. Du bist bisher vielleicht kein besonders guter Mensch gewesen, aber das heißt nicht, dass du keiner sein kannst.«

Charles lächelte. »Nein«, sagte er nachdenklich. »Das heißt es nicht.«

»Wirst du versuchen, ein guter Mensch zu sein?«, fragte Sky.

»Ich werde es dich wissen lassen«, antwortete er gedankenvoll. »Du musst mir etwas Zeit geben, darüber nachzudenken.«

»Ist gut«, sagte sie und stand auf. »Ich hole mir jetzt etwas Holunderlimonade. Möchtest du auch welche?«

»Ja, bitte«, erwiderte Charles.

Als Sky mit der Limonade zurückkam, sagte sie: »Wann hast du deine magischen Kräfte bekommen?«

Charles schnappte überrascht nach Luft und sah sich um. Hatte irgendwer Sky gehört? Das schien nicht der Fall zu sein, niemand hatte sich zu ihnen umgedreht.

»Pst, Sky!«, sagte er mahnend.

»Entschuldigung«, flüsterte sie und setzte sich wieder ins Gras. »Und?«

»Als ich zwölf war«, sagte er leise. »Und du?«

»An meinem neunten Geburtstag, wie alle meine Schwestern«, sagte Sky. »Zur gleichen Zeit ist Glenda Glass nach Eichenruh gezogen. Es war, als sei sie extra deswegen hergekommen.«

»Das ist sie auch«, erwiderte Charles.

Sky richtete sich kerzengrade auf und starrte ihn an. »Woher wusste sie es?«

Charles schüttelte den Kopf. »Keine Ahnung. Ich wünschte, ich wüsste, woher sie all die Dinge über uns weiß.«

»Wirst du Glenda von der Brücke aus Licht erzählen?«, fragte Sky.

Charles atmete tief ein. »Das habe ich schon«, sagte er sanft.

»Oh!«, rief Sky. In ihren Augen spiegelte sich der Schmerz über diesen Verrat. »Das war nicht sehr nett von dir.«

»Nein«, sagte er.
»Wenigstens warst du ehrlich.« Eine Weile beobachtete Sky schweigend das Spiel, dann wandte sie sich wieder Charles zu. »Hast du Glenda von Floras magischem Stein erzählt? Es ist komisch, dass du ihn hören kannst und wir nicht.«
Charles biss sich auf die Lippe und nickte.
Plötzlich ertönten lautes Klatschen und Hurrageschrei. Harry, der Bauer aus der Nachbarschaft, trat ans Schlagmal.
»Was passiert gerade?«, wollte Sky wissen.
»Harry ist dran, und er ist unser achter Mann«, erwiderte Charles. »Es sieht nicht gut für uns aus.«
»Warum?«, fragte Sky.
»Weil wir bisher nur hundertfünfzehn Punkte haben und nur noch drei Spieler übrig sind, das wird ziemlich knapp«, erklärte Charles und kratzte sich am Kinn.
»Wie viele Punkte haben die anderen?«, fragte Sky.
»Hundertneunundfünfzig«, erwiderte Charles. »Das sind noch mal fünfunddreißig. Ich glaube nicht, dass wir das schaffen.«
»Harry wird es ihnen zeigen«, sagte Sky. »Er ist Dads Geheimwaffe.«
Und das war er tatsächlich. Harry stand auf dem Feld

wie ein Fels in der Brandung und machte Punkte wie am Fließband. Den Australiern gelang es nicht, ihn auszuwerfen, und das Spiel endete mit einem knappen einhundertzweiundsechzig zu einhundertneunundfünfzig für das englische Team.

Charles und Sky sprangen auf. »Jaaa!«, brüllten sie.

Alle klatschten. »Tolles Spiel!«, riefen sie und »Gut gemacht!«, als die Mannschaften das Spielfeld verließen.

Dad war überglücklich.

»Du hast es geschafft, Dad!«, sagte Flame und umarmte ihren Vater.

»Ich hätte es nicht mehr für möglich gehalten«, erwiderte er lachend. »Es war so eng!«

Er und Geoff schüttelten sich die Hände und schlugen sich auf den Rücken.

»Gratuliere!«, sagte Geoff mit einem breiten Grinsen. »Aber wart's nur ab, nächstes Jahr werden wir euch schlagen!«

Es klirrte, als die Spieler mit ihren eisgekühlten Getränken anstießen. Sie wischten sich mit Handtüchern, die Mum und Grandma ihnen reichten, die Stirn und kamen allmählich wieder zu Atem, und dann begann die Party.

Flame entdeckte Quinn und lief zu ihm. Als er sich grinsend zu ihr umdrehte, röteten sich ihre Wangen und sie schenkte ihm ein breites Lächeln.

»Toll gemacht«, sagte sie. »Du warst unglaublich!«

»Danke«, erwiderte er. »Du aber auch!«

Flame hielt die Luft an. Er lächelt mich an!, dachte sie. Er lächelt mich an!

Da kam Sky angehüpft. »Mum braucht dich«, sagte sie zu Flame. Dann lächelte sie Quinn an. »Hi«, sagte sie.

»Hallo, Sky«, sagte Quinn. »Du siehst sehr hübsch aus.«

»Danke sehr.« Sie klimperte mit den Wimpern.

Es ist jedes Mal dasselbe, dachte Flame. Gerade, wenn ich Quinn für mich habe …

»Ich gehe besser und helfe Mum«, sagte sie zu Quinn.

»Klar, ich seh dich dann später«, gab er zurück.

Cantrip Towers war voller Leben und fröhlichem Gelächter. Das Barbecue brutzelte und zischte. Die Gläser klirrten. Leute unterhielten sich und lachten miteinander.

Dad legte seinen Arm um Mums Schulter und gab ihr einen zufriedenen Kuss auf die Wange. Anne und

Geoff scherzten mit ihren Freunden. Jamie quatschte mit Flames Freundin Pia und Lottie hatte sich schnell mit Vivek angefreundet. Flora, Sky und Daniel knieten im Geheimen Garten auf der Erde und beobachteten eine riesige Kröte, die hinter einem Stein hervorgekrochen war.

Auf der Terrasse stand Grandma etwas abseits und beobachtete ihre Familie mit einem Gefühl tiefster Zufriedenheit. Sie war glücklich und stolz. Flame sah sie und ging zu ihr hinüber.

»Du siehst hübsch aus, Liebes«, sagte Grandma und bewunderte den Rock und das schöne Oberteil, das Flame inzwischen trug.

»Danke sehr.« Flame lächelte. »Ist Charles schon gegangen?«

»Ja, vor einer Weile.«

»Ich frage mich, wie sich all das auf unsere Beziehung zu Glenda auswirken wird«, sagte Flame.

»Wir werden abwarten müssen«, erwiderte Grandma. »Ihr habt euch diese Woche toll geschlagen und ich bin sehr stolz auf euch.«

»Danke, Grandma«, sagte Flame und umarmte sie fest.

Während die Cantrips weiterfeierten, war Charles in Richtung London unterwegs. Als die Straße in den Wald führte, schaltete er das Radio aus. In seinem Kopf wirbelten die Gedanken umher. Er dachte an die Cantrips – sie waren immerhin seine Familie – und an all die Dinge, die in den letzten zwölf Tagen geschehen waren.

Im Kofferraum des Wagens lagen zwei Reflektorschirme, zwei Stehlampen und ein Koffer. Auf dem Rücksitz befand sich eine schicke Ledertasche, die seine Kamera, Dutzende von Filmen, einige Stifte und sein schwarzes Notizbuch enthielt. Auf dem Beifahrersitz schließlich lagen ein Paket mit Essen und zwei Flaschen Holunderlimonade, die Ottalie Cantrip ihm, vorausschauend wie immer, mitgegeben hatte. Sie hatte darauf bestanden, falls er unterwegs hungrig oder durstig würde.

Während er durch die tintenschwarze Nacht fuhr und unzählige Bäume an seinem Wagenfenster vorbeihuschten, kam Charles' Gedankenkarussell allmählich zur Ruhe. Und als das geschah, erkannte er, dass in seinem Herzen ein leiser Zweifel zu keimen begonnen hatte.

Auf Cantrip Towers war die nächtliche Luft mit dem Duft von Lavendel und Rosen erfüllt. Für ein paar Augenblicke verließen die Cantrip-Schwestern die Party und trafen sich auf dem weiten hügeligen Rasen. Sie fassten sich an den Händen und liefen im Kreis, schneller und schneller, bis sie schließlich so schnell rannten, dass sie in einem riesigen, lachenden Haufen zu Boden plumpsten. Sie lagen eine Weile nach Luft schnappend im Gras und sahen den Wolken zu, die an der schmalen Sichel des Mondes vorbeizogen, der silbern am Augusthimmel prangte.

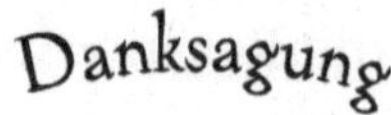

Ein großes Dankeschön gebührt meinen Eltern und meinen Freunden für ihre Unterstützung, und Rose, Alex und Hils für ihren grenzenlosen Enthusiasmus.

Vor allem aber danke ich euch Fans der Cantrip-Schwestern von Herzen.

Bleibt den Cantrip-Schwestern treu!